살육에 ^{殺戮に} ^{いたる病}
이르는 병

SATSURIKU NI ITARU YAMAI by Takemaru ABIKO

Copyright ⓒ 1996 by Takemaru ABIKO
All rights reserved.
Original Japanese edition published by KODANSHA LTD.

Korean Translation Copyright ⓒ 2016 by SIGONGSA Co., Ltd.
This Korean translation edition is published by arrangement with KODANSHA LTD.
through Shinwon Agency Co.

살육에 이르는 병

殺戮に
いたる病

아비코 다케마루 지음

권일영 옮김

SIGONGSA

· 키르케고르의 글은 주오코론샤에서 출간된 《세계의 명저 51 키르케고르》에서, 각 장의 앞머리에 있는 표어는 헤시오도스의 《신통기(神統記)》에서 인용하였습니다.

· 책 전체에 소개된 표어는 키르케고르(S. A. Kierkegaard, 1813~1855)의 《죽음에 이르는 병》에서 따온 것입니다.

· 본문 내 모든 주석은 옮긴이가 작성하였습니다.

차례

살육에 이르는 병 _7

아아, 이 세상 무엇보다 무서운 이 병과 그 비참함이 더욱 두려운 까닭은, 내가 생각하기에, 병이 겉으로 드러나지 않기 때문이다. 이 병에 걸린 사람이 숨기려고 한다거나 또는 실제로 숨길 수 있다거나, 어느 누구도 알아차리지 못하게 여러 사람들 사이에 숨어 지낼 수 있다는 단순한 이야기가 아니다. 이 병은 걸린 사람마저도 깨닫지 못한 채 사람들과 어울려 지내게 된다는 말이다.

_쇠렌 키르케고르

또한 그곳에는 어두운 닉스*의
자식들이 사는 집이 있다.
그 자식들은 히프노스**와
타나토스*** 같은 무시무시한 신들이다.
빛을 내뿜는 헬리오스****는
결코 이들에게 빛을 비추지 않는다.
하늘로 오를 때나 하늘에서 내려올 때도.

가모우 미노루(蒲生稔)는 체포될 때 전혀 저항하지 않았다.

히구치(樋口)의 신고를 받고 달려온 경찰들은 조용히 미소 짓는 미노루를 보고 무척 당황한 모양이었다. 그 옆에 놓인 처참한 시체를 보면서도 지금까지 머릿속에 그려왔던 살인마와 미노루를 연결하기란 누구에게나 어려운 일이었다.

수갑을 차고 경찰들에게 붙들려 방을 나갈 때, 미노루는 잠깐 멈춰 서서 뒤를 돌아보았다. 그때까지 내내 울부짖으며 제정신을 차리지 못하던 마사코(雅子)는 자기에게 무슨 말을 하려는 걸로 생각했는지 멍한 눈동자에 희미한 빛을 머금고 그를 바라보았다.

* Nyx, 밤의 신.
** Hypnos, 잠의 신.
*** Thanatos, 죽음의 신.
**** Helios, 태양의 신. 대지의 신 가이아와 하늘의 신 우라노스 사이에 태어난 열두 명의 티탄 족인 히페리온(Hyperion)과 테이아(Theia) 사이에 태어난 아들이다. 히페리온과 테이아는 남매 사이다.

그러나 미노루의 시선은 마사코가 아니라 시체를 향했다. 방금 자기 손으로 목숨을 빼앗은 시체. 미노루의 팔꿈치를 잡은 경찰도 따라서 뒤를 돌아보았다.

"……정말로 네가 죽인 건가?"

그런 질문은 해서도 안 되고 물어본들 제대로 된 대답을 기대할 수도 없었을 텐데 경찰은 작은 목소리로 그렇게 속삭였다. 주위에서 분주하게 움직이던 경찰들도 일단 동작을 멈췄다. 그들도 나무랄 생각을 잊고 미노루의 반응을 기다렸다.

미노루는 깜짝 놀란 듯이 질문한 경찰을 바라보며 바로 고개를 끄덕였다.

"예?……아아. 그래요. 그렇습니다."

후회하지도, 그렇다고 자랑스러워하지도 않는 표정으로 미노루는 아주 태연하게 대답했다.

이렇게 증인이 있는데도 그런 질문을 하는 경찰에게는 주의를 줘야 한다고 히구치는 생각했다. 그렇지만 조금 전 본 광경이 머릿속에서 떠나지 않아 지금은 도저히 그럴 마음이 들지 않았다. 경찰들과는 달리 그는 범행 현장을, 그 끔찍한 장면을 보았다. 히구치는 눈을 감았다.

미노루는 경찰에서도 묻는 내용에 대해 아주 얌전하게 빠짐없이 대답했다. 여섯 건의 살인과 한 건의 미수에 대해 상세하게 자백했고 변호사는 국선 변호사여도 상관없다고 덧붙였다. 정신감정이 쟁점이 될 것으로 보였지만 검찰 측과 변호인 측이 선정한 총 다섯 명의 의사 가운데 네 명은 책임 능력 있음이란 판단을 내렸다. 마사코가 추천한 의사 한 명만 성적 콤플렉스에 의한 소시오패스여서 치료가 필요함이란 진단을 내렸는데 미노루는 어처구니없다는 듯이 웃음을 터뜨렸다. 그는 마사코에게 제발 그 바보 같은 의사 입을 다물게 해달라고 편지를 써서 보냈다.

사형 판결에 대해 그는 항소하지 않았고 법무성 장관의 집행 명령은 아직 떨어지지 않았다.

1장

맨 처음에 생긴 것은
카오스*이고

2월 · 마사코

가모우 마사코(蒲生雅子)가 자기 아들이 범죄자가 아닐까, 하는 의심을 품기 시작한 때는 봄이 오려면 아직 먼 2월 초순의 일이었다.

올 겨울은 유난히 춥네. 마사코는 매일 그렇게 생각했다. 속으로도 그렇게 중얼거렸고 실제로 다른 사람들에게 여러 차례 그런 말을 했다. 하지만 숫자만 보면 최저기온이건 강설량이건 다른 해와 비슷하거나 오히려 따뜻했다. 추위를 싫어하는 마사코는 겨울이 오면 늘 다른 해에 비해 춥다는 생각이

---

* chaos, 그리스어의 원래 의미는 무질서나 혼돈을 뜻하는 말이 아니라 구멍이나 틈을 가리킨다고 한다. 질서가 존재하지 않거나 알아볼 수 없는 측정 불가능한 어둠이다.

들었다.

스무 살에 결혼해 이듬해에 사내애를, 그리고 그다음 해에는 딸을 낳았다. 남편의 월급은 사치를 부리지 않는 한 마사코가 일하러 나갈 필요는 없을 정도였다. 남편이 결혼하기 전에 살던 단독주택도 다섯 해 전에 시아버지가 돌아가신 뒤로 남편 명의가 되었다. 다른 사람에 비해 특별히 행복하다고 느끼지는 않았지만 불행하다고 생각한 적도 없었다. 신경이 무딘 편은 결코 아니다. 살아오면서 이따금 행복감을 맛본 적도 있고 참담한 심정이었던 경우도 물론 있었다. 이혼해야겠다는 생각은 한 번도 해본 적 없지만 이 사람과 결혼하길 잘했다는 생각이 든 적은 없다. 아들과 딸을 낳았다는 사실에는 감사한 마음이 들었다. 그렇지만 그 애들을 남편의 자식이라거나 우리 자식이라고 생각한 적은 없다. 모두 내 자식일 뿐이다. 내가 배를 앓아 낳고, 내가 키운 자식들이다.

자기가 평범하고 조용하게 살고 있다는 건 알아도 그걸 슬프게 여긴 적은 없다. 오히려 그런 생각이 들 때마다 마음이 놓였다.

평범하고 평온한 삶.

마사코는 이런 삶이 계속 이어지기를 바랐다.

2
지난해 · 미노루

가모우 미노루가 처음으로 사람을 죽인 것은 마사코가 의심을 품기 시작한 때보다 석 달이나 전인 지난해 10월이었다.

당연히 미노루는 자기가 남과 다르다는 사실을 이미 여러 해 전에 깨달았다. 구체적으로 어떻게 다른지는 아직 모르지만 그런 사실은 누구에게도, 특히 어머니가 알게 해서는 결코 안 된다는 건 알았다. 만약 그 사실을 눈치채게 되면 사람들은 분명 미노루를 꺼려하고 몹시 싫어하리라. 선량한 목자를 십자가에 매달아 창으로 찔러 죽인 놈들 보듯이.

길을 걸을 때나 집에서 텔레비전을 볼 때, 또는 대학에서 수업 중에도 숨이 막혀 견딜 수 없어서 소리를 지르고 싶어질 때가 있었다. 그럴 때마다 미노루는 도대체 어떻게 해야 좋을지 몰랐다. 무얼 해야 할지, 전혀 알 수 없었다.

그러던 미노루가 뭔가를 깨닫게 된 것은 첫 번째 살인을 저지르고 난 뒤였다.

만약 이런 사실을 알게 되면 엄마는 분명 미쳐버릴 텐데.— 미노루는 그렇게 확신했다. 그리고 그런 예상은 크게 어긋나지 않았다. 실제로 엄마가 미노루의 범행을 눈치챘을 때는 사태는 예상 못 한 방향으로 흘러갔다.

3
1월 · 히구치

접수창구 앞 로비에는 검은 비닐로 된 긴 의자가 스무 개 가까이 놓여 있었다. 설 연휴가 끝난 1월 16일이라 대부분 나이든 환자들이 차지했다. 히구치 다케오(樋口武雄)는 '78'이라고 적힌 플라스틱 번호표를 움켜쥐고 로비를 둘러보았다. 빈자리를 찾아 엉덩이를 반쯤만 걸치고 앉았다. 무릎을 구부릴 때 뜨끔, 통증이 와 얼굴을 찡그렸다. 옆자리의 비쩍 마른 남자가 히구치를 위해 조금 옮겨 앉아주었기 때문에 그는 살짝 고개를 숙이고 자세를 고쳐 앉았다. 그 남자도 히구치와 마찬가지로 플라스틱 번호표를 검버섯이 핀 손으로 자못 소중하다는 듯이 쥐고 있었다.

"매일…… 날씨가 춥구려."

나지막한 이야기 소리와 기침 소리, 슬리퍼 소리가 계속 들려와 그 남자가 뭐라고 했는지 제대로 알아듣지 못했다. 고개를 들어 다시 옆에 앉은 남자를 보았다. 일흔 살은 넘어 보였다. 머리는 잿빛이고 얼굴이나 손이나 피부가 쭈글쭈글하다. 치아도 얼마 남지 않은 듯하고 두 손으로 쥔 지팡이가 없다면 걷기도 힘들 것 같았다.

틀림없이 노인 축에 든다. 히구치는 그렇게 결론을 내렸다.

"예……. 그렇군요." 그는 고개를 끄덕이며 노인에게서 시선을 돌렸다.

실제로 히구치에게도 올 겨울은 유난히 힘들었다. 관절 마디마디가 쑤시고, 한번 감기가 들면 어지간해서는 낫지 않았다. 밖에 나갈 기력도 체력도 없었다. 물론 나이 탓이기도 하다. 예순넷이면 적은 나이가 아니라는 걸 그도 안다. 병이 한두 가지쯤 있어도 이상하지 않다. 어린애마저 성인병에 걸리는 세상이니까. 하지만 젊은 동료 형사들과 비교하더라도 체력에는 자신이 있었는데 기껏해야 요만한 추위에 앓아누웠다는 사실은 도저히 받아들이기 힘들었다.

물론 자기가 이렇게 된 가장 큰 원인이 무엇인지는 빤히 안다. 하지만 결코 그걸 인정하고 싶은 마음은 없었다.

홀로 맞이한 첫 겨울……. 퇴직이 눈앞인데도 불철주야 고된 수사에 매달리던 고집스러운 형사에게 큰 타격을 준 것은 지금까지 그가 상대해보지 못한 적, 고독이란 이름의 무시무시하고 지독한 적이었다.

지난해 여름, 아내 미에(美絵)를 유방암으로 잃었다. 그 뒤로 매일 히구치는 아내가 세상을 떠난 바로 그다음 날을 사는 느낌이었다. 아침마다 잠에서 깨면 옆에 있는 아내를 깨우려 하지만 이제 이 세상에 없다는 사실을 깨닫는다. 그리고 아내가 숨을 거두던 날의 기억을 사무치게 되살리고 나서야 아내가 벌써 보름 전에, 한 달 전에, 또는 반년 전에 세상을 떠났다는 현실을 인식했다.

눈부신 햇살. 야윈 얼굴로 미소를 짓던 아내. 망령처럼 보이던 의사와 간호사들. 아내의 얼굴을 덮은 흰 천. 매미 소리. 흰 시트에 덮인 아내의 몸. 동정심과 안도감이 뒤섞인 표정을 짓던 환자들. 시큼한 냄새를 풍기기 시작하던, 꽃병 속에서 시들어버린 난초. 손으로 감싸 쥐었던 아내의 창백한 작은 손. 너무 눈이 부시다. 특히 그날, 그에게는 너무 눈부셨던 햇살. 모든 것을 하얗게 칠해버린 듯한 여름이었다.

미에는 이제 없다. 미에는 이제 없다. 지금 이 집에 있는 건 나 혼자뿐이다. 앞으로도 내내.

두 사람은 히구치가 서른 살, 미에가 스물한 살 때 결혼했다. 아내는 지극히 평범한 월급쟁이 집안에서 자란 외동딸이었다. 미에의 부모는 너무 이른 결혼을, 경찰과 하는 결혼을, 끝까지 반대했다. 결혼식에도 신부 하객은 참석하지 않았다. 장인과 장모의 태도가 겨우 누그러지기 시작한 것은 결혼한 지 10년도 더 지난 뒤의 일이었다.

아이는 생기지 않았다. 결혼하고 여덟 해가 지났을 무렵, 아내와 함께 병원을 찾아가 그 원인이 자기에게 있다는 사실을 알게 되었다. 정자의 수가 너무 적어 아기가 생길 가능성은 한없이 제로에 가깝다는 이야기였다.

하지만 미에는 결코 낙담하는 모습을 보이지 않았다. 히구치는 더욱 아내의 행복만을 생각하게 되었다. 그 뒤로 아내가 세상을 떠날 때까지 행복하게 해주는 일만 생각하며 살았다.

내가 없으면 아내는 혼자가 된다. 그런 생각이 들 때마다 아기를 낳게 해주지 못하는 스스로를 원망했다. 설마 아홉 살이나 어린 아내가 먼저 세상을 떠날 줄은 상상도 하지 못했다.

나보다 먼저…….

하지만 별로 다를 게 없을지도 모른다는 생각이 요즘 자주 들었다. 기껏해야 몇 달이나 몇 년 늦어질 뿐이다. 실제로 내 심장은 그만 쉬고 싶은 모양이었다. 참으려 했지만 도저히 견디지 못해 기침을 했다.

"……좋지 않소?"

노인이 또 말을 걸어왔다는 걸 깨달았다.

"예? 뭐라고 하셨습니까?"

"어디 좋지 않소?"

남자는 답답하다는 기색도 없이 참을성 있게 반복했다.

"아아……. 별일 아닙니다. 그냥 감기입니다." 히구치가 대답하자 남자는 다행이라는 표정을 지었다.

"그래요? 고뿔이라. 그래도 가볍게 여기면 안 된다오. ……나는 관절염이오. 겨울이면 너무 쑤셔서 걸을 수 없어."

이 무릎 통증도 관절염일까? 아니면 더 심한 병일까?

"이런, 실례하오." 남자는 그렇게 말하며 무릎 위에 올려놓았던 작은 가방을 들더니 지팡이를 짚고 힘겹게 일어섰다. 창구 위에 붙어 있는 전광판에 자기 번호가 들어온 모양이었다.

두 발을 긴 의자 옆으로 빼서 남자를 지나가게 해주자 그는

"건강 잘 보살피구려"라며 약을 받으러 창구로 갔다. 자꾸 이야기를 거는 것은 별로 탐탁지 않았는데도 왠지 홀로 남겨진 기분이 들었다.

히구치의 시선은 잠시 이리저리 헤매다가 여러 노인들이 말없이 바라보는 로비 구석 쪽의 대형 텔레비전을 향했다. 소리를 작게 해놓아 그가 있는 곳까지는 소리가 거의 들리지 않았다. 그래도 그는 텔레비전을 계속 바라보았다.

시시한 아침 버라이어티쇼 프로그램이었다. 좀 전까지는 NHK였는데 어린이 프로그램이 시작되자 어떤 여자가 멋대로 채널을 돌렸다. NHK 이외에는 이 시간대라면 다들 버라이어티쇼. 민영방송들은 왜 어디나 다 같은 시간대에 같은 프로그램을 방영하는 걸까. 낮에도 또 버라이어티쇼 시간이 있고, 재방송 시간, 뉴스 시간. 어린이 프로그램 뒤에는 드라마, 그리고 마지막에는 스포츠 뉴스……. 히구치는 아내가 세상을 뜬 뒤로 재미없다, 재미없다 하면서도 매일 그런 텔레비전을 보았다. 사서 하는 고행일지도 모른다. 하지만 달리 하고 싶은 일도 없다. 무얼 해도 아무런 의미가 없다. 있을 리 없다.

시시한 버라이어티쇼가 요즘 하나같이 다루는 내용은 새해 들어 며칠 지나지 않아 일어난 엽기적인 살인사건이었다. 피해자는 열일곱 살짜리 가출 소녀였는데 가부키 초에 있는 러브호텔에서 발견되었다. 누가 목을 조르거나 뭔가로 목을 매

죽였다. 텔레비전이 전달하는 정보는 엉성해서 히구치를 답답하게 만들었다. 살해한 뒤 유방을 양쪽 다 예리한 칼날 같은 것으로 잘라냈다는 이야기였다.

유방……. 히구치는 미에의 애처로운 상처를 떠올렸다. 절제한 쪽은 왼쪽 가슴이었다. 아이를 낳지 못했기 때문에 크게 쭈그러들지 않아 입원 직전까지만 해도 예쁜 젖가슴이었다. 그런데 막상 한쪽만 남게 되니 잘라낸 쪽보다 남은 쪽이 더 애처롭게 보였다.

그렇게까지 했는데도 결국 전이된 암은 아내의 몸 전체를 잠식하고 말았다. 온전한 몸인 상태로 세상을 뜨게 해주는 게 나았을지도 모르겠다는 생각이 들 때가 있었다.

억지로 의식을 텔레비전 화면으로 돌렸을 때, 어처구니없이 이런 생각이 떠올랐다. 범인은 오랜 세월 함께 산 사랑하는 아내를 유방암으로 잃은 남편일지도 모른다. 똑같이 생각하는 녀석이 경시청에 있어 나도 용의 선상에 오를지 모른다.

딩동댕, 하는 부드러운 전자음과 함께 몇 개의 숫자가 켜졌다. 78도 있었다. 히구치는 무릎에 신경 쓰며 조심스럽게 일어나 감기약을 받으러 창구로 향했다.

4
지난해 · 미노루

왜 그녀에게 마음이 끌렸을까?

처음부터 그런 의문이 미노루의 마음 깊숙한 곳에 자리 잡았고 이따금 불쑥 표면으로 떠올라 그를 혼란스럽게 만들었다.

그녀를 학교 부근에 있는 카페에서 우연히 만나기 전에는 그런 충동을 느낀 적이 없었다. 성욕? 이게 성욕인가? 아니면…… 사랑? 설마, 그런 어처구니없는.

미노루는 늘 자기에겐 성욕이 없다고 생각했다. 성에 대한 호기심은 남 못지않았다. 여자의 벌거벗은 몸에 아무런 느낌을 받지 않는 건 아니었고 임포텐츠도 아니었다. 사실 지금까지 몇 차례 여자를 품에 안았던 적도 있다.

고등학교 1학년 때 어찌하다 보니 불량이란 딱지가 붙은 패거리와 친해졌다. 미노루가 어느 밉살맞은 사회과 담당 선생에게 창피를 주었던 일이 그들 마음에 들었던 모양이다.

"우와, 가모우. 너 그런 어려운 걸 다 아는구나."

입학 이후 그들이 미노루에게 말을 걸어온 적은 한 번도 없었다.

"그 선생이 바보일 뿐이지."

미노루가 조심스럽게 말하자 그들은 모두 웃음을 터뜨렸

다.

"맞아. 하지만 너 그렇게 어려운 책도 읽냐? 쇼펜, 뭐라는 녀석 책을? ……나는 글자만 있는 책을 마지막으로 다 읽은 게 언제인지 기억도 나지 않는데."

미노루는 다른 사람들과 마찬가지로 그들을 경멸했지만 그 애들과 있으면 이상하게 마음이 편했다. 친해진 지 얼마 되지 않았을 무렵 파티에 초대를 받았다. 약을 하는 파티라는 이야기를 듣고 일단 거절했다. 하지만 쓸 만한 여자애를 안을 수 있다는 이야기를 듣고 파티 장소인, 알지도 못하는 여자애의 아파트에 가보기로 마음을 굳혔다.

정말 따분했다. 그 녀석들이 이야기한 쓸 만한 애란 하나같이 머리카락을 빨갛게 물들였고, 너무 뚱뚱하거나 너무 마른 데다가 이에는 담뱃진이 낀 채 건강하지 못한 피부를 지닌 애들이었다. 이미 약 기운이 돌아 상대가 누군지도 모른 채 허리를 돌리는 애들의 킥킥거리는 웃음소리를 들으며 미노루는 혼자 말짱한 정신으로 앤지라는 이름의 여자애 가랑이 사이를 들여다보았다.

앤지! 그 여자애는 정말로 자기 이름을 그렇게 밝혔다. 미노루는 그 생각을 할 때마다 웃음이 치밀어 올랐다.

머리와는 달리 시커먼 거웃 안쪽에서 겨우 그럴듯한 부분을 찾아내 삼각팬티를 벗고 발기한 자기 성기를 일단 들이밀었다.

약—사실은 그냥 시녀였다—때문이기도 할 테지만 여자애는 황홀한 표정을 지으며 미노루가 움직이기도 전부터 짐승 같은 소리를 질러댔다. 여자애가 흥분할수록 거꾸로 미노루의 마음은 식어만 갔다. 잠시 움직이다 보니 사정은 했어도 뭔가 속은 느낌을 떨칠 수 없었다.

상대가 좋지 않았나 싶어 그 뒤에도 다른 여자애들을 안아보기는 했다. 하지만 그저 성기를 마찰시켜 사정하기 위한 것뿐이라면 여자애를 상대하는 것보다 자기 손 쪽이 훨씬 나았다. 다른 남자애들이 왜 이런 짓에 정신이 팔리는지 미노루는 도무지 이해가 되지 않았다.

어차피 녀석들은 원숭이나 매한가지인 바보들이다. 아니, 1년 내내 발정한 상태이니 원숭이만도 못하다. 나는 하찮은 성욕에서는 해방된 사람이다. 리비도 따위는 나하고는 전혀 상관없다. 그런 내가 왜?

미노루는 학교 식당에서 그녀를 두 번째 우연히 보았을 때, 망설이지 않고 맞은편 자리에 앉았다. 식당은 점심시간이라 늘 그렇듯 붐볐기 때문에 전혀 어색하지 않은 행동이었다.

눈과 입이 큼직하고 화사해 보기에 따라서는 미인이라고 할 만한 얼굴이었다. 하지만 미노루는 그 얼굴에 끌렸던 게 아니라고 믿었다. 좋아하는 타입의 얼굴이 아니었다. 물론 몸매는 꽤 괜찮았다. 나올 부분은 나왔지만 결코 뚱뚱하지 않았다. 맛도 없는 정식을 먹으며 미노루의 심장은 곁에 있는 사람들에게 들리지 않을까 걱정될 만큼 크게 뛰었다.

그녀가 소스를 집으려고 손을 뻗었을 때, 그는 얼른 손을 내밀어 일부러 그녀의 손을 건드렸다.

"아, 미안. 먼저 써."

얼른 손을 거둔 그녀에게 웃어 보이며 그렇게 말하자 딱딱한 표정이었던 그녀의 얼굴에 미소가 떠올랐다. 자기 웃음에는 남들을 안심시키는 힘이 있다는 걸 미노루는 잘 알았다.

"아뇨, 그쪽 먼저."

그녀의 말에 따라 미노루는 잘게 썬 양배추에 소스를 뿌리고 다시 빙긋 웃으며 병을 그녀에게 내밀었다. 그녀는 머뭇머뭇 소스 병을 받아 들었다. 그 손가락에는 이 학교 학생치고는 보기 드물게 새빨간 매니큐어가 칠해져 있었다.

갑자기 미노루의 몸 안에서 뭔가가 솟구쳤다가 바로 사라졌다. 지금 이건 무얼까, 하는 생각을 할 틈도 없이 어느새 성기가 아플 만큼 발기했다는 걸 깨닫고 내심 깜짝 놀랐다. 성욕? 이 여자애한테 성욕을 느끼는 건가? 설마. 그럴 리 없다.

"왜 그러세요?"

여자애는 자연스럽게 웃으며 미노루의 얼굴을 바라보았다. 여자는 다 그랬다. 미노루가 미소를 지으면 처음에는 놀라지만 금방 경계를 푼다. 여자란 하등동물이기 때문에 본능적으로 미노루가 평범한 남자들과는 다르다는 사실을 간파하고 만다. 그리고 그런 미노루에게 선택되었다고 착각한다. 참으로 못 말리는 동물이다. 그러나 그렇게 생각했기 때문에 예전에 불량이라는 소리를 듣던 패거리들과 어울리기를 좋아했던 것과 마찬가지로, 여자들과 별 내용도 없는 대화를 나누는 걸 즐겼다.

"……아니. 매니큐어가 멋져서."

자기도 거짓말인지 참말인지 모를 소리를 했다. 저런 색 매니큐어를 어디서 보지 않았나?

"예? 정말이세요? 어제 샀어요. 왠지 너무 구식이라 제겐 어울리지 않을 것 같았는데……. 괜찮아요?" 그렇게 물으며 여자애는 미노루의 눈치를 살폈다.

"어울리는 것 같은데. 하긴 나야 이렇게 패션 감각도 없으니 그런 소리 할 자격도 없겠지만." 미노루는 두 팔을 펼쳐 보였다.

"아니에요. 그 블루종, 수수하면서도 멋있는데요."

분명히 미노루에게 호감을 보였다. 실수만 하지 않으면 이 여학생은 어떤 유혹도 받아들이리라. 유혹? 무슨 유혹? 난 이 여자애와 무얼 하려는 거지? 섹스인가? 이 여자애는 다른 여자와 다르기라도 하다는 건가?

"그래?" 그는 또 웃음을 지으며 발가벗은 그녀를 품에 안는 모습을 상상하려고 했다. 다른 여자를 보고 같은 몽상을 했을 때와 별다른 차이를 느낄 수 없었다. 하지만 그것은 아무래도 지금까지 한 경험이 겹쳐지기 때문인지도 모른다. 어쨌든 잘 알 수는 없지만 그녀에게는 다른 여자와 다른 무언가가 있었다.

그는 몸을 디밀고 속삭이듯 말했다.

"오후에 수업 있어? 시간 있으면 카페에서 차 한잔하지 않을래?"

"어머, 지금요? ……그게 ……헌법 강의가 있는데……."

"헌법? 닛타(新田) 교수 강의? 그럼 들어가지 않아도 되잖아?" 출석도 부르지 않고 시험도 쉽게 내기로 전설적일 만치 유명한 강의였다.

여자애가 약간 부끄러워하는 표정으로 고개를 끄덕였을 때도 미노루는 자기가 곧 그녀를 죽이게 되리라고는 상상도 못 했다.

5
2월 · 마사코

그 2월 초순 어느 날 일어난 일은 마사코로 하여금 최근 몇 달 간의 기억을 거슬러 오르게 만들었다. 아들이 요즘 무척 쌀쌀맞아졌다. 마사코와 얼굴을 마주치려 들지 않았다. 밤중에 나돌아 다니고, 어딜 가느냐고 물어도 그냥이라며 얼버무리기만 했다.

그러나 아들의 그런 변화를 눈치채기는 했지만 걸프렌드가 생기거나 했기 때문일 거라고 가볍게 여겼다. 스무 살이라면 이제 어머니에게 시시콜콜 다 털어놓을 나이는 아니라는 생각에 살짝 뿌듯하기도 했지만 섭섭한 마음도 들었다. 사춘기로 보기에는 너무 늦다는 건 별로 깊이 생각하지 않았다.

아들은 중학교 때부터 다른 식구가 자기 방에 들어가는 것을 싫어하기 시작했다. 자기가 없을 때 방을 청소하면 불같이 화를 냈다. 그것은 학부모를 대상으로 한 세미나에서 배운 사춘기 사내애들의 특징 가운데 하나였다. 마사코는 어느 대학의 교육심리학 조교수라는 나이 든 여자가 한 말을 메모로 남겨 소중하게 보관했다. "사내아이들은 대부분 이 시기에 처음으로 몽정을 경험하며 마스터베이션을 배웁니다. 하지만 그걸 눈치채더라도 나무랄 필요는 없습니다. 지극히 일반적인 현상이기 때문에 죄의식을 느끼게 만드는 일은 결코 좋지 않습니다. 누드 화보가 많은 잡지—여기서 강사가 야릇하게 웃었고, 마사코를 비롯해 세미나장을 채운 어머니들도 킥킥거리며 웃던 모습을 마사코는 또렷하게 기억한다—를 몰래 보더라도 그게 바로 성범죄의 싹이라고 단정하지 말고 대화를 잘 나누어보시기 바랍니다. 어머니가 이야기하기 어려울 때는 물론 아버지가 해도 괜찮습니다. 성을 지나치게 터부시하지 않는 게 중요합니다."

세미나 제목은 '건강한 성'이었다.

스스로 치우면 방에 들어가지 않겠다고 하자 아들은 직접 청소하기 시작했다. 하지만 마사코는 그 뒤로도 거의 매일 아들이 없는 시간에 그 방을 샅샅이 조사해 변화를 살폈다. 강사 선생님이 말하던 누드 화보가 많은 잡지는 침대 아래 밀어 넣은 옛날 책—초등학교 시절에 좋아하던 식물도감, 세계명작전집, 낡은 교과서 등등—이 든 골판지 상자 바닥에 늘 숨겨두었다. 아들이 일기는 쓰지 않는 모양이라 섭섭했지만 친구들로부터 받은 편지는 모두 읽어보았다. 그리고 눈치채지 않도록 원래대로 되돌려놓았다.

성범죄는 물론 비행의 싹이 될 만한 것은 전혀 발견되지 않았다. 대학 교수가 이야기한 내용을 믿는다면 마사코의 아들은 지극히 정상이라는 이야기가 된다. 어느 날 쓰레기통 안에 있는 화장지를 살펴보다가 마스터베이션을 한다는 사실을 알게 되었을 때는 문제가 좀 있는 게 아닐까, 하고 걱정했지만 평균을 내면 일주일에 두세 번쯤이니 아마 정상적인 범위를 넘어서지는 않는 듯했다. 일반적으로 몇 번을 해야 정상인지 남편에게 물어볼까 하는 생각도 했지만 부끄러워서 도저히 물을 수 없었다.

그러나 요 몇 달 동안 아들이 보여준 태도는 돌이켜보면 아무래도 일반적이지 않은 것 같다는 생각이 들었다.

뭔가 겁을 먹은 모습처럼 보이기도 했고 괴로워하는 모습으로 보이기도 했다. 마사코의 시선을 피하면서도 그녀를 빤히 바라보는 느낌이 들 때도 있었다. 사이가 좋던 여동생하고도 거의 이야기하지 않으려 했다.

하지만 마사코는 아들이 왜 그러는지 알지도 못하면서 "오빠가 요즘 좀 이상하지 않아?"라는 딸의 말에 "여자 친구라도 생긴 모양이지"라고 반사적으로 대답했다.

여자 친구. 그건 지극히 정상적이고 바람직한 일이기도 했다. 그렇게 말하고 나니 달리 해석할 여지가 없는 듯했다. 여자 친구가 생겼다면 자기가 벌써 눈치챘을 거라는 생각은 마음 깊숙이 접어두었다.

여자 친구에게 부끄러우니 집에는 전화하지 말라고 한 게 틀림없을 거야. 이따금 밤중에 밖으로 나가는 건 식구들이 듣지 않는 공중전화를 쓰기 위해서겠지. 그러고 보니 텔레비전에서도 고등학생이 밤중에 몇 시간이나 공중전화로 통화하는 장면을 본 적이 있다. 분명 저 애는 이성에 늦게 눈을 뜬 애야.

마사코는 그런 생각이 완전히 자기기만에 불과했다는 사실을 깨달았다. 2월 3일 밤에—오전 2시가 지났으니 실제로는 4일이다—살그머니 집에 돌아왔던 아들의 방 쓰레기통에서 검붉은 액체가 묻은 비닐봉투를 발견했을 때.

2월 3일. 그날은 연쇄 엽기살인의 두 번째 사건으로 보이는 살인이 일어난 날이기도 했다.

2장

……그다음에는 드넓은 품을 지닌
가이아*……

2월 · 히구치

전에 부하였던 형사가 히구치의 집으로 불쑥 찾아온 것은 2월 4일 늦은 오후였다. 히구치에게는 그 날짜가 얄궂게 느껴지지 않을 수 없었다. 작년에 마메마키**를 하지 않았기 때문일까? 그렇다면 몇 십 년 동안 한 번도 한 적이 없는데…….

"오래간만입니다."

히구치가 현역으로 있을 때 경부보로 갓 승진했던 노모토(野本)는 이제 경부가 되었다. 경찰을 그만두고 난 뒤로 내내 자기가 시대 흐름에 뒤처졌다는 느낌이 들었다.

노모토와 함께 온 젊은 형사를 맞아들여 차를 끓이려다 찻

*Gaia, 대지의 신. 여기에서 '대지'는 하늘까지 포함한 세계를 말한다.
**입춘 전날 밤에 액운을 쫓기 위해 콩을 뿌리는 일본 관습.

잎이 다 떨어졌다는 사실을 깨달았다. 주전자에는 언제 것인지 알 수 없는, 여러 번 우려낸 찻잎이 그대로 들어 있었다. 혼자라면 그걸 마셔도 상관없지만 아무래도 손님에겐 내놓을 수 없었다.

"신경 쓰지 마세요. 오래 있을 건 아니니까."

말은 그렇게 했지만 히구치가 권하자 노모토는 코트를 벗고 얼른 고타쓰*에 발을 넣었다. 젊은 형사도 그 모습을 보고 다행이라는 듯이 고타쓰에 발을 집어넣었다. 히구치는 두 사람의 코트에 묻은 흰 것을 보고서야 비로소 밖에 눈이 내린다는 걸 알았다. 그러고 보니 오늘 아침에는 묘하게 조용하고 추위도 더 심했던 것 같다.

"여전하시군요." 진심으로 그렇게 생각한다는 투로 노모토가 말했다.

"거짓말 말게."

노모토를 마지막으로 본 것은 미에의 장례식 때였다. 겨우 반년 전과 비교하더라도 자기 머리가 희어졌고 눈에 띄게 야위었다는 걸 안다. 한편 이제 마흔 살쯤 되었을 노모토는 히구치가 그만둘 무렵과 그다지 변한 게 없어 보였다. 속마음을 드러내지 않는 가늘고 째진 눈에 꾹 다문 입술. 나도 그 나이 때 지금 이 녀석처럼 사나운 표정이었을까?

* 일본식 실내 난방 시설.

"그래, 대체 무슨 바람이 분 거야? 얼마나 한가하기에 늙은 이 위문까지 와준 건가?"

그가 찾아온 것은 분명 무슨 사건과 관계가 있을 거라고 눈치챘지만 히구치는 가벼운 말투로 그렇게 물었다. 자기도 현역 시절 옛 동료가 그리워 개인적으로 방문한 적은 거의 없었기 때문에 결코 빈정거린 것은 아니었다. 노모토도 그건 아는지 구구한 변명으로 시간을 허비하지는 않았다.

"안타깝게도 그럴 시간 여유는 앞으로 당분간 없을 겁니다. 시마키 도시코(島木敏子)란 여자를 아십니까?" 노모토가 굳은 표정으로 말했다. 질문이 아니었다. 그가 여기 온 것은 틀림없이 히구치와 그 여자의 관계를 알기 때문이다.

히구치는 담배에 불을 붙이려던 손길을 멈췄다. 노모토와 젊은 형사의 얼굴을 번갈아 바라보았다. 등줄기로 뭔가가 기어 올라가는 느낌이 들었다.

"그 여자에게 무슨 일이 있었나?"

질문을 한 순간, 그들의 반응을 살필 필요도 없이 그녀가 이미 죽었다는 사실을 눈치챘다. 살인사건 담당인 노모토가 움직인 걸 보면 그녀는 틀림없이 중대한 살인사건과 관계가 있다. 그건 아마 1월에 일어난 엽기살인일 것이다. 최근에 수사본부가 설치된 사건이 바로 그 건이었다. 그 사건으로 그녀가 혐의를 받는다고 생각하기는 어려웠다. 남은 가능성은 그녀가 피해자라는 사실뿐이다.

"살해당했나……?"

"왜 그렇게 생각하죠?" 젊은 형사가 비로소 입을 열었다.

히구치는 천천히 그의 얼굴을 쳐다보았다. 조금 전 소개를 받았지만 이름이 떠오르지 않았다.

노모토는 젊은 형사를 흘깃 쏘아본 뒤, 히구치에게 미안하다는 듯이 말했다.

"경부님……. 아, 히구치 선배님. 그렇습니다. 1월에 일어난 사건, 아시죠?"

"……나도 신문 정도는 읽어." 사실은 신문이 아니라 버라이어티쇼를 보고 알았지만 쓸데없는 허풍을 떨었다. 아내가 죽은 뒤로 예전 동료들과는 연락도 완전히 끊어진 상태였다.

다 안다는 표정으로 노모토는 고개를 끄덕였다.

"시마키 도시코, 29세, 독신. 이혼 경력이 있는 간호사로 선배님 부인이 입원해 있을 때 병원에서 일했습니다. 틀림없죠?"

히구치는 순간 화가 치밀었다. 하지만 노모토 입장에서도 결코 하고 싶지 않은 질문일 거라는 생각에 겨우 참을 수가 있었다.

"그래. 그 여자가 살해당했나? 먼저 그걸 가르쳐줘도 괜찮지 않겠나?"

"오늘 아침 11시경, 아오야마 소재 호텔에서 목이 졸려 죽은 시체로 발견되었습니다. 범인은 예리한 칼로 유방을 도려내고 하복부를 쨌습니다."

거의 예상은 했지만 히구치는 동요를 숨길 수 없었다. 흰 가운을 입고 씩씩하게 걷던 그녀와 난도질당한 시체의 이미지를 연결하기는 불가능했다. 혀를 끌끌 차며 피우지도 않은 담배를 재떨이에 눌러 뭉갰다.

노모토도 잠시 말없이 히구치를 바라보았다. 히구치가 먼저 입을 열었다.

"목이 졸려 죽었다고 했지? 1월에 일어났던 사건도 교살이었나? ……그런데 그 사건은 유방만 도려내지 않았었나?"

"……예, 그렇습니다. 범인이 더 흉악해진 거겠죠. 아직 물증은 나오지 않았지만 틀림없이 동일범이라고 생각합니다. 됐습니까? 이제 제 질문에 대답해주시겠습니까?"

히구치는 더 묻고 싶었지만 일단 고개를 끄덕이며 손짓으로 질문을 재촉했다.

"그럼 그 여자와의 관계를 말씀해주시겠습니까?"

노모토가 질문하자 젊은 형사는 얼른 수첩을 꺼냈다. 노모토가 눈치를 주었는지 마지못해 도로 집어넣었다.

"……그녀는 ……시마키 씨하고는 물론 집사람이 입원했을 때 알게 되었지. 신세를 졌어. 집사람이…… 세상을 떴을…… 때는 위로해주었네. 이따금 시간이 나면 식사를 챙겨주러 오기도 했지. 말동무를 해주기도 했고. 그뿐이야."

"성관계는?" 노모토가 그렇게 물을 때, 그의 눈에 얼핏 망설이는 빛이 스친 듯했다.

"정신 나간 소리 하지 마! 그냥 말동무라고 했잖아! 누가 나 같은 늙은이가 좋다고 같이 자겠나! 그 여자는 그냥 노인 간호 자원봉사쯤으로 생각했던 거야. 아내를 잃은 남자는 이상하게 1년 이내에 사망하는 비율이 높다는 걸 아나? 여자는 남편이 죽으면 오히려 장수한다지만 남자는 병으로 죽는 것만이 아니라 자살이 특히 많다면서 그녀는 늘 걱정했네."

"자원봉사?" 젊은 형사가 느닷없이 언성을 높였다.

"말도 안 돼! 그 여자는……."

노모토가 얼른 그의 말을 가로막듯이 말했다.

"그 여자를 마지막으로 만난 건?"

너무 당연한 질문이었지만 히구치는 허를 찔린 듯이 대답하지 못했다. 이윽고 두 사람의 얼굴을 번갈아 쳐다보고 입술을 적신 다음에 대답했다.

"어제야. 어제."

히구치는 자기가 너무 지쳤다는 생각이 들었다.

시마키 도시코는 병원에서 일만 아는 재미없는 여자 축에 들었다. 백의의 천사라기보다는 늘 침착하고 냉정한 간호 로봇. 결코 실수를 저지르지 않는 대신에 환자의 죽음에도 동요하지 않았다. 아내가 그래도 약간 기운이 있을 때, 둘이서 시마키를 두고 자주 농담을 했다. 그건 "저 간호사는 이럴 때 뭐라고 할까?"하는 말장난이었다.

물음: "남자 환자의 거웃을 깎는데 환자가 발기되었다면?"

대답: "발기 상태 98퍼센트. 자위행위를 통한 신속한 사정을 권합니다."

미에는 천박한 음담패설에 살짝 얼굴을 찌푸렸지만 결국 참지 못하고 웃음을 터뜨렸다. 돌이켜보면 아내가 활짝 웃는 모습을 본 것은 그게 마지막이었을지도 모른다. 제길. 난 음담패설로 웃기는 것 말고 아내에게 달리 더 해줄 수 있는 게 없었나?

아내가 세상을 뜨자 집으로 찾아온 도시코는 그런 로봇과는 전혀 다른 사람 같았다. 섬세한 배려와 무언의 위로. 히구치는 그녀가 세 번째 찾아왔을 때 그만 눈물을 보이고 말았다.

그러나 세상사가 다 드라마처럼 풀리지는 않는다. 다른 사람에게 눈물을 보였다고 해서 슬픔이 사라지는 것도 아니고 고통이 누그러들지도 않는다. 다만 이따금 도시코가 찾아와 주기를 조금은 기다리게 되었을 뿐이다. 오아시스라고까지 할 수는 없어도 그에게는 바깥세상의 유일한 흥미 대상이었다. 그녀가 드나들며 텔레비전에서 나오는 소리가 아닌 진짜 사람 목소리를 들려주지 않았다면 그는 벌써 미쳐버렸을지도 모른다.

그리고 제대로 끼니도 챙기지 않고 밖에서 사 먹을 생각도 못 하던 그였기에 도시코가 올 때마다 여러 날 먹을 수 있는 카레나 반찬을 만들어주지 않았다면 영양실조로 병원에 실려 가는 꼴을 당했을지도 모른다.

이 늙은이는 살아 있는데 도시코와 아내는 죽었다. 대체 이게 무슨 일이란 말인가?

2
지난해 · 미노루

그 여자애의 이름은 에토 사치코(江藤佐智子), 문학부 1학년이라고 했다. 미노루는 같은 문학부에 다니는 대학원생이라고 거짓으로 자기소개를 했다. 캠퍼스 바로 옆에 있는 카페였다. 그래도 지저분한 남자애들이 단체로 드나들지는 않는, 케이크도 파는 조용한 가게다. 자리를 잡고 앉자 미노루는 꼬치꼬치 질문을 이어나갔다. 그녀가 특별하게 느껴지는 이유가 무엇인지 찾을 수 있을지 모른다고 생각했기 때문이다.

"전공은 뭘 하려고?"

"철학으로 할까 생각 중이에요. 아직 확실히 정한 건 아니지만." 사치코는 약간 멋쩍은 듯이 말했다. "주제넘죠?"

"철학. 그럼 나하고 같네. 난 지금 니체를 하고 있는데." 니체라면 무슨 질문을 받더라도 조금은 이야기를 끌어갈 자신이 있었다. 하지만 다행인지 불행인지 눈앞에 놓인 호박파이에 정신이 팔린 듯한 그녀는 아무것도 묻지 않았다.

"어머, 니체요? 그럼 나도 니체를 공부해볼까? 다행히 이렇게 니체 권위자를 알게 되었으니." 사치코는 아양을 떨듯이 웃었다.

바보다. 이 여자도 다른 여자애들과 전혀 다를 게 없어. 이 여자애 머릿속을 탐색해봐야 마음이 끌린 이유 따윈 알아낼 수 없을 테지. 결국 난 이 여자애의 육체에 끌린 거야, 그렇지 않아? 유혹해봐. 호텔에 가자고 해보면 돼. 거기서 몸을 더듬어보는 거야.

사치코의 붉은 입술이 열리고 파이 조각이 입안으로 들어가는 걸 가만히 바라보았다. 연체동물처럼 매끈매끈한 혀가 꿈틀거리는 게 보여, 미노루는 자기 물건이 딱딱해지는 걸 느꼈다.

그는 연기하던 모습을 벗어버리고 이렇게 말했다.

"오늘 밤 같이 있지 않을래?"

그녀는 장난스러운 웃음을 지었다.

"어디 데려가주실 거예요?"

오후 4시, 그들은 택시를 타고 이케부쿠로로 나갔다. 미노루는 자기 차가 있지만 이날은 끌고 오지 않았다. 그렇지만 학교 근처에 있는 호텔에 들어갔다가 누가 보면 곤란하다. 그

렇다고 여자애가 모처럼 따라오겠다는데 전철을 타고 움직일
수도 없었다.

이케부쿠로에 도착하니 땅거미가 내리는 중이었다. 느긋
하게 한잔하며 뜸을 들일 생각은 없었다. 인파에 부대끼면
서, 네온사인에 불이 들어오기 시작하는 거리를 걷다가 제일
먼저 눈에 띈 러브호텔로 여자애를 데리고 들어갔다. 그녀는
"아직 환한데"라고 쫑알거렸지만 별다른 저항은 없었다.

벽에 객실 사진이 쭉 붙어 있고, 빈방인 곳은 불이 들어와
있었다. 대부분이 비어 있는 모양이었다. 사진 옆에는 버튼이
붙어 있고, 그걸 누르면 잠금장치가 풀려서 들어갈 수 있는
시스템인 것 같았다. 프런트에 앉아 있는 사람도 보이지 않
아, 이쪽 얼굴이 드러날 염려도 없어 보였다.

"회전침대 같은 건 없나?" 그가 말하자 그녀가 미노루의 팔
을 때렸다.

"몰라, 야하긴."

미노루는 평범한 방을 골랐다. 3층이다. 그들은 좁은 엘리
베이터를 타고 3층으로 올라가 방을 찾았다. 심장 고동이 빨
라졌다. 여자애에게 들리지 않을까 걱정되었다.

문을 열자 사치코는 신기하다는 듯이 안을 둘러본 뒤 교과
서나 노트가 들었을 클러치 백을 침대 위에 던졌다. 화장실과
욕실을 들여다보더니 돌아왔다.

"뭐야, 별로 다를 것도 없네. 시시해."

분명 일반 호텔과 구조는 다를 게 없어 보였다. 다르다고 하면 욕실이 넓다는 것과 침대 시트나 벽지가 파스텔 색상이라는 정도. 천장이 거울로 되어 있거나 하지도 않다.

미노루는 문을 잠그고 블루종을 벗어 의자 등받이에 걸었다. 그녀는 못 본 척했다.

"뭘 좀 마시고 싶은데. 맥주 하실래요? 아니면."

"맥주가 좋겠군." 미노루는 대답하면서 자기 목이 바짝 타는 걸 느꼈다.

밀실이다. 이 밀실 안에서는 무얼 해도 상관없다. 섹스는 물론이고 약간 SM적인 행위를 한들 이 여자는 아무런 불평도 하지 않으리라. 스스로 원해서 따라왔으니.

냉장고에서 꺼낸 캔 맥주를 둘이서 침대에 걸터앉아 마셨다. 미노루는 맥주를 꿀꺽꿀꺽 마시는 여자애의 흰 목을 넋을 잃고 바라보았다. 그 병적일 만큼 흰 목이 꿈틀거리는 모습을 보며 미노루는 파충류를 연상했다. 아랫도리가 숨길 수 없을 지경으로 부풀어 올랐다.

"음악 같은 게 있으면 좋겠는데." 그는 흥분을 감추며 말했다. 둘러보니 침대 옆에 텔레비전과 비디오를 조작하는 스위치 같은 것이 있었다. 거기 적혀 있는 설명을 읽어보고 음악만 선택할 수도 있다는 걸 알게 되었다.

"이지 리스닝, 국내 가요, 팝, 클래식⋯⋯. 어떤 게 좋겠어?"

"음, 국내 가요…… 어때요?"

그는 스위치를 켰다. 시끄러운 음악이면 좋겠다고 생각했지만 실제로 흘러나온 음악은 사랑이니 연애니 하는 시시한 소리를 늘어놓는 조용한 곡들뿐이었다. 귀에 대고 이야기하지 않으면 목소리가 들리지 않을 만큼 볼륨을 올렸다.

그가 어깨에 팔을 둘러도 그녀는 모르는 척하며 계속 맥주를 마셨다.

노래가 바뀌자 그녀는 기쁘다는 듯이 소리를 질렀다. "아, 이 노래 내가 좋아하는 곡이야. 알죠? 오카무라 다카코."

"아니." 그렇게 대답하며 가사에 맞춰 입술을 달싹거리는 여자애를 약간 거칠게 침대에 쓰러뜨렸다. 들고 있던 알루미늄 캔이 새빨간 카펫 위에 떨어져 조금 남았던 맥주가 흘러나와 검은 얼룩을 만들었다.

그녀는 잠깐 겁먹은 포즈를 취하더니 이내 킥, 하고 웃음을 흘렸다. 그는 미소를 지어 보이며 당연하다는 듯이 그녀의 흰 목에 두 손의 엄지를 대고 힘을 주었다. 소리는 나지 않았지만 연골 같은 것이 부러지는 감촉이 손가락을 통해 느껴졌다.

투명한 목소리를 지닌 여자 가수의 노랫소리가 방 안에 울려 퍼졌다.

꿈을 포기하지 마
뜨겁게 빛나는 네 눈동자가 좋아

꾸룩, 하고 황소개구리 같은 소리를 내더니 여자는 그의 두 팔을 움켜쥐고 침대 밖으로 나온 두 발을 버둥거렸다. 스프링이 삐꺽거리는 소리에 노래가 들리지 않아 미노루는 짜증이 났다.

튀어나올 듯이 부릅뜬 눈가에 드러나는 푸르고 또렷한 정맥이 아름답게 느껴졌다. 그녀의 몸이 꿈틀거릴 때마다 가늘고 부드러운 머리카락이 흐트러져 해초처럼 출렁거렸다. 그가 체중을 싣자 그녀의 상반신은 부드럽게 침대 안으로 깊이 가라앉았다.

비록 멀리 있어도
네 선택을 모두 믿어

어디선가 들어본 적이 있는 노래였지만 이토록 가슴을 울리는 노래일 줄은 몰랐다. 아니, 애당초 러브 송을 듣거나 멜로드라마를 보고 감동을 받은 적은 여태껏 한 번도 없었다.

플란넬 셔츠를 뚫은 여자애의 손톱에 미노루의 팔은 상처가 나서 피가 흘렀다. 그 가느다란 핏줄기가 손목으로 흘러내려 여자애의 목에 붉은 얼룩을 만들 즈음 이윽고 저항이 그쳤다.

어디 숨겼었나 싶을 만큼 긴 혀가 입 밖으로 삐져나와 옆으로 축 늘어졌다. 그것은 마치 마지막 의지의 힘으로 만들어낸 커다란 의문부호처럼 보이기도 했다. "왜?" 그녀는 미노루에게 그렇게 묻고 있었다.

미노루는 자기가 음악에 맞춰 콧노래를 부르고 있다는 사실을 깨닫지 못했다. 아주 조심스럽게 블라우스 단추를 풀어 시체를 발가벗겼다.

"사랑하기 때문이야." 그는 태어나서 처음으로, 진심으로 그렇게 말했다. 감동한 나머지 목소리가 떨린다는 걸 깨달았다. 한 번 더 반복했다.

"사랑하기 때문이야."

벗긴 옷을 주름이 지지 않도록 조심스럽게 접어 의자 위에 놓았다. 구두와 양말을 벗기자 여자애는 태어났을 때와 같은 모습이 되었다. 태어났을 때와 같은 모습으로 죽은 여자. 죽을 때 원래의 모습으로 되돌아가는 것은 너무 당연한 일이라고 미노루는 생각했다. 여자의 몸을 침대 한가운데 똑바로 눕히고 조급한 마음을 가라앉히면서 그는 옷을 벗었다. 조금 전에 나오던 노래는 끝나고 다른 곡으로 바뀌었지만 그의 머릿속에서는 이전 곡의 인상적이었던 멜로디가 떠나지 않고 계속 반복되었다. 죽은 여자애가 미노루의 머릿속에서 노래하는 듯 느껴지기도 했다.

삼각팬티를 벗고 얼른 여자애 옆에 누웠다. 성기는 여전히 아플 만큼 부풀어 오른 상태였다.

그녀의 피부는 빠른 속도로 핏기를 잃고 검푸르게 변해갔지만 미노루는 전혀 신경 쓰지 않았다. 오른손을 복부에 얹고 부드럽게 쓰다듬으며 위로 향했다. 생각보다 훨씬 큰 유방을 두 손으로 쓰다듬었다. 먼저 희게 부풀어 오른 젖무덤에, 그리고 젖꼭지에 입맞춤을 했다. 누구에게도 그렇게 해본 적이 없을 만큼 부드럽게. 손가락에 눌린 부분은 핏기가 사라져 다시는 원래 상태로 돌아오지 않았다.

온몸에 입을 맞추고 손바닥으로, 그리고 혀로 애무했다. 차갑다. 너무 차갑다.

"따뜻하게 해줄게." 그는 귓가에 속삭였다.

몸 위로 올라타 오른손을 여자애의 사타구니에 넣어 허벅지 사이를 넓혔다. 성기를 더듬어 손가락으로 벌리고 자기 것을 억지로 집어넣었다. 살아 있는 동안에 분위기만으로도 흥분했는지 아니면 죽은 뒤에 몸이 반응을 보인 것인지 약간 촉촉하고 따스했다.

이미 폭발 직전이었던 그는 안에 삽입하자마자 바로 사정했다. 식어가는 몸 안에서 수억 개나 되는 뜨거운 생명이 힘차게 흩어지는 광경을 상상하며 부르르 몸을 떨었다.

이거야말로 진짜 섹스다. 그가 지금까지 경험해왔던 것은 이 진짜 섹스를 흉내 냈을 뿐이고 사랑이란 이름 아래 이루어진 상호 마스터베이션에 불과했다.

이제야 겨우 깨달았다. 섹스란 살인의 우의(寓意)에 불과하다. 성행위는 바로 살인이다. 남자는 사랑하기 때문에 여자의 몸을 쓰다듬고, 핥고, 깨물고, 때론 난폭하게 고통을 준다. 그리고 몸속 깊숙이 자신의 창을 찔러 넣는다. 남자는 모두 여자를 죽이고 탐하기 위해 태어났다.

그는 흐려지기 시작한 눈동자로 계속 벽을 바라보는 여자애를 한 번 더 천천히 사랑하고 나서 호텔을 나왔다. 시각은 10시가 훨씬 지나 있었다.

방금 깨달은 사랑에 대해 아무나 붙들고 이야기하고 싶어 견딜 수 없었다. 그런 것은 존재하지도 않고, 가령 존재한다 해도 굳이 이야기할 가치도 없다고 생각했던 사랑에 대하여.

진실한 사랑.

누군가를 사랑하면 세상이 다르게 보인다. 그런 말이 사실일 줄은 여태 상상도 못 했다.

네온사인에 물든 가로수 길을 걸으며, 낯선 거리로 나선 어린아이처럼 두리번두리번 주위를 둘러보았다. 어제까지―조금 전까지―경멸했던 남자와 여자들마저도 사랑스럽고, 요란한 네온사인도 왠지 마음에 들었다. 태어나서 지금까지 내내 그를 덮고 있던 반투명한 막이 훌렁 벗겨진 듯한 상쾌한 기분을 맛보았다. 살갗에 스치는 바람, 꼬치구이 냄새가 묻어 있는 가을 공기, 사람들이 드나들 때마다 흘러나오는 파친코 가게의 소음, 이 모든 것들이 그의 사랑과 삶의 증거처럼 느껴졌다.

시각도, 청각도, 후각도, 오감 모두가 아플 만큼 자극을 느껐다. 마치 신경에 이상이 생긴 것처럼. 혹시 뇌하수체나 어디서 각성물질이 나와 자연적인 환각 상태에 들어간 게 아닌가 하는 의심이 들기도 했다.

전철을 타고 한 시간쯤 걸려 집에 도착했을 때도 그런 기분은 전혀 변함이 없었다. 자기가 다시 태어났다는 확신이 들었다. 여느 때 같으면 귀찮기만 한 어머니의 질문—"이렇게 늦게까지 어디 있었니?"—에도 그 들뜬 기분은 가라앉지 않았다.

다만 왜 그 여자—이미 그 이름이 기억나지 않는다—에게 특별히 끌렸느냐 하는 문제만은 응어리처럼 마음속에 남았다.

3
2월 · 마사코

아들의 태도가 이상하다는 생각이 들자 마사코는 다시 그 아이 방 쓰레기통을 뒤지고 편지에 신경을 쓰게 되었다. 여자 친구가 있다면 그 이름이라도 알 수 있지 않을까 생각했기 때문이다. 아들이 대학에 들어가고부터는 아들 방을 거의 뒤지지 않았다. 그걸 눈치챈 남편이 "이제 그 애도 어른인데 쓸데없는 짓 하지 마"라고 핀잔을 주었지만 그만둘 생각은 없었다. 반박하지는 않았지만 직장 일 이외에는 머릿속에 아무것도 없는 사람에게 아들 교육에 대해 참견을 받고 싶지는 않았다.

난 아이들을 사랑해. 당신은?

그런 말이 튀어나올 뻔했던 적이 여러 차례 있었다.

이 세상의 해악이나 유혹으로부터 자식을 지키기 위해서 당신이 한 게 뭐지?

마사코가 성교육 세미나에 가서 감동을 받았다는 이야기를 해도 들은 척 만 척. 아이들이 다니던 중학교 근처에 생긴, 도를 넘어선 에로 도서 자동판매기를 철거하자는 운동을 할 때는 "그 정도 가지고 뭘 그래"라는 한 마디. 마사코는 어처구니가 없어 그만 소리를 버럭 지르고 말았다.

"그걸 직접 보지 못했기 때문에 그런 소릴 하지. 진짜 저속해서 눈 뜨고 볼 수 없어." 그 눈 뜨고 볼 수 없는 잡지가 아들 방에도 있었다는 이야기는 하지 않았다. 아들이 그걸 보았다는 사실도, 자기가 몰래 그걸 찾아냈다는 사실도 애써 잊으려 했다. 평소 교육이 제대로 되어 있다면 그런 책 한두 권 때문에 그 애의 마음이 삐뚤어지거나 하지는 않을 거라고 믿고 싶었다.

"보지 않아도 어떤 건지 정도는 알아. 그보다 목욕물 준비 좀 해주지 않겠어?"

애당초 기대도 하지 않았지만 그 뒤로 남편에겐 어지간한 일이 아니면 이야기하지 않았다. 남편과는 부부관계가 없어진 지도 이미 오래. 시아버지가 돌아가시고 난 뒤로는 방을 따로 쓰니 별거 상태나 마찬가지다.

그리고 2월 4일.

미노루가 점심을 먹고 나서 시험 때문에 학교에 간 뒤 마사코는 2시쯤 되어 아들 방으로 들어갔다.

아들에겐 용돈을 넉넉하게 주기 때문에 방 안에는 값비싼 A/V기기가 잔뜩 있었다. 혼자 쓰는 오디오, 비디오, 텔레비전은 물론 레이저디스크에 8밀리미터 비디오카메라까지. 그 여자 어린이 연쇄 살인사건*의 범인이 잡혔을 때는 충격을 받았지만 다행히 알아본 바에 따르면 아직 호러 비디오를 유난히 많이 본다거나 하는 것도 아니고 롤리타 취향도 없는 듯했다.

우리 애는 결코 그런 짓은 하지 않을 거야. 절대로.

침대는 대학에 입학하고 나서 새것으로 바꿨다. 검은 파이프 침대였다. 그때 침대 아래 있던 낡은 책과 함께 포르노 잡

---

* 이 소설이 발표되기 조금 전인 1988년부터 1989년에 걸쳐 일본을 공포로 몰아넣은 사건. 범인인 미야자키 쓰토무(宮崎勤)의 이름을 따서 미야자키 사건, 또는 이니셜을 따서 M사건으로 부르지만 경시청의 공식 사건 명칭은 경시청 광역 중요 지정 117호다. 제2차 세계대전 이후 일본 최초로 프로파일링 수사 기법이 도입된 사건이다. 도쿄와 사이타마 현 지역의 3세~7세 여자 어린이가 피해자로, 범인이 체포된 뒤 그의 아버지가 자살해 언론 보도 방식에 문제가 제기되기도 했다. 범인의 방에서 비디오테이프 5,763개가 발견되었는데, 2주 동안 74명의 수사관을 동원해 조사한 결과 피해자를 살해한 뒤 찍은 것으로 보이는 비디오테이프가 확인되기도 했다. 범인은 2006년 1월 사형 확정 판결을 받았으며, 2008년 6월 도쿄구치소에서 사형되었다.

지도 처분해버린 모양이었다. 소프트한 누드 화보 정도가 실린 잡지라면 아무렇게나 놓여 있을 때도 있었지만 기본적으로 그런 것들은 졸업한 것 같아 그녀는 일단 마음을 놓았다. 훌륭한 선생님이 아무리 "걱정하지 말라"고 해봐야 예민한 시기에 있는 아들에게 그런 게 좋은 영향을 끼칠 리 없다는 건 확실하다. 그런 것들은 보지 않는 게 당연히 좋다.

마스터베이션도 기껏해야 일주일에 한 번, 때로는 전혀 하지 않는 기간도 있는 모양이다. 그것이 여자와의 관계가 시작되었다는 사실을 의미하는지 어떤지는 알 수 없다. 남편의 외도 증거를 찾는 여자처럼 늦게 들어오는 아들의 몸 냄새를 맡아보기도 했지만 향수 냄새도 비누 냄새도 그리고 물론 여자 냄새도 나지 않았다.

어디 달라진 곳은 없는가 싶어 방을 쭉 둘러보았다. 원래는 고타쓰였던 검은 테이블에는 독일어 사전과 교과서 종류의 책이 잔뜩 쌓여 있다. 예전에는 고타쓰로도 사용했지만 지금은 한 평 반쯤 되는 넓이의 전기장판과 에어컨이 있기 때문에 겨울에도 고타쓰용 담요는 덮지 않고 그냥 공부용 책상으로 쓴다. 9년 동안 써온 책상은 고등학교에 입학할 때 버리고 빈 공간은 이제 A/V 보드가 차지했다. 하나뿐인 책꽂이에는 만화가 많지만 교과서 말고도 일반 책이 반쯤 있었다. 책을 전혀 읽지 않는 대학생도 많다고 하던데 그에 비하면 그래도 낫지 않은가 하는 생각이 들었다.

방이 여느 때와 같다는 사실을 확인하고 마사코는 쓰레기통을 들여다보았다. 길쭉한 철제 원통 모양의 쓰레기통이다. 쓰레기를 한꺼번에 꺼낼 수 있도록 안쪽에는 검은 쓰레기 비닐봉투가 씌워져 있다. 제일 위에 보이는 것은 서점 종이봉투, 비디오테이프나 카세트테이프를 쌌던 걸로 보이는 셀로판지, 그리고 둥글게 말린 화장지. 늘 그렇듯이 화장지를 집어 들어 정액이 묻어 있는지 살펴보려고 하는데 쓰레기봉투와 똑같은 검은 비닐이 둘둘 말린 채 버려져 있는 것이 보였다.

나중에 원래대로 해놓기 위해 쓰레기통의 상태를 기억해두고, 그녀는 비닐 끄트머리를 살짝 잡아당겼다. 역시 쓰레기봉투였다. 늘 부엌에 사다 두는 것과 같다. 끄집어내어 보고 나서 봉투 바닥에 액체가 담겨 있다는 걸 깨달았다. 그 액체가 쏟아지지 않도록 뭉뚱그린 비닐봉투의 입구를 찾아 안을 들여다보았다. 숨이 막힐 것 같은 쇳내가 풍겼다.

숨이 멎고 현기증이 느껴졌다.

안다. 이게 무슨 냄새인지 안다.

봉투를 벌려 살짝 왼손을 넣어 손가락으로 더듬자 여기저기 묻어 있는 액체가 손가락 끝에 닿았다. 얼른 손을 빼 손가락을 보았다. 약간 검기는 하지만 틀림없다. 피다. 이 봉투에는 피, 혹은 피가 묻었던 무언가가 들어 있었다. 돼지 피일지도 모르고, 닭의 피일지도 모른다. 결코 사람의 피일 리 없다. 사람 피가 묻은 비닐봉투가 어찌 아들 방에 있을 까닭이 있겠는가. 동물 피가 틀림없다. 식구들 몰래 친구들과 고기를 구워 먹는 파티 같은 걸 했을지도 모른다. 고기에서 피가 흘러나오는 일은 자주 있다.

그렇게 생각하면서도 그녀는 다리가 떨려 계속 서 있을 수 없었다.

……아아, 이 애가…… 우리 애가 대체 무슨 짓을?

3장

……그리고 불사의 신들 가운데
가장 잘생긴 에로스,
모든 신들과 인간들의 가슴속에서
사려 깊은 생각과 마음을 정복해버리며
사지를 약하게 만드는 자.

2월 · 히구치

도시코는 병원 기숙사에서 생활했지만 그녀의 부모는 지금
도 고토 구 가메이도에 있는 생가에 산다고 한다. 시신이 언
제 돌아올지 모르지만 오늘 밤은 문상을 받는 모양이었다. 히
구치가 사는 니시카사이에서는 아라카와 강을 건너면 바로
다. 그냥 알고 지내던 사이라면 장례식에만 참석해 문상해도
그만일 테지만 명색이 전직 형사다. 딸을 잃은 부모에게 뭔가
위로가 될 만한 이야기를 해야 할 의무가 있다는 생각을 떨칠
수 없었다. 하지만 실제로 무슨 이야기를 해야 할지는 전혀
알 수 없었다.

　한참 망설인 뒤에 일단 찾아가보기로 했다. 6시쯤 되어 무
거운 몸을 일으켜 장롱에서 양복을 꺼내 갈아입고, 낡은 쥐색

코트를 걸친 뒤에 밖으로 나와 택시를 잡았다.

형사들은 누구나 유족과 마주치기 싫어한다. 히구치에게도 내키지 않는 일 가운데 하나였다. 아는 사람, 혹은 친척 장례식에 가는 것과는 전혀 다르다. 초대받지 않은 손님. 무례한 침입자. 고인과 가족의 프라이버시를 들추고 무덤을 파헤치며 시신을 손상시켜 현미경으로 들여다보는 사람들. 유족들의 눈이 그렇게 이야기하는 것처럼 느껴졌다.

하지만 시마키 도시코는 친구이자 은인이라고 해도 좋을 사람이었다.

그런데 유족을 만나러 가는 게 나는 왜 이리도 두려운 걸까? 마치…… 마치 아직 형사인 것처럼. 나는 이미 유족의 감정을 상하게 할 만한 질문을 할 필요도 없고, 부검해야만 하는 이유를 설명할 일도 없다. 그저 위로의 말을 건네고 너무 일찍 세상을 떠난 것에 대한 슬픔과 아직 잡히지 않은 범인에 대한 분노를 서로 약간 나누면 그걸로 되는 게 아닌가.

그뿐이지 않은가?

스스로를 그렇게 타이르면서 히구치는 도시코 부모의 집에 이르렀다. 시마키야(島木屋) 과자 본점, 노모토의 이야기를 듣고서야 비로소 도시코의 아버지가 일본과자 기술자라는 사실을 알게 되었다.

택시에서 내리자 다시 눈발이 날리기 시작했다. 택시비를 내고 코트 앞깃을 여민 뒤 가게 앞에 섰다. 한적한 상점가 외곽에 자리 잡은 일본식 건물. 생각보다 훨씬 훌륭한 가게였다. 지붕 바로 아래는 오른쪽에서 왼쪽으로 적힌 시마키야 과자 본점이라는 나무 간판이 걸려 있었다. 입구는 넓었지만 지금은 이미 나무문이 굳게 닫혀 있다. 그는 뒤로 돌아가는 길을 찾아 일단 오른쪽으로 걷기 시작했다. 1백 미터가량 가니 집들이 줄지어 늘어선 구역이 끝나, 좁은 일방통행 길을 왼쪽으로 꺾어져 들어갔다. 다시 왼쪽으로 구부러져 되돌아가듯이 1백 미터가량 걸었다.

순찰차 두 대가 집 앞에 서 있어 바로 찾을 수 있었다. 이미 어둡고 기온마저 떨어졌는데도 두세 명의 주부가 길에 서서 이야기하면서 빨간 경광등이 회전하는 순찰차 쪽을 바라보는 중이었다. 관할서의 제복 경찰 두 명이 양손을 바지에 문지르며 순찰차 문에 기대듯이 서서 흰 입김을 토했다. 현관으로 가려고 하자 그들 가운데 한 명이 가로막으며 물었다.

"여긴 무슨 용무이십니까?"

"……이 댁 따님과 아는 사람입니다." 그렇게 대답하면서 신분을 증명할 만한 것이 있을까 생각했지만 그럴 필요가 없었다. 경찰은 조의를 담은 듯이 살짝 고개를 끄덕이고 히구치를 통과시켜주었다.

불빛이 켜진 현관 앞에 서서 히구치는 잠시 망설였다.

역시 오는 게 아니었다. 부모가, 그리고 갑작스러운 부음

63

을 확인한 친지들이 목 놓아 우는 모습이 눈에 선했다. 그들은 자기와 그녀의 관계에 대해 아무것도 모를지 모른다. 장례식도 아닌데 이런 늙은이가 달려온 것을 대체 어떻게 생각할까. 죽기 직전에 그녀가 자기 집에 드나들었던 문제에 대해 그들은 어떻게 생각할까. 노모토마저도 그런 가능성을 생각하지 않을 수 없었듯이, 특별한 관계였다고 오해하지나 않을까.

역시 오는 게 아니었다. 다시 그렇게 생각하며 그냥 돌아서려고 할 때 힐끔힐끔 보는 경찰들의 시선을 느꼈다. 낯익은 얼굴이 아닌 걸 보면 히구치가 형사였다는 사실을 알 리 없다. 수상한 사람으로 여길까봐 히구치는 슬쩍 고개를 숙여 보였다. 어두운 하늘을 올려다보며 크게 한숨을 내쉰 뒤, 잘 움직이지 않는 문을 덜컹덜컹 소리를 내며 열었다.

구두가 열 켤레쯤 어지럽게 놓인 현관 입구에 들어서자 오래된 나무 칸막이가 연륜을 드러냈다. 구두 가운데 몇 켤레는 무척 지저분하고 굽이 닳은 것도 있어, 히구치는 한눈에 그게 형사 구두라는 걸 눈치챘다. 아마 도시코의 사진이나 유품을 찾으러 왔으리라. 히구치는 무의식중에, 도시코가 여기 살지 않았기 때문에 많은 인원을 보내지는 않았을 거라고 생각했다.

쉰 살쯤 되어 보이는, 울로 된 옷을 입은 부인이 칸막이를 돌아 나와 무릎을 꿇고 고개를 숙였다. 나이로 보아 도시코의 어머니일 거라고 짐작했다. 눈에 눈물 자국 같은 것도 없고 태도도 침착했지만 쇼크를 받은 사람 특유의 넋이 나간 듯한 인상이었다.

"히구치라고 합니다. 들으셨는지 모르겠지만 요즘 따님에게 크게 신세를 지던 사람입니다. 이번 일은 정말 뭐라 말씀을 드려야……."

히구치는 힘들게 말을 이어가다가 상대방이 약간 멍한 표정으로 자기 얼굴을 바라보는 모습을 보고 입을 다물었다.

"히구치 씨……. 당신이 히구치 씹니까? 형사라는?" 그 여자가 물었다. 칸막이에 가려 히구치에게는 보이지 않는 안쪽 거실에서는 숨죽이고 흐느끼는 소리와 다다미 위를 걷는 발소리 같은 것이 섞인 옷깃 스치는 소리가 들려왔다.

"예. 이미 그만두었습니다만……."

그러나 그의 말은 약간 분노를 머금은, 의외일 만큼 또렷한 말투에 가로막혔다.

"그냥 돌아가세요."

히구치는 할 말을 잃고 부인을 바라보았다. 드문드문 흰머리가 섞인 짧은 머리는 굵게 웨이브가 져 있다. 둥그런 얼굴에 코와 입은 선명하지 않은 윤곽을 그렸다. 하지만 작은 눈을 부릅뜨고 히구치를 쏘아보았다. 어렴풋이 걱정은 했지만 이토록 악의를 드러내리라고는 예상하지 못했다. 히구치는 찬물이라도 뒤집어쓴 듯이 선 채로 꼼짝도 못 했다.

"아뇨, 저어, 저는 그저……."

그가 변명하려 하자 심상치 않은 분위기를 느꼈는지 뒤에서 다른 여자가 나타나는 바람에 히구치는 말을 삼켰다. 눈앞에 있는 부인과 핏줄로 이어진 게 분명한 동그란 얼굴의 여자는 자그마한 부인과는 달리 키가 크고, 이목구비는 그리 다르게 생기지 않았는데도 미인 축에 들 만했다. 그러나 물론 놀란 까닭은 그런 것 때문이 아니었다.

잠깐 시마키 도시코가 아직 살아 있는 줄로 착각할 만큼 꼭 닮은 얼굴이었기 때문이다.

"……누구시죠?" 그녀가 살짝 고개를 숙이며 작은 목소리로 부인 귓가에 속삭이는 소리가 히구치에게도 들렸다.

부인은 히구치를 똑바로 노려보면서 다시 반복했다.

"어쨌든 돌아가세요. 당장 돌아가세요. ……어서 돌아가주세요."

"어머니! 무슨 그런 실례를……."

동생이구나. 히구치는 뒤늦게 깨달았다. 분명히 다섯 살쯤 나이 차이가 나는 여동생이 있다는 이야기를 들은 적이 있다. 가만히 보면 별로 어렵지 않게 도시코와 다른 점이 여러 군데 보인다. 머리를 길게 길렀고 어린 탓인지 얼굴 생김새가 약간 오동통하다. 언니보다 자기 어머니의 특징을 많이 물려받은 모양이다. 도시코는 더 날카롭고, 그리고 더 연약해 보였다.

히구치는 모녀가 옥신각신하기 전에 끼어들었다.

"알겠습니다. 불쑥 찾아뵈는 게 도리가 아니었던 것 같군요. 그럼…… 다음에…… 다시 찾아뵙겠습니다. 실례했습니다."

대답을 기다리지도 않고 돌아서서 현관을 빠져나와 고개를 숙이고 문을 닫았다. 심장이 쿵쿵 고동쳤다. 도시코의 동생을 보고 놀랐기 때문인지, 그 어머니가 심하게 화를 내서인지는 모르겠다. 비틀비틀 거리로 나가면서 가벼운 통증이 느껴져 가슴을 눌렀다.

마음이 약해져 몸도 허해진 걸까. 아니면 나이 든 몸이 약해졌기 때문에 마음까지 약해져버린 걸까. 차가운 바람이 정면으로 불어 닥치자 꽃잎 같은 눈이 코트 앞섶에 달라붙었다가 녹아내린다. 히구치는 고개를 숙이고 몸을 웅크리면서 금방 왔던 길을 거슬러 걸었다.

모퉁이를 돌아 큰길로 나왔을 때, 뒤에서 종종걸음으로 따라오는 발소리와 함께 젊은 여자의 목소리가 들려왔다.

"잠깐만요! ……죄송합니다, 잠깐만요!"

멈춰 서서 천천히 뒤를 돌아보니, 도시코의 여동생이 허둥지둥 히구치에게 달려와 헉헉거리며 흰 입김을 잔뜩 뿜어냈다. 신발만 대충 신고, 검은 터틀넥 스웨터 위에 뭔가를 걸칠 틈도 없었던 모양이었다. 마주 서서 보니 그녀가 히구치보다 약간 키가 크다. 도시코는 히구치보다 작았으니 동생이 몇 센티미터는 큰 셈이다.

"무슨 일이죠?" 히구치는 그녀가 숨을 돌릴 수 있도록 잠깐 뜸을 들였다가 물었다.

"……히구치 씨죠?" 그녀는 꿀꺽 침을 삼키고 나서 입을 열었다.

"예. 동생인가요?" 그가 묻자 그녀는 깜짝 놀란 듯이 입을 가리며 고개를 꾸벅 숙였다.

"……예. 시마키 가오루(島木かおる)입니다." 그녀는 그제야 비로소 눈발이 날린다는 걸 깨달았는지 하늘을 올려다보며 몸을 부르르 떨었다.

"어디…… 어디서 잠깐, 시간을 내주실 수 있겠습니까?"

그렇게 말하며 히구치의 얼굴을 똑바로 바라보았다. 겁 없는 어린애 같은 눈동자로구나, 하는 생각이 들었다. 도시코와는 다르다. 그녀는 이런 눈으로 사람을 바라보거나 하지는 않았다.

"언니 문제로?"

"예."

"나야 괜찮지만 어머니가 탐탁하지 않게 여기실 텐데요?" 그 악의의 이유를 아느냐는 듯이 자연스럽게 그렇게 대답했다.

가오루는 미안하다는 듯이 말했다.

"어머니는 겉보기에는 몰라도 지금 제정신이 아니세요. 죄송합니다. 큰길로 나가서 바로 왼쪽으로 꺾어지면 엘 니드란 카페가 있습니다. 거기 먼저 가 계시겠습니까? 저도 바로 가겠습니다."

히구치가 고개를 끄덕이자 그녀는 쪼르르 집으로 돌아갔다.

카페는 금방 찾았다. 카운터 석이 대여섯 개, 4인용 테이블이 세 개뿐인 작은 가게였다. 그 테이블 가운데 가장 안쪽에 있는 자리에는 마작 비디오 게임 기계가 놓여 있어, 학생 같아 보이는 젊은 남자가 커피를 홀짝거리며 게임하는 중이었다. 히구치는 입구에서 제일 가까운 테이블에 앉아 코코아를 주문했다.

델 만큼 뜨거운 코코아를 한 모금 마시려는 순간 가오루가 들어왔다. 하프코트를 걸치고, 이번에는 제대로 구두를 신었다.

"죄송합니다. 기다리시게 해서." 그녀는 깊숙이 고개를 숙이더니 히구치 맞은편에 앉아 밀크티를 시켰다.

가오루가 한동안 고개를 숙이고 말이 없기에 히구치가 먼저 입을 열었다.

"……정말 끔찍한 일을 당했군요. 뭐라 위로의 말씀을 드려야 할지. 아실지 모르겠지만 저는 형사였습니다. 죽은 사람을 여러 차례 보았고 유족과 이야기도 나누어야 했습니다. 하지만 아직도 어떻게 위로의 말씀을 드려야 하는지 모릅니다. 범인은 반드시 잡힐 거라는 이야기 이외에는 할 말이 없을 때도 있었죠. 제가 도시코 씨 유족께 뭐라 말씀을 드려야 할지 모르겠군요."

가오루는 이야기하는 히구치의 얼굴을 가만히 바라보았다. 그가 말을 마치자 그녀는 너무나도 뜻밖의 질문을 던졌다.

"언니를…… 언니를 사랑하셨나요?"

무슨 그런 농담을 하느냐고 말하려다 그만두었다. 상처 입을지도 모른다는 생각이 들었기 때문이다.

"……어째서 그런 말을? 나는 언니와는 결코……."

그녀는 고개를 마구 저으며 그의 말을 가로막았다.

"히구치 씨와 언니가 그런…… 관계가 아니었다는 건 압니다. 하지만 눈치는 채셨겠죠? 언니가 히구치 씨를…… 내내 마음에 두었다는 건."

히구치는 멍하니 가오루를 바라보았다. 도시코의 얼굴이 거기 겹쳐 보였다. 이따금 지금의 가오루처럼 애절한 눈으로 자기를 바라보던 도시코. 히구치는 난처해하며 말했다.

"설마. 그건 뭔가 오해가 있는 것 같군요. 도시코 씨는 저를 측은하게 여겼을 뿐이에요. 간호사로서의 의무감이었는지도 모르죠."

"얼버무리지 말아주세요. 의무감이라면 왜 히구치 씨 댁에만 그렇게 자주 드나들었겠어요? 언니는 알았어요. 히구치 씨가 언니를 받아들이지 않을 거라는 사실을. 하지만 히구치 씨 곁에 있고 싶어 했습니다."

그랬다. 나는 그녀의 그런 마음을 이용해 투정을 부렸다. 끝내 애를 갖지 못했던 미에와의 사이에 태어난 딸처럼 느껴졌던 순간도 있었다. 도시코가 그런 식의 애정을 원하는 것은 아니라는 사실을 알면서도 모르는 척했을 뿐이다.

하지만 히구치는 이렇게 말했다.

"가령 그렇다고 해도 도시코 씨는 나를 이른바 연애의 대상으로 보지는 않았을 겁니다. 저를 보세요. 물론 배우들처럼 잘생겼다면 몰라도 그저 평범한 늙은이입니다. 그렇지, 아가씨 아버님이 내 또래일 겁니다. 그렇지 않아요?"

"그런 식으로 스스로를 비하하지 마세요!" 그녀는 화가 난 표정으로 말하더니 바로 고개를 숙였다.

"죄송합니다. 뭐라 하시건 제가 드리고 싶은 말씀은 히구치 씨는 스스로 생각하시는 것보다 훨씬 매력적이라는 사실입니다. 부정하지 말아주세요! 언니가 히구치 씨를 사랑했다는 사실은 변함이 없으니까요. 제가 알고 싶은 건 히구치 씨의 마음입니다. 언니를 사랑하셨는지 어떤지. 그걸 여쭤보고 싶은 거죠."

조금 전 도시코 어머니의 태도가 납득이 갔다. 그분 또한 도시코의 마음을 알았을 게 틀림없다. 도시코는 젊은 나이였기 때문에 당연히 재혼 이야기도 나왔으리라. 그런 혼담을 자기 때문에 거절했다면……. 그것만으로도 원망을 살 자격이 충분한데 도시코는 자기 집을 오가다가 살해되었다. 누구에

게 퍼부어야 좋을지 알 수 없는 분노가 전부 히구치에게 쏟아
진다 해도 이해가 안 되는 건 아니다.

히구치가 말했다.

"연애 대상으로 여겼느냐고 묻는다면 대답은 물론 아닙니
다, 라고 해야겠죠. 그리고 나는 도시코 씨와 나이 차이가 없
었다 해도 누구를 좋아하고 말고 할 처지가 아니었어요. 빈껍
데기 같은 존재니까. 언니가 아니었다면 굶어 죽었을지도 모
르죠."

가오루의 눈에 눈물이 고여 있다는 걸 깨달았다. 그녀는 입
술을 꾹 깨물며 울음을 참는 모양이었다.

"사모님을…… 무척 사랑하셨군요."

그는 대답할 수 없었다. 가오루가 말을 이었다.

"만약에 ……만약에, 좀 더 시간이 있었다면 ……언니를
사랑하셨을 거라고 생각하세요?"

"그런 질문은 의미가 없어요. 도시코 씨가 이런 사고를 당
하지 않았다고 해도 어쨌든 저는 살 수 있는 날이 얼마 남지
않았으니까." 히구치가 그렇게 말하며 자조 섞인 웃음을 짓
자 가오루는 화가 난 듯이 노려보았다.

"대답해주세요. 언젠가는 언니를 사랑하게 되었을 거라고
생각하십니까?"

히구치는 거짓말을 하려고 입을 막 열려 했지만 그녀의 눈
을 보고 그럴 수 없다는 걸 깨달았다.

"……아뇨. 그렇게 생각하지는 않습니다."

눈물이 흘러내렸다. 가오루는 얼른 고개를 돌리고 손등으로 그 눈물을 닦았다. 등을 들썩이며 말했다.

"……죄송합니다. 제가…… 분명 큰 실례를 한 것 같군요. ……하지만 여쭤보고 싶었습니다. 여쭤본다고 해서 뭐가 어떻게 되는 건 아니라는 걸 알면서도…… 어쩔 수 없었습니다."

"이해해요." 히구치는 어찌할 바를 몰라 하면서 그렇게 대답했다. 도시코의 얼굴을 정확하게 떠올리려 했지만 이미 기억은 희미해지기 시작했다. 눈앞에 있는 가오루의 얼굴과 어디가 다른지 구분을 할 수 없었다.

너 때문이다. 너 때문에 도시코가 죽었다.

그런 목소리가 불쑥 머릿속에 들려왔다.

네가 그녀를 죽였다.

히구치는 테이블 밑으로 살며시 주먹을 쥐고, 이를 악물었다.

가오루는 손수건을 꺼내 눈물을 닦으면서 말을 이었다.

"……그래도 마음이 놓이는군요. 히구치 씨가 좋은 분이라서. 언니 마음을 이제는 이해할 수 있을 것 같습니다."

그녀는 손수건을 집어넣고 일어서더니 계산서를 집어 들며 말했다.

"이만 실례하겠습니다."

뭐라 할 틈도 주지 않고 그녀는 계산을 마쳤다. 테이블 위의 컵은 두 사람 다 입에 대지 않은 상태로 차갑게 식어 있었다. 문을 나서려 하는 그녀를 일어서서 불러 세울까 했지만 무슨 말을 해야 할지 떠오르지가 않았다.

그는 다시 풀썩 의자에 앉아 표면에 짙은 갈색 막이 생긴 코코아를 한동안 바라보고 있었다.

네가 죽였다.

"나 때문이 아니야." 히구치는 소리 내어 말했다. 카운터 안쪽에 있던 중년 여자와 마작 게임을 하던 손님이 히구치를 힐끔힐끔 보고 있다는 걸 눈치채지 못했다.

죽인 건 너야.

2
지난해~1월 · 미노루

처음 여자를 죽인 다음 날, 미노루는 학교에 나가지 않았다. 거실에서 뒹굴며 텔레비전 리모컨을 들고 지난밤에 한 살인이 뉴스에 나오지 않을까 기다리는데, 외출한 줄 알았던 어머니가 살며시 들어왔다.

"미노루, 학교는 어떡한 게냐?" 어머니가 못마땅하다는 듯이 말했다.

"······열이 좀 있어서요. 어차피 강의도 한 시간뿐이라. 지난 학기에는 한 번도 빼먹은 적이 없는 강의라서 한 번쯤은 쉬어도 괜찮아."

그때 뉴스가 시작되었다. 지금 채널을 바꾸는 건 부자연스러웠고 뉴스를 놓치고 싶지도 않았다. 자기가 어떤 반응을 보이게 될지 알 수 없었지만 어머니가 뭔가를 눈치챌 염려는 없다고 생각했다.

갑자기 화면 아래 이케부쿠로 호텔 여성 시체 발견이란 문자가 나와 미노루는 흠칫했다. 하지만 아나운서가 보도를 시작했을 때는 온몸이 떨리도록 기뻤다. 여자애의 얼굴 사진이 나왔기 때문이다. 아마 학생증이나 면허증 사진일 테지만 왠지 멍해 보이는 얼굴은 죽어 쓰러져 있던 그녀의 얼굴을 떠올리게 만들었다. 어머니가 바로 옆에 있는데도 미노루의 성기는 강철처럼 딱딱해져 있었다. 자기가 바로 어젯밤 사랑을 나눈 여자의 얼굴이 크게 나오는 걸 어머니와 함께 본다는 사실은 미칠 것만 같은 수치심과 동시에 왠지 가학적인 기쁨을 느끼게 했다.

오늘 오후 1시 10분경, 도시마 구 히가시이케부쿠로 소재 호텔 파라디소에서 여성이 사망했다는 신고를 받고 이케부쿠로 경찰서에서 출동한 바, 객실에서 젊은 여성이 목이 졸려 죽은 시체로 발견되었습니다. 이 여성은 현장에 남아 있는 유류품으로 미루어

도쿄 도에 거주하는 사립 도요분카 대학(東洋文化大學) 1학년 학생인 에토 사치코 양으로 밝혀졌습니다. 이케부쿠로 경찰서는 살인사건으로 보고, 함께 있었던 남자의 행방을 찾는 중입니다.

"저런. 너희 학교 아니냐? 그렇지? 저것 보거라."

어머니는 입을 멍하니 벌리고 텔레비전 화면을 가리켰다. 미노루가 텔레비전을 뚫어지게 보는 걸 눈치채지 못한 모양이다.

다음 뉴스입니다. 사회당 예비 내각은 어제…….

"정말이네요. 아직 1학년인가? 불쌍하게. 더 자세한 뉴스하지 않으려나?" 목소리가 상기되는 걸 억누르면서 미노루는 리모컨 버튼을 계속 눌렀다. 그녀의 얼굴이 더 보고 싶었다.

"아, 이런. 그렇지. 옆집에 가야 하는데. 깜박했구나. 금방 다녀오마." 그렇게 말하더니 어머니는 허둥지둥 나갔다.

옆집에는 자식이 없는 나이 든 부부가 사는데 어머니는 늘 가끔 어떻게 지내시는지 들여다봐야 한다면서 이야기를 나누러 갔다. 한번 가면 한 시간 안에 돌아온 적이 없었다. 금방 온다고 했지만 저녁 식사 준비를 할 때가 되어야 돌아오리라. 그때까지는 무얼 해도 상관없다.

버라이어티쇼가 시작되자 시체 발견 소식을 첫 소식으로

다루었다. 뉴스 프로그램보다 자세하게 보도해줄 게 틀림없다. 특히 이런 성적인 냄새가 풍기는 사건이라면 저놈들은 덤벼들 가능성이 크다. 내가 한 일에 대해 언론은 얼마나 파악한 걸까?

하지만 시체를 발견한 지 두 시간도 지나지 않은 상황이라 많은 걸 바라기는 무리였다. 리포터도 애정 문제 때문에 일어난 범죄가 아니겠느냐는 정도밖에 이야기할 수 없는 모양이었다. 미노루에게 유일한 수확은 그녀의 사진을 한 번 더 보았다는 사실이다.

그녀의 목은 사진으로 보는 것보다 훨씬 더 고혹적이었다는 생각이 들었다. 드러난 빗장뼈는 너무 가늘어 자칫하면 부러져버릴 것 같았다. 그리고 풍만한 유방. 몇 번이나 입에 물고 핥고, 잇자국이 남을 만큼 깨물었다. 미노루는 머릿속에 그녀의 몸을 떠올리고 다시 천천히 애무하면서 하반신으로 향했다.

잘록한 허리와 세로로 길쭉한 배꼽. 풍만한 엉덩이와 쭉 뻗은 다리. 수풀 속에 숨어 있던 그녀의 그곳.

모두 선명하게 기억에 남아 있는데도 마치 꿈만 같았다. 그녀와 그렇게 농밀한 시간을 보낼 수 있었다는 게 도무지 믿어지지 않았다. 그리고 자기가 그토록 순수하게 누군가를 사랑할 수 있었다는 사실도. 그녀에 대한 사랑은 지금도 미노루의 마음속에서 흘러넘칠 듯했고, 전혀 마르지 않을 샘물 같았다.

마치 늙은 항성처럼 스스로 그 사랑의 무게 때문에 무너져버리릴 것 같은 느낌마저 들었다.

그는 부풀어 오른 그 부분을 바지 위로 쓰다듬으면서 어젯밤에 있었던 모든 일들을 떠올려 다시 기억에 깊이 새겨넣으려 했다.

육체적인 욕망이라거나 하는, 형이하학적인 단어는 어울리지 않는다. 내가 한 일은 세상 사람들의 하찮은 행위와는 비교할 수 없다. 그녀와 나는 그때 더 근원적인 곳에서 연결되어 있었다.

미노루는 어슴푸레 떠오르는 멜로디를, 그녀를 죽일 때 호텔에서 흘러나왔던 멜로디를 자기가 흥얼거리고 있다는 사실을 깨닫지 못했다.

생과 사, 삶과 성, 죽음과 성, 그런 것들은 처음부터 구분하기 힘들게 연결되어 있는 것인데 나는 여태 그런 사실을 전혀 몰랐다. 섹스를 숨기는 것, 살인은 안 된다는 것, 인간의 목숨은 귀하다는 것. 나도 모르게 그런 하찮은 약자의 사고방식에 젖어 있었던 건지도 모른다.

나는 다시 태어났다. 이 세상에 단 하나뿐인 진실을 손에 쥔, 이 세상에 단 한 명뿐인 남자.

미노루는 몸을 부르르 떨면서 바지 안에 여러 차례 사정하며 남자에게도 오르가슴이란 게 있다는 사실을 깨달았다. 에토 사치코의 멍한 눈동자가 텔레비전 화면 안에서 계속 미노루를 바라보았다.

바람은 나날이 차가워지고 겨울이 왔다. 표면적으로는 여느 때와 변함없이 지냈지만 미노루는 여전히 마음이 싱숭생숭했다. 행복의 절정에 있는 기분이 들 때가 있는가 하면, 까닭 없이 우울해지기도 했다.

제일 슬펐던 일은 그토록 도취감을 느끼게 해주었던 그녀와의 기억이 아무리 애를 써도 희미해진다는 것이다. 기억을 더듬어보지만 그때 맛보았던 그 강렬한 자극과 흥분은 이제 스크린 속의 일처럼 실감이 나지 않았다.

사건 그 자체는 별로 요란을 떨 요소도 없고, 수사 또한 진전이 없었기 때문에 언론은 바로 잊었다. 그 뒤로 텔레비전에 그녀의 얼굴이 나오는 일은 거의 없었다. 미노루는 사서 모아둔 주간지에 실린 그녀의 사진을 여러 차례 꺼내 보며 기억을 떠올리려 했지만 그것도 처음에만 잘 되었을 뿐이다. 이윽고 그런 잉크 냄새에는 아무런 의미도 없다는 생각마저 들었다. 다만 한 주간지에 실린, 고등학교 축제 때 가설매점에서 친구들과 함께 핫케이크를 굽는 사진은 무척 마음에 들었다. 주름이 잘 잡힌 하얀 에이프런을 걸치고 프라이팬 뒤집개를 든 채 친구들과 환하게 웃는 사진. 고등학교 때는 늘 밝고 친구도 많았던 사치코 양이란 사진 설명이 붙어 있었다.

미노루는 그런 사진이나 기록을 가지고 가끔 마스터베이

선을 해보았지만 날이 갈수록 심해지는, 가슴을 옥죄는 마음의 아픔은 결코 치유되지 않았다. 그리고 때가 조금씩 쌓이듯이 미노루의 오감도 둔해졌다. 세상이 다시 그로부터 떠나가려 한다. 모든 것이 안개에 싸인 것 같았고, 소리는 또렷하지 않게 들렸다. 무얼 먹어도 맛이 없고, 냄새도 느낄 수 없었다. 딛고 있는 땅바닥조차 불확실하고, 눈에 보이는 모든 것이 착각이 아닐까 하는 생각마저 들었다.

왜지? 나는 다시 태어난 게 아니었던가? 나는 분명히 그때 그녀와, 그리고 세계와 연결되었을 텐데. 이 손으로 분명히 움켜잡았다고 생각했던 진실은 이제 안개처럼 흐릿해져 손가락 사이로 빠져나갔다.

학교가 겨울방학에 들어가자 미노루는 자기가 무얼 원하는지도 모르면서 거리를 헤매고 돌아다녔다. 신주쿠, 시부야, 롯폰기에서 하라주쿠, 시모키타자와 같은 좀 엉뚱한 곳까지.

살인사건 수사가 자기에게도 미칠지 모른다는 걱정은 어렴풋이 했지만 불안이나 공포는 전혀 느끼지 않았다. 세상을 잃어가는 지금, 체포되어 형이하학적인 벌을 받는 일 따위 미노루에겐 하찮은 문제였고, 아예 그게 진짜 자기가 한 일이라는 확신마저 들지 않았기 때문에.

새해가 밝아 사흘은 집에 있었지만 나흘째에는 도저히 견딜 수 없어 미노루는 다시 거리로 나갔다. 따뜻한 겨울이라고들 했지만 미노루는 추운지 더운지조차 알 수 없었다.

신주쿠에는 생각보다 많은 사람들이 나와 있었다. 그래도 평소에 비하면 한산한 편이었다. JR 동쪽 출구로 빠져나와 정처 없이 가부키 초 쪽으로 걸음을 옮겼다. 여태껏 가본 적이 없던 게임 센터에 들어간 것도 별생각 없이 한 행동이었다. 거리가 평소와는 달리 무척 조용했기 때문에 소음이 있는 곳을 찾았는지도 모른다. 들어가서 잠시 전자음의 홍수에 몸을 맡겼다. 문득 아무 게임이나 해보자는 생각이 들었다. 하지만 수많은 테이블형 게임기는 얼핏 보기에 무얼 어떻게 해야 하는 게임인지 알 수 없었다. 반면 캡슐 모양으로 되어 있는 드라이브 게임은 하는 방법을 쉽게 알 수 있을 것 같았다. 미노루는 약간 쑥스럽기는 했지만 운전석을 본떠 만든 게임기 안으로 들어갔다. 핸들을 잡고 액셀러레이터와 브레이크를 밟아보았다. 운전석 오른쪽에는 하이와 로밖에 없는 변속 레버가 있고, 클러치는 없다. 진짜 자동차보다 간단하다는 생각이 든 것도 당연했다.

스즈카 자동차 경주장*을 본뜬 서킷이었는데, 한 바퀴도 돌지 못하고 첫 코너에서 벽에 부딪힌 뒤 방향도 잡지 못하고 우왕좌왕하다가 게임이 끝나버렸다. 쓴웃음을 지으며 고개를 젓는데 뒤에서 킥킥 웃는 소리가 들렸다. 뒤를 돌아보니 게임기 캡슐에 기대어 들여다보던 소녀와 눈이 마주쳤다. 꽉 끼는

* 자동차, 기계 산업으로 유명한 미에 현 스즈카 시에 있는 일본 최초의 국제 규격 자동차 경주장.

검은 가죽 스커트를 입고 새빨간 점퍼를 입은 포니테일 머리를 한 소녀였다. 화장해 어른스럽게 보이려 했지만 열대여섯 살쯤으로 보였다.

"이런 걸 잘하는 사람 있나?" 미노루가 어깨를 움츠리면서 말하자 소녀는 자기가 대신 하겠다는 뜻인지 그의 어깨를 가볍게 두드렸다. 순순히 운전석을 내주자 소녀는 동전 투입구를 손가락으로 가리켰다. 할 수 없이 미노루는 지갑에서 백 엔짜리 동전을 꺼내 넣어주었다.

여자애는 진짜 레이서처럼 능숙하게 기어 변속을 반복하면서 계속 경쟁 차들을 추월해 결국 1등으로 골인했다. 그녀는 미노루를 올려다보며 방긋 웃었다. 점퍼 안쪽에는 유방 사이의 계곡이 보일 만큼 목이 깊게 파인 검은 티셔츠 한 장만 입었다. 볼록한 젖꼭지가 셔츠를 밀어 올렸다.

"어때요?"

비로소 여자애의 목소리를 처음 들었다. 무색투명한 유리 구슬을 떠올리게 하는 목소리였다.

"와, 대단해. 믿을 수 없군." 거짓 없는 마음이었다.

"하긴, 아찌한텐 무리일지도 모르지."

살짝 발끈했지만 이토록 차이가 나니 역시 이제 반사 신경으로는 이 또래 애들을 이길 수 없겠다는 생각이 들었다. 그녀는 운전석에 앉은 채로 힐끔힐끔 미노루를 쳐다보면서 몇 차례 고개를 끄덕이더니 이렇게 말했다.

"아찌, 뭘 좀 사줄래요?"

알지도 못하는 사람에게 이런 말을 건네는 게 처음은 아닌 모양이었다.

"아찌라고 부르지 않는다면 생각해볼 수도 있지."

"알았어요. 아, 저, 씨."

미노루는 저도 모르게 웃음을 터뜨려버렸다. 재미있는 여자애다.

이 녀석이라면…… 이 애라면 다시 사랑할 수 있을지도 모르겠다. 진심으로 사랑할 수 있을지도 모르겠다. 에토 사치코처럼.

3
2월 · 마사코

마사코는 떨리는 손으로 비닐봉투를 쓰레기통에 다시 집어넣고 도망치듯 아들의 방을 빠져나왔다. 자기가 들어갔었다는 사실을 눈치채지 못하게 뒷정리해둘 여유 같은 건 이미 없었다. 집 안을 뒤덮은 것 같은 어두운 구름을 빨아들이기라도 하듯이 진공청소기를 돌리고 빨래를 말린 뒤에도 뛰는 가슴은 가라앉지 않았다.

남편과 의논해야 할까? 그렇다면 대체 뭐라고 해야 할까.

동물 피 같은 것이 쓰레기통에 들어 있었다고 해야 하나? 남편은 뭐라고 할까. 아마 처음에는 상대하려 들지 않으리라. "별문제 없잖아?"라고 할 게 뻔하다. 그리고 더 끈덕지게 이야기해봐야 "그렇게 신경 쓰인다면 본인에게 물어봐"라고 하리라.

물론 그럴 수는 없다. 쓰레기통까지 뒤졌다는 이야기를, 그것도 몇 년이나 그래왔다는 사실을 털어놓아야만 한다. 마사코는 자기가 한 행동이 몹쓸 짓이라는 생각은 전혀 하지 않았어도 아들이 그걸 알게 되는 상황만은 피하고 싶었다. 그게 사랑하기 때문에 한 행동이라는 걸 이해하지 못할지도 모른다. 자기를 미워할지도 모른다. 그건 결코 견딜 수 없는 일이다.

거실에서 텔레비전을 켜놓고 보는 둥 마는 둥 하는데 5시쯤 딸, 아이(愛)가 돌아왔다. 오빠와 연년생인 딸도 대학생이라 기말시험 기간이었다. 기를 쓰고 공부하는 것 같지 않았지만 나름대로 잘 해내고 있는 것 같아 마사코는 딸에 대해서는 아무런 걱정도 없었다. 외모는 부모 입장에서 보기에도 평균 이상이며, 성격도 밝고 좋다.

"시험, 잘 봤니?" 마사코가 묻자 딸은 손가락으로 OK 사인을 만들어 보였다. 책가방 말고도 슈퍼마켓의 흰 비닐봉투를 들고 있었다. 부엌으로 들어가 비닐봉투를 싱크대 위에 올려놓더니 뜻밖의 소리를 했다.

"오늘은 내가 저녁 식사 준비할게."

"뭐? 됐어. 그런 건. 아직 시험이잖니?"

"기분 전환 삼아서. 추우니까 그라탱을 먹고 싶다는 생각이 들어 견딜 수 없었어."

하지만 마사코는 딸의 말 뒷부분을 제대로 듣고 있지 않았다. 바로 그때 텔레비전에서 살인사건 뉴스가 시작되었기 때문이다.

오늘 오전 11시경 아오야마 소재 호텔에서 여성 시체가 발견된 사건을 경시청은 살인사건으로 단정하고 시부야 경찰서에 수사본부를 설치하기로 결정했습니다. 또한 지난달 4일, 신주쿠에서 살해된 가노 에리카(加納えりか) 양 사건과 수법이 매우 흡사한 것으로 보아 동일범의 소행일 가능성도 있다고 합니다.

새해 벽두에 일어난 우울한 사건이라 마사코도 그 사건에 대해서는 또렷하게 기억했다. 그렇다. 그 살해된 소녀는 유방이 도려내졌다. 범인은 유방을 도려내 집에 가지고 가기라도 한 걸까, 하는 생각에 마사코는 의아해했다. 그렇다. 그런 걸 집에 가져가서 도대체……

순간 마사코는 눈앞에 피처럼 어두운 장막이 드리워 아무것도 보이지 않았다.

"……마? 엄마? 왜 그래?"

딸이 어깨를 흔드는 바람에 제정신이 들었다. 다시 텔레비전을 보니 뉴스는 이미 끝난 상태였다. 1, 2분가량 완전히 넋이 나갔던 모양이다.

"왜 그래? 안색이 안 좋아. 좀 쉬지."

그럴 필요 없다고 하려 했을 때, 온몸에 오한이 나더니 몸이 푸르르 떨렸다. 열이 있다. 일어서려다 다리가 덜덜 떨린다는 사실도 깨달았다.

"……그, 그래. 감기가 든 모양이구나. 약 좀 먹고 누워 있어야겠네."

그렇게 얼버무리면서도 그녀의 머릿속에서는 조각이 나 의미를 잃어버린 단어의 단편들이 소용돌이쳤다. 비닐……. 어젯밤 늦게…… 그 애는 어젯밤 언제 집에 들어왔을까? ……피 ……유방…… 내 아들…… 가족…… 행복…… 피…… 먹는다? ……연쇄…… 피가…… 고여 있고…… 내 아들…… 내 아들…… 내 아들…… 내 아들!

일어서서 거실을 막 나가려는데 현기증이 났다. 기둥에 기대어 간신히 몸을 지탱해야만 했다.

"엄마! 괜찮아?"

딸이 내미는 손을 잡고 간신히 침실까지 갔다. 감기약을 먹고 딸이 깔아준 이부자리에 들어가니 피곤하기도 했는지 바로 잠이 들었다. 하지만 아주 편한 잠은 아니었다. 악몽을 꾸었다. 8시쯤 비명을 지르며 잠에서 깼을 때는 이미 무슨 꿈이었는지도 생각나지 않았지만 담요가 흠뻑 젖을 만큼 온몸이 땀에 젖어 있었다.

악몽은…… 어디부터 시작되었던 걸까. 마사코는 이부자리에서 윗몸을 일으킨 채로 생각에 잠겼다. 그 애 방에서 보았던 피는……? 그것도 꿈이었던 게 아닐까? 살인사건은? 뉴스에 나오던 살인사건은?

천천히 이부자리에서 빠져나와 벗어두었던 카디건을 걸치고 화장대 앞에 앉았다. 머리를 대충 빗고 거실로 내려갔다.

드물게 식구들이 모두 모였지만 이따금 딸이 무슨 이야기를 꺼낼 때 이외에는 다들 말없이 텔레비전만 보았다. 마사코가 거실로 들어가자 모두들 고개를 들었다.

"아, 깼어? 팔팔하던 사람이 어쩌다 앓아누웠어?" 걱정스럽다는 기색은 조금도 느껴지지 않는 말투로 남편이 말했다. 애당초 기대하지 않았으니 화도 나지 않았다. 그보다 마사코의 머릿속에 가득한 것은 그 비닐봉투와 살인사건이었다. 그건 꿈이었을까? 아니, 아니다. 이제는 안다. 그건 실제 있었던 일이다. 나는 아들 방에서 피를…… 어떤 피인지 몰라도 만지고, 냄새를 맡았다.

힐끔 아들 쪽을 보니 그는 바로 고개를 돌려 텔레비전 화면을 열심히 들여다보았다. 화면에서는 요즘 지겨울 만큼 자주 나오는 재미도 없는 과자 CF가 막 시작되고 있었다.

마사코는 부엌으로 가서 빨래라도 할까 생각을 했는데, 딸이 마사코 몫으로 준비해두었는지 아직 굽지 않은 그라탱이 한 그릇 있었다.

"아이짱, 고마워." 거실에 대고 그렇게 말했지만 전혀 식욕이 없었다. 그라탱에 랩을 씌워 냉장고에 넣었다.

"으응. 만드는 김에 한 거야……. 그보다 이제 몸은 괜찮아?" 걱정하는 딸의 목소리가 들려와 그만 눈물을 쏟을 뻔했다. 대체 왜 내가 기껏해야 피 묻은 비닐봉투 한 장 때문에 이렇게 흔들리는 걸까? 어째서 그런 것 때문에 이 평온한 가정을 잃을지도 모른다는 생각을 떠올리게 된 걸까? 그럴 리가 없다. 내 자식들. 내 가족. 내 행복. 없어질 리가 없다. 절대로 잃지 않을 테다.

설령…… 설령 무슨 일이 있다 하더라도.

4장

카오스에서 에레보스*와
검은 닉스가 태어났다.

2월 히구치

누가 2월은 도망치듯 빨리 지나간다고 했을까, 하는 생각이 들었다. 하루하루가 견디기 힘들 만큼 느릿느릿 흘러, 아무리 기다려도 봄은 오지 않을 것만 같았다. 추위 때문이 아니다. 그런 건 이제 신경도 쓰지 않는다.

시마키 도시코가 나를 마음에 두었다······.

이미 알았다. 알던 사실이다. 전부터 알았고, 그녀를, 그리고 스스로를 속여왔다. 그날 밤도 그랬다.

그날 밤 도시코는 꾸물거렸다. 여느 때보다 늦게까지 히구치의 집에 머물렀다. 평소 같으면 7시쯤에는 식사를 마치고

---

*Erebus, 어둠의 신.

설거지와 잠깐 잡담을 한 뒤, 8시면 아파트를 나갔다. 그런데 그날은 저녁 준비가 된 때가 8시쯤이고, 식사를 마쳤을 즈음에는 이미 9시였다. 히구치는 설거지는 직접 하겠다면서 도시코를 돌려보내려 했다.

"늦으면 걱정돼요. 택시를 불러드리죠."

히구치가 그렇게 말하며 전화를 걸려 하는 걸 도시코가 말렸다. 보고 싶은 텔레비전 드라마가 있으니 보고 가게 해달라는 이야기였다. 어쩔 수 없이 함께 보았는데 시시한 연애 드라마였다. 그녀가 보고 싶어 할 드라마라는 생각은 도무지 들지 않았다. 실제로도 제대로 보는 것 같지 않았다. 10시에 드라마가 끝난 뒤에도 전혀 서두는 기색을 보이지 않았다. 히구치가 고집을 부려 부른 택시가 도착할 때까지도 코트를 집어 들려 하지 않았다. 현관을 나가면서 뒤돌아보는 그녀의 얼굴을 히구치는 고개를 숙인 채 외면했다. 어떤 눈빛인지 눈에 선했다. 여러 차례 보았던 상처 입은 듯한 그 눈빛을 견딜 수 없었다. 그렇다. 그리고 이젠 그 눈동자를 볼 수 없다. 이제 다시는.

전화로 택시를 불렀다는 사실은 히구치가 혐의를 벗는 데 도움이 되었다. 택시 회사를 노모토에게 가르쳐주자 얼마 지나지 않아 확인이 되었다는 연락을 받았다. 운전기사는 분명히 히구치의 호출을 받아 여자 한 명만 태우고 롯폰기까지 태워다주었다고 증언했다.

롯폰기. 경찰은 도시코가 혼자 롯폰기로 간 뒤, 어느 클럽에서 범인을 만났을 거라고 추측했다. 히구치의 혐의가 벗겨진 지금, 범인은 우연히 만난 남자일 거라는 게 그들의 견해였다. 1월에 살해된 소녀와의 접점이 발견되지 않는 이상 타당한 견해이기는 했다.

처음에는 도저히 그런 의견에 찬성할 수 없었다. 우연히 만난 남자와 호텔에 갈 사람은 아니라고 생각했기 때문이다. 그녀가 그런 짓을 할 리는 없다고. 하지만 지금은 뭐가 뭔지 알 수 없다. 아니, 머리로는 이해가 된다. 그녀는 그날 밤, 결국 히구치에겐 자기 마음이 통하지 않는다는 걸 깨닫고 괴로움을 잊으려 했던 게 틀림없다. 술을 마실 생각이었는지, 아니면 처음부터 남자를, 하룻밤 지낼 남자를 찾기 위해서였는지, 그건 모른다. 어쨌든 도시코는 최악의 시기에 최악의 상황을 맞았다.

그녀가 히구치를 잊기 위해 몸을 맡긴 남자는 정상이 아닌 사람이었다.

범인은 그녀를 허리띠 같은 것으로 목을 졸라 죽인 뒤에 여러 차례 시간(屍姦)하고, 유방을 도려냈고, 하복부를 쨌다고 한다. 명색이 형사였던 히구치마저도 노모토의 상세한 이야기를 듣고는 속으로 떨었다. 새삼 이 도시의 어둠은 아직도 그 안에서 무시무시한 짐승을 기르고 있다는 생각이 들었다.

골치 아픈 사건이기도 했다. 시체 발견 이튿날인 5일에는 언론이 벌써 사건 당일 밤의 도시코 행적을 알아냈다.

시작은 전화였다.

요즘 히구치는 거의 잠을 제대로 잔 기억이 없었다. 동틀 녘에 깜빡 졸았다 깨는 하루하루가 이어졌다. 잠을 제대로 이루지 못한다는 사실보다 나도 이제 노인이 되었구나, 하는 생각이 들어 더욱 우울했다.

그래서 아침 6시 반이라는 상식에 어긋난 시간에 전화벨이 울렸을 때도 이미 잠자리에서 일어난 상태였기 때문에 놀라기는 했지만 화가 나지는 않았다.

전화 상대는 가십성이 짙은 타블로이드 신문의 기자인 듯했다. 사이토(齋藤)라고 이름을 밝혔지만 히구치는 머릿속에 있는 여러 명의 사이토 가운데 어떤 사이토인지 기억이 나지 않았다. 그러나 저쪽은 히구치를 아는 모양이었다.

"오래간만입니다. 전에 신세가 많았습니다."

이 순간에는 이미 자기와 도시코의 관계가 드러난 게 틀림없다는 걸 눈치챘다. 신중하게 대답해야 한다고 생각할수록 수화기를 움켜쥔 손에 땀이 배었다.

"……무슨 일이죠?"

그렇게 물은 순간 기억이 났다. 사이토……. 분명히 노부오가 아니면 노부로라는 이름이다. 한자로 어떻게 쓰는지 몰라도 어떤 사내였는지는 기억이 난다. 키가 크고 약간 검은 피부. 윤곽이 뚜렷한 혼혈 같은 얼굴이지만 핸섬하다기보다는 뭐라 표현하기 힘든 생김새였다. 처음 만났을 때는 20대였던 것 같으니, 이제는 40대 초반쯤일까? 어쨌든 최근 5, 6년가량 소식이 없었다.

"무슨 일이라뇨……. 어제 그 여자, 아는 분이죠?"

역시 안다. 언젠가는 냄새를 맡을 거라고 생각했지만 이렇게 빠르다니. 이미 혐의가 벗겨져 다행이었다. 그렇지 않다면 대체 어떤 기사가 나올지 모를 노릇이다.

"……맞지만 별로 친한 건 아니고."

"어라? 그런가요? 살해된 날 밤에도 댁에 들렀다는 이야기가 있던데요."

히구치가 입을 다물자, 그는 느릿느릿 말을 이었다.

"별로 친하지 않은 남자 집을 젊은 여자가 밤중에 찾아가기도 하나요?"

이 남자가 알 리는 없지만 그건 지금 히구치에게 가장 아픈 질문이었다. 흔들린다는 걸 눈치채지 못하도록 히구치는 얼버무렸다.

"글쎄. 안타깝게도 나는 여성 심리에 대해선 잘 몰라서. ……다른 볼일이 없다면 끊겠네."

"잠깐만요! 히구치 씨, 옛날 동료로부터 용의자 취급을 받았죠? 화나지 않습니까?"

"……혐의는 벗었네. 그 친구들도 일이다 보니 그런 거지."

"벗었다고요? 벌써 벗겨졌습니까? 어떻게?"

아무래도 거기까지는 모르는 모양인지 살짝 놀란 목소리로 물어왔다. 히구치 입장에서도 어차피 기사가 나갈 거라면 용의자가 아닌 상태가 더 낫다. 택시 건을 이야기해주었다. 상대방이 묻기에 택시 회사 이름을 가르쳐주는데 현관 초인종이 울렸다.

"전화 끊네. 누가 온 모양이야."

"이쪽 바닥 사람들이겠죠. 각오하시는 편이 좋을 겁니다." 재미있다는 듯이 사이토가 말했다.

서로 인사도 제대로 하지 않고 전화를 끊었다. 히구치는 잠시 현관 쪽을 바라보며 옛일을 떠올렸다. 중대한 사건을 수사할 때마다 다른 곳보다 조금이라도 먼저 정보를 얻으려 이렇게 이른 아침에 찾아오는 신문기자가 여러 명 있었다. 무작정 쳐들어왔다. 아침에 출근하기 전인 형사를 현관에서 붙들고 질문하고 한밤중에 쳐들어와 질문을 해댄다. 형사도 사람이기에 숨겨야 할 정보도 그만 실수로 흘리는 일도 있고, 상대에 따라서는 슬쩍 가르쳐주는 일도 있다. 파리처럼 귀찮게 굴던 놈들이었지만 물론 퇴직한 형사를 찾아올 만큼 한가한 사람들은 없다. 아내의 장례식에 와주었던 몇몇 친한 기자를 제외하면 최근 5, 6년 동안 아무도 여기를 찾아온 적이 없었다. 그런데 이런 식으로 다시 그들의 방문을 받게 되다니.

초인종이 계속해서 울리는데 거기다 전화벨까지 울리기 시작했다. 히구치는 옷을 갈아입고 위에 솜옷을 걸쳤다. 전화 쪽은 무시하고 현관으로 향했다.

도어스코프로 내다보니 아니나 다를까 카메라맨과 기자로 보이는 사내들이 복도에 대여섯 명 모여 있었다. 아직 언론 모두가 정보를 파악한 것은 아닌 모양이다. 히구치는 문을 열었다.

플래시가 계속해서 터져, 정보를 얻으러 온 것만이 아니라는 생각이 들었다. 자기가 기사화될 가능성이 있다는 사실을 새삼 느꼈다.

"히구치 다케오 씨죠? 경시청 수사 1과 경부였던 히구치 씨, 맞죠?"

눈을 가늘게 뜨고 손으로 빛을 가리며 확인하니 카메라맨이 세 명, 수첩을 손에 든 기자가 세 명. 신문뿐이고 텔레비전은 아직 냄새를 맡지 못한 모양이다.

"그렇소만. 당신들은?" 주눅 든 모습을 보이지 않으려고 히구치는 고압적으로 되물었다.

세 사람은 제각각 신문사와 자기 이름을 밝혔지만 전혀 기억을 할 수 없었다.

"시마키 도시코 씨가 마지막으로 들렀던 곳이 당신 집이라는 게 사실입니까?" 세 사람을 대표하듯, 제일 먼저 입을 열었던 사내만 질문을 했다. 키는 히구치와 별 차이가 없고, 무척 뚱뚱한 사내였다. 서른대여섯으로 보였지만 살이 찐 걸 감안하면 서른 살쯤이리라.

히구치는 잠깐 그들을 둘러보고, 숨을 한 번 쉰 다음 대답했다.

"맞아. 하지만……."

이쪽이 하고 싶은 말을 하게 해주지는 않을 모양이다. 사내는 바로 질문을 퍼부었다.

"피해자와의 관계는?"

엘리베이터 문이 열리는 소리가 나더니, 이어서 복도를 후다닥 달려오는 발소리. 다른 녀석들도 도착한 모양이다. 같은 질문에 여러 번 대답하기도 귀찮고, 다른 주민들이 무슨 일인가 싶어 일어나 나오게 만들고 싶지도 않았다.

"피해자와의 관계는?" 그 사내가 다시 물었다.

숨을 헐떡이며 도착한 새 패거리들이 한바탕 플래시를 터뜨리는 걸 기다렸다가, 히구치는 우렁찬 목소리로 말했다.

"여러분, 건물 밖에서 질문에 대답할 테니 아래로 내려가주십시오."

히구치가 엘리베이터로 향하자 그들은 우르르 뒤를 따랐다. 이따금 플래시가 터졌다. 그들은 만약을 위해 촬영 중일 뿐 자기 사진이 신문에 실릴 일은 없을 거라고 생각했다. 하지만 역시 기분은 좋지 않았다. 만약에 체포된다면 지금 찍은 사진이 일제히 주간지와 신문에 실리게 된다.

체포? 말도 안 되는 소리. 알리바이는 확인되었다. 그럴 리가 없다.

히구치는 고개를 저으며 엘리베이터에 탔다. 다 타지 못한 취재진은 서둘러 계단 쪽을 향해 달려갔다. 그는 우편함이 늘어선 로비를 나오면 바로 있는 계단 중간쯤에서 둘러싼 취재진을 향해 질문을 요구했다.

"시마키 도시코 씨와는 아는 사이죠?"

"시마키 도시코 씨와 사귀었다던데 사실입니까?"

"피해자와의 관계는?"

"시마키 씨는 사건이 있던 날 밤……."

한꺼번에 쏟아져 들어온 질문들 중에 귀에 들어온 것은 두세 개뿐이었다. 히구치는 내키는 대로 대답하기로 했다.

"집사람이 입원했을 때 신세를 진 간호사가 시마키 씨입니다. 아내가 세상을 뜬 뒤에도 그분은 제가 걱정이 되었는지 이따금 들러주셨습니다. 말하자면 제겐 은인입니다. 그분에게 아주 큰 신세를 진 거죠. 소중한 친구……였습니다."

말하는 중간에 질문하는 기자도 있었지만 그는 무시했다.

"그렇기 때문에 그분을 살해한 범인에겐 정말 분노를 느낍니다. 경찰이 하루 빨리 범인을 잡아주기를 바랍니다."

"피해자가 그날 밤 당신 집에 묵었다는 게 사실입니까?" 외치듯이 질문한 기자가 있었다. 히구치는 분노 때문에 피가 얼굴로 치솟는 느낌이었다.

"아니요! 어디서 그런 헛소문을 듣고! 난 택시를 불러 10시쯤 그분을 돌려보냈소. 경찰이 벌써 확인했고."

"어느 택시회삽니까?" 그의 분노가 전혀 전달되지 않았는지 기자는 질문을 계속했다. 히구치는 필사적으로 분을 삭이면서 회사 이름을 댔다.

"이제 더는 할 이야기는 없소. 돌아들 가시오." 그렇게 말하며 돌아서는 히구치에게 또 질문이 쏟아졌다. 무시하려고 하는데, 귀에 들어온 질문 하나가 그를 멈춰 서게 만들었다.

"살인사건 수사 전문가로서의 의견을 들려주십시오!"

히구치가 계단 윗부분에서 천천히 돌아서자 기자들은 말없이 그의 얼굴을 쳐다보았다. 방금 큰 소리로 질문한 듯한 기자가 목소리를 약간 낮추며 말을 이었다.

"당신은 약 5년 전까지 수사 1과 살인사건 담당 부서에서 경부로 근무했습니다. 살인사건을 수없이 취급했을 겁니다. 시마키 도시코 씨를 살해한 범인과 1월에 소녀를 살해한 범인은 동일범이라고 생각하십니까?"

히구치는 머릿속에서 잠시 단어를 조합해 신중하게 대답했다.

"저는 지금은 평범한 시민입니다. 그런 문제에 대해 이야기할 입장이 아닙니다."

"하지만 오랜 기간 수사해오셨잖습니까. 평범한 시민이라는 말씀은 좀……."

"그럼 바꿔 말합시다. 저는 전직 경찰입니다. 평범한 시민이 아니기 때문에 경찰 수사에 관련된 이야기를 함부로 할 수 없습니다. 이제 됐습니까?"

기자들 사이에서는 불만의 목소리가 나왔다. 혀를 차는 소리도 들렸다.

"그러면, 경부님은 지금까지 이런 엽기적인 살인사건도 다룬 적이 있을 거라고 생각하는데 범인은 어떤 인물이라고 생각합니까?" 기자가 경부라고 불렀지만 히구치는 기분이 나쁘지는 않았다.

지금까지 다룬 엽기적인 살인사건. 제일 먼저 머리에 떠오르는 것은 역시 그 사건이었다. 몇 해 전, 온 일본을 떠들썩하게 만든 여자 어린이 연쇄 살인. 여러 의미에서 악몽 같은 사건이었다. 사건 그 자체만이 아니라 경찰에 대한 신뢰 추락, 언론의 실수로 쏟아진 잘못된 보도들, 범인 체포 뒤의 지나친 보도 경쟁과 호러 비디오 규제를 비롯한 지나친 여론 반응들. 모든 것이 한여름 밤의 악몽 같았다. 누구나 그걸 두려워하면서도 외면할 수 없는 최대, 최고의 엔터테인먼트. 이 사건 보도 자체가 일본 국민에게는 호러 비디오였다.

히구치는 깊이 생각하지도 않고 입을 열었다.

"두 가지 사건이 동일범이라면 성도착자일 가능성이 크겠죠."

"시체의 일부를 도려낸다고 하는데. 왜일까요?" 다른 기자로부터도 질문이 튀어나왔다.

"……그런 건 모르겠습니다."

"먹은 걸까요?"

모두들 입을 다물고 그 질문을 던진 사람을 돌아보았다. 도쿄의 지방지 기자였다. 자기가 주목의 표적이 되었다는 걸 깨닫자 창피한 듯 고개를 숙였다.

누구나 머릿속으로는 생각하면서도 입 밖에 내지 않았던 생각을 그는 아무렇지도 않게 말해버렸다. 히구치는 쓴웃음을 지으며 다시 그 가능성에 대해 생각해보았다. 그 여자 어린이 살인범도 시체의 일부를 먹었다고 증언했다. 뭔가 공통점이 있는 걸까?

"그야 어떤 가능성도 있을 수 있겠죠. 저는 모르겠습니다."

"범행이 또 일어날까요?" 다른 쪽에서 다시 질문이 나왔다.

"그런 건 범인 이외에는 모르겠죠. 다만 이런 범죄자의 재범 확률이 높다는 건 상식이니까. ……자, 이만 풀어주시겠습니까? 제게 아무리 질문해봐야 새로운 정보 같은 건 나오지 않을 테니."

그제야 기자들도 겨우 납득했는지 히구치를 풀어주었다. 방으로 돌아오니 전화벨이 아직도 울리는 중이었다. 오늘 하루는 전화건 초인종이건 상대하지 않기로 마음을 먹고 선을 뽑았다. 순식간에 섬뜩한 정적에 휩싸였다. 조금 전까지의 소란과 흥분을 떠올리니 모두 헛것을 본 게 아닐까 하는 생각이 문득 들었다.

약간 배가 고파 인스턴트 라면을 끓여 먹기로 했다.

자기가 지나치게 경솔하게 행동한 게 아닌가 하는 생각이 든 것은 석간을 펼쳐 보고 나서였다.

조간보다 작게 취급되기는 했지만 그 기사는 1면에 게재되었다. 조간과 별로 다를 게 없는 내용 뒤에 경시청 전직 경부로 피해자와 친했던 A씨(65세)라는 사람의 발언이 실렸다.

범인은 아마 성도착자이리라. 이런 범인은 범행을 반복하는 경향이 있기 때문에 빨리 체포하지 않으면 또 희생자가 나온다.

거짓말은 아니지만 진실 또한 아니다. 히구치는 순간 기자들에게 화가 났다. 그러나 그 분노의 창끝은 바로 자신을 향했다. 경부라고 부르는 바람에 우쭐해져서 그만 쓸데없는 소리를 하고 말았다. 이런 기사라면 그가 경찰 수사를 비난한 걸로 받아들여질지도 모른다. 아직 공식적인 발표도 없는 단계에서 전직 경부가 범인은 성도착자라는 소리를 해서 좋을 게 하나도 없다. 가령 거기에 아마라는 말을 덧붙였다 해도, 아니 국민 전체가 그렇게 생각해준다 해도.

실명은 실리지 않았지만 옛 동료들은 빤히 알리라. 그들과 껄끄러운 관계가 되지 않으면 좋겠다는 생각이 들었다. 다른 신문은 뭐라고 썼는지 신경이 쓰였다. 옷을 갈아입고 슬쩍 밖

으로 나와 보니 특별히 이상한 점은 없었다. 별로 뉴스 가치
가 없기 때문인지 기자회견 때 없었던 녀석들도 잠복해서 기
다릴 만한 일은 아니라고 판단한 모양이다. 히구치는 역까지
걸어가, 간이 판매대에 있는 석간 전부와 타블로이드 신문,
스포츠 신문을 사서 집으로 돌아왔다.

그 가운데 하나를 펼쳐 보고, 히구치는 신음을 냈다. 실명
이 나와 있었다. 하지만 결국 아는 사람은 알 거라고 생각하
며 포기할 수밖에 없었다. 최악이었던 것은 스포츠 신문의 다
음과 같은 한 줄로, 아침에 현관 앞에 취재하러 오지 않았던
신문사의 기사였다.

　수사본부는 피해자와 사건 당일 밤 함께 있었던 전 경시청 경부
　에 대해 조사를 벌였다.

확실하게 밝히지는 않았어도 경찰이 그를 용의자 취급하는
걸로 여길 수밖에 없는 기사였다. 이 또한 거짓은 아니지만
진실도 아니다. 가장 난처하게 만드는 형태의 기사였다. 그들
은 결코 잘못을 인정하지 않을 테고 가령 정정기사를 낸다 하
더라도 일단 기사를 읽은 독자들의 선입관을 바꾸지는 못한
다. 실명으로 나온 기사를 읽으면 이웃 주민들도 이 사람이
자기라는 걸 바로 눈치챈다. 게다가 사건 당일 밤 함께라고
하는 것은 도시코가 여기서 묵었다는 이야기로 읽힌다. 부모

자식만큼 나이 차이가 나는 남자와 사귀고, 스쳐 지나는 남자하고도 호텔에 가는 여자—주간지가 어떤 식으로 써댈지, 히구치는 상상만 해도 견딜 수 없었다. 도시코의 가족은 틀림없이 화가 났을 것이다.

이도저도 모두 다 내 탓이다. 내가 그녀를 능욕하고 죽인 거나 마찬가지다.

신문을 움켜쥔 손이 떨렸다. 입자가 아주 거친 도시코의 사진이 고개를 가로젓는 것처럼 보였다. 히구치는 그 사진을 애처롭게 바라보았지만 시마키 가오루의 얼굴로밖에 보이지 않았다. 도시코의 얼굴은 도무지 떠올릴 수 없었다.

11시쯤 저녁도 거르고 히구치는 잠자리에 들었다. 잠이 오지 않을 거라는 예상과는 달리 히구치는 바로 얕은 잠에 빠져들었다. 그리고 꿈속에서 미에도 아니고 도시코도 아니고 가오루도 아닌 여자를 덮쳐 범했다.

몇 번이고, 몇 번이고, 몇 번이고.

그리고 웃으며 목을 졸랐다.

2
1월 · 미노루

"추워요."

게임 센터에서 나오자마자 에리카라는 소녀는 어린애처럼 응석을 부리며 미노루의 팔에 달라붙었다. 봉긋한 가슴이 팔꿈치에 닿는 것도 개의치 않았다.

"옷차림이 그러니 추운 게 당연하지. 얼른 어디 들어가는 게 낫겠다. 뭘 좀 먹을래?" 특별히 의식하지 않았는데도 부드러운 표현이 나온다는 사실에 미노루는 스스로 놀랐다.

"이탈리아 요리 풀코스……는 농담이고. 뭐든 괜찮아. 난 사실 오늘 아무것도 먹지 않았거든." 그렇게 말하며 날름 혀를 내밀었다.

"돈이 없어? 집 나왔구나?"

나무랄 생각은 없이 그렇게 말하자, 소녀는 어깨를 움츠렸다.

"상관없잖아? 밥 사줄 거야, 말 거야?"

"사줄게. 풀코스건 뭐건." 그쯤은 별것 아니라고 생각했다.

그렇다, 그 대신 내가 너한테서 빼앗으려 하는 것에 비하면.

"그건 농담이라니까……. 정말 괜찮아? 별로 부자 같아 보이지는 않는데."

요즘 돌아다닐 때는 4, 5만 엔쯤은 갖고 다닌다. 여차하면 신용카드도 있다. 물론 에토 사치코 때처럼 호텔에서 그녀와 사랑을 나눌 때라면 카드를 쓸 수도 있다. 그러나 숙박비를 카드로 낼 수는 없다. 특별히 잡힐 거라는 걱정은 하지 않았어도 이름을 남길 만큼 허술할 수는 없었다.

미노루는 전에 딱 한 번 가본 적이 있는 야스쿠니 거리에 있는 빌딩의 이탈리안 레스토랑으로 소녀를 억지로 데리고 갔다. 설 연휴 때문에 아직 문을 열지 않은 게 아닐까 염려했지만 쓸데없는 걱정이었다. 그다지 비싼 집이 아니었기 때문에 손님들은 젊은 커플들뿐이었다.

"어머, 이런 데를 다 아네. 누구하고 왔어? 이 사람이랑?" 소녀는 자리에 앉아 메뉴가 오자 그걸 펼치면서 의미심장한 눈빛으로 새끼손가락을 세워 보였다.

"아냐. 애인하고는……." 미노루는 입을 열다가 멈칫했다. 물론 에리카가 말하는 건 애인이나 걸프렌드란 의미지 에토 사치코 이야기를 하는 것은 아니리라. 그러나 그녀는 미노루의 그런 마음의 동요를 눈치채지 못한 모양이었다.

"아하, 애인이 있구나. 그 사람 질투할까? 나하고 이렇게 있는 걸 보면?"

"……그야 질투할 테지. 자기보다 훨씬 어리고 귀여운 애랑 있으니까. 분명히 질투할 거야." 오해하게 내버려두려고 미노루가 그렇게 말하자 에리카는 무척 기쁘다는 듯이 웃었다.

"정말? 그럼 둘이 호텔 같은 델 가면 큰일 나겠네."

"호텔? 그런 건 상상도 못 하지. 생각만 해도 끔찍해. 그런 짓 하면 날 죽일지도 모르지." 자못 무섭다는 듯이 미노루는 몸을 부르르 떨어 보였다. 에리카는 킥킥거리며 웃었다.

"들키면 그렇겠지."

"그래. 들키면, 말이야."

웨이터가 다가오기에 미노루는 얼른 진지한 표정으로 메뉴를 보았다. 5천 엔, 6천 엔, 7천 엔짜리 코스가 있어 6천 엔짜리 코스로 정했다.

요리가 나오자 에리카는 아침도 먹지 못했다는 걸 증명이라도 하듯이 정신없이 먹었다. 메인인 고기 요리가 적다고 실망하는 표정이라 미노루는 자기 것을 반쯤 나누어 줘야만 했다. 어차피 식욕도 없었다. 혈액은 모두 아랫도리에 몰려 있어, 도저히 위를 움직일 여유가 없었는지도 모른다.

"정말 아침부터 아무것도 먹지 못한 거니? 마치 사흘 전부터 못 먹은 것 같아 보이는걸." 미노루가 어이가 없다는 듯이 말하자 그녀는 어깨를 움츠렸다.

"원래 많이 먹어. ……하지만 됐어. 이제 배부르니까."

그렇게 말하면서도 결국 디저트로 나온 무스와 셔벗은 미노루 몫까지 깨끗하게 먹어치웠다.

"아, 행복해."

입술을 핥으며 그런 소리를 하는 에리카를 미노루는 초조한 마음을 억누르며 바라보았다.

"오늘 밤 잘 곳 없지?"

그녀는 눈을 내리깔고 고개를 끄덕였다.

"그럼 나하고 가자. 천국으로 보내줄게."

오후 8시였다. 레스토랑에서 나오자 미노루는 우뚝 멈춰 섰다. 그 노래가 들려왔다. 에토 사치코를 죽였을 때 들었던 그 노래가. 어느 가게에서 틀어놓은 유선방송인 모양이었다.

"이 노래, 아니?" 미노루가 묻자 에리카는 잠깐 미간을 찌푸리며 귀를 기울이더니 이윽고 고개를 끄덕였다.

"응……. 오카무라 다카코잖아?"

그때 미노루에게 멋진 아이디어가 떠올랐다. 바로 옆에 있던 레코드가게에서 그 노래가 수록된 CD를 찾아서 사고, 다음에는 전자제품 할인점에 들러 제일 싼 휴대용 CD 플레이어를 구입했다. 여벌 이어폰과 2인용 잭도 샀다. 이제 내내 이 노래를 들으며 함께 사랑을 나눌 수 있으리라.

"아저씨, 오카무라 다카코 좋아하는구나?" 에리카는 감탄했다는 건지 어이없다는 건지 모를 말투로 물었다.

"싫어해?" 미노루가 놀라서 되물었다. 이렇게 기막힌 노래를 좋아하지 않는 사람이 있으리라고는 생각할 수 없기 때문이었다.

"별로, 싫어하는 건 아니지만. 신나는 곡밖에 듣지 않으니까."

틀림없이 록 이외에는 듣지도 않고, 제대로 들어본 적도 없을 거라는 생각이 들었다. 하기야 자기도 그냥 틀어놓은

BGM으로 이 노래가 흘러나올 때는 얼마나 좋은 곡인지 깨닫지도 못했으니까. 어서 에리카에게도 대단한 곡이라는 걸 알게 해주고 싶어졌다. 호텔을 찾는 발걸음이 자연히 빨라졌다.

그러나 러브호텔을 발견해 방에 들어가자 에리카는 목욕하고 싶다고 했다. "몸이 차가운 상태라 샤워는 싫어. 함께 들어가고 싶다면 그래도 괜찮아." 그렇게 말하며 묘한 눈짓을 보냈다. 미노루는 함께 들어가고 싶지도 않았고, 기다리기도 싫었지만 어차피 몸을 깨끗하게 씻는 게 더 나을 거라는 생각에 욕조에 뜨거운 물을 받아주기로 했다.

더운 물을 받는 동안 CD 플레이어 박스를 뜯어 설명서를 읽으며 잠깐 틀어보았다. 스피커로 듣는 것에 비할 수는 없지만 예상보다 훨씬 소리가 좋았다. 역시 카세트테이프와는 다르다. 가사 카드를 보고 찾는 곡이 몇 번째 트랙인지는 알지만 일부러 애타게 만들려고 처음부터 순서대로 들었다. 모두 다 훌륭한 노래였다. 결국 둘이서 침대에 걸터앉아 더운 물을 받는 동안 계속해서 노래를 들었다.

에리카가 별로 감탄한 것 같지 않아 약간 실망했다. 그녀가 아직 참된 사랑을 모르기 때문이라고 생각했다. 이제 곧, 이제 곧 그녀도 충분히 알게 되리라.

더울 만큼 난방이 되는 실내에서 미노루는 침대에 앉은 채로 이미 점퍼를 벗은 에리카의 티셔츠를 거칠게 벗겼다. 유방이 출렁 흔들리며 드러났다. 그 젖꼭지는 지금까지 본 어느 여자보다 빛깔이 옅어 볼품없어 보이기까지 했다. 이 여자애는 겉보기보다 남자 경험이 없는지도 모른다는 생각이 들었다.

"싫어, 하지 마!" 웃으며 가슴을 가리고, 침대 위를 굴러 빠져나가려 했다.

"욕조에 들어갈 거잖아. 벗겨줄게."

미노루는 잡으려 했지만 그녀는 스커트만 입은 채로 욕실로 도망쳐 안에서 문을 걸었다. 잠시 소리를 치기도 하고 문을 두드리기도 했지만 에리카는 욕조에 들어가 콧노래를 부르기 시작했다. 미노루는 포기하고 침대로 돌아와 벌렁 누웠다.

콧노래가 아까 들은 곡 가운데 하나라는 걸 깨닫고 미노루는 기쁜 마음에 다시 CD를 듣기로 했다. 어느 곡이나 외우기 쉬운 멜로디라 처음 들은 곡도 쉽게 흥얼거릴 수 있었다.

사랑하면 어수선한 바람 불어와
놓칠 것만 같은 천사가 내 주위에서 바동거리네

욕조에 누워 있을 소녀의 나체를 상상했는데 그건 바로 에토 사치코의 모습으로 바뀌었다. 모든 것을 숨김없이 드러내고, 미노루가 하는 대로 가만히 있던 그 육체. 저항은 물론이고 소리도 내지 않고 꼼짝도 하지 않았다. 단단하고 차가운 대리석 천사.

그는 오르가슴 때 크게 소리를 지르거나 몸을 뒤트는 여자가 싫었다. 그런 여자가 상대였을 때는 도중에 흥이 식어 그만둬버린 일도 있었다. 기꺼이, 라고는 할 수 없어도 상대가 원한다면 다시 안아줘도 좋겠다는 생각이 들었던 경우는 늘 조용한 여자뿐이었다. 지금 돌이켜보면 그 가운데 몇 명은 틀림없이 불감증이었으리라.

서로 사랑한다는 것은 인간에게만, 문명이 고도로 발달한 인간에게만 허락된 행위다. 그런데 마치 짐승 같은 소리를 지르며 부끄러움이고 체면이고 없이 순간의 쾌락에 빠지는 것은 진실한 사랑에 대한 모독일 뿐이다.

그렇다. 여자란, 정말로 아름다운 여자란 어느 때건 대리석처럼 의연해야 한다. 얼음처럼 차갑고 단단한 빛은 거룩하고 성스러워, 천박한 자의 접근을 결코 허락하지 않는다. 신의 선택을 받은 존재에게 다가갈 수 있는 것은 마찬가지로 신의 선택을 받은 존재뿐이다.

이어폰에서 들리는 수정처럼 맑은 목소리 또한 단단한 빛을 지녔다. 바로 그런 이유로 나는 이 가수에게 감동하는 건지도 모른다. 그렇다. 대리석 같은 여자를 사랑할 때 들어야 할 음악은 이 노래밖에 없다.

이어폰을 귀에 꽂았는데도 잠금장치가 풀리는 찰칵, 하는 소리는 미노루의 귀에 들렸다. 문이 살짝 열리더니 먼저 더운 김이 방 안으로 흘러나왔다. 그리고 가슴께까지 타월을 두른 소녀가 수줍은 웃음을 지으며 욕실에서 걸어 나왔다. 머리를 감았는지 풀어헤친 머리카락은 촉촉하게 빛났다.

미노루가 약간 비켜 앉으며 침대를 툭툭 두드리자 에리카는 얼른 다가와 시트 안으로 파고 들어갔다. 미노루도 일단 침대에서 내려왔다가 시트 안으로 들어가, 여벌의 이어폰을 그녀의 귀에 끼워주었다. 무한반복으로 설정된 플레이어는 이미 세 번째 곡을 들려주기 시작했다. 그는 가슴께에 모은 에리카의 손을 잡아 터질 듯이 부풀어 오른 아래쪽으로 당겼다. 그녀는 어색하게 웃으며 지퍼를 내리더니 작은 손을 넣어 뜨거워진 페니스를 삼각팬티 위로 만졌다. 입으로 하려고 생각했는지 몸을 아래로 내리려다 이어폰이 걸려 빠질 뻔했다. 미노루는 천천히 고개를 가로저으며 펠라티오 같은 건 싫다는 뜻을 전했다.

미노루는 콧노래를 부르며 시트와 타월을 살짝 벗겼다. 뜨거운 물에서 막 나와 상기된 10대 소녀의 피부는 에토 사치코 이상으로 매끈하고 탄력이 있었다. 당장에라도 목을 졸라 죽이고 싶다는 생각이 들었지만 어차피 한 번쯤은 살아 있는 상태로 안아줘도 좋겠다는 생각이 들었다.

열심히 애무하는 척하다 보니 소녀는 가느다란 소리를 내기 시작했다. 30분이나 걸려 겨우 흥분시켰기에, 미노루는 얼른 허리띠를 풀고 바지를 벗어 바로 삽입하려 했다.

"잠깐! ……이거, 끼워. 서로 안전하잖아?"

에리카는 늘 갖고 다니는지 손에 든 콘돔을 그의 얼굴 앞에 내밀었다. 미노루는 애당초 섹스 자체에는 집착하지 않았다. 게다가 정액을 남기지 않는 게 틀림없이 안전하다. 그는 기꺼이 그것을 끼우고 그녀의 몸 안에 넣었다.

"아파! 좀 천천히!"

"미안. 처음, 이니?" 놀라서 묻자 소녀는 고개를 저었다.

"……처음은, 아니지만."

아마 예상대로 별로 경험이 없는 모양이었다. 미노루는 조급한 마음을 억누르면서 허리 움직임을 멈추고 두 손으로 그녀의 몸 여기저기를 더듬었다. 목덜미, 옆구리, 그리고 유방. 처음에는 간지러워하던 그녀도 미노루에게 몸을 맡기고 계속 애무를 받으며 몸을 뒤틀고 꼬기 시작했다.

그 노래가 흘러나왔다.

내게 진짜 사랑을 가르쳐준 노래. 나를 다시 태어나게 해준 노래.

꿈을 포기하지 마

"……아, 너무, 좋아……. 기분 이상해…… ."

가장 좋아하는 부분에서 소녀의 목소리가 끼어들자 미노루는 거칠게 그녀의 입을 손으로 막았다. 식사도 실컷 하게 해주었고, 목욕도 하게 해주었다. 기분도 약간이나마 좋게 만들어주었다. 이젠 슬슬 내 차례다. 미노루는 그렇게 생각하며 입을 막은 손을 목으로 가져갔다. 그때 침대 끄트머리에 벗어두었던 바지가 눈에 들어왔다. 허리띠다. 허리띠가 좋겠다. 에토 사치코 때는 아무 생각도 없었지만 손자국을 남기지 않는 게 좋다. 사람 피부에서도 지문을 뜰 수 있을지 모른다.

그는 삽입한 채로 약간 몸을 틀어 허리띠로 손을 뻗었다. 에리카가 고통을 참듯이 눈을 감고 입술을 꼭 깨물었다.

"아앗! 안 돼!"

시끄러운 여자애라고 생각하며 미노루는 속으로 혀를 찼다. 지금도 이런데 스무 살이 넘으면 건물 밖까지 들릴 만큼 큰 소리를 내는 게 아닐까. 역시 여자란 골치 아픈 동물이다. 그렇다, 살아 있는 여자는.

착한 여자란 죽은 여자뿐이다.

어디선가 들어본 농담이라는 생각이 들어 미노루는 웃음을 참지 못했다. 킥킥 웃으며 목 아래로 넣은 까만 가죽 허리띠를 그녀의 목에 감아 두 손으로 양쪽 끝을 움켜쥐었다. 또다시 노래가 제일 좋아하는 부분까지 왔을 때 그는 힘주어 그걸 잡아당겼다.

꿈을 포기하지 마

뜨겁게 빛나는 네 눈동자가 좋아

  소녀가 새우처럼 몸을 꿈틀거리는 바람에 삽입한 페니스
가 끊어질 듯 아팠다. 온몸으로 짓누르면서 더욱 허리띠를 조
였다. 워낙 가느다란 그녀의 목은 마치 비닐봉투 입구를 묶을
때처럼 수많은 주름을 만들며 손목만 한 굵기가 되었다. 부
릅뜬 눈은 놀라움과 공포로 가득했다. 미노루는 잠시 미안하
다는 생각이 들었다. 결코 그녀를 상처 입힐 생각은 없었으니
까. 하지만 그런 생각은 멋진 노랫소리에 바로 사라져버렸다.

  비록 멀리 있어도
  네 선택을 모두 믿어

  에리카가 눈에 흰자위를 드러내며 온몸에 경련을 일으키기
시작했다. 바로 그때 하복부에 뜨거운 물이 끼얹어진 느낌이
들었다. 흘러나온 오줌이 두 사람이 연결된 사타구니 부분을
적셨다. 더럽다는 생각은 전혀 들지 않았다. 미노루는 자기가
이 소녀를 이미 에토 사치코만큼 사랑한다는 사실을 깨달았
다.

  경련이 완전히 가라앉기를 기다려 미노루는 허리를 움직이
기 시작했다. 다른 생각 때문에 약간 힘이 빠졌던 그의 성기
가 다시 단단해졌다. 하반신만 아직 살아 있는 듯이 그녀의

질이 페니스를 움켜쥐었다. 그는 바로 절정에 이르렀다. 뿜어 내듯 사정하고, 사정하고, 또 사정했다.

미노루는 그녀의 가슴에 얼굴을 묻고 가슴이 저릴 만큼 편안한 기분을 느끼며 중얼거렸다.

"⋯⋯사랑해."

그녀도 분명 그렇게 느끼는 게 틀림없다고 생각했다.

3
2월 · 마사코

잠을 한숨도 이루지 못한 채 날이 밝았다. 마사코는 부엌에서 아침 식사 준비를 하면서, 텔레비전에서 동일범일 가능성이 높다고 하는 사건이 일어났던 지난달 4일의 일을 기억해내려고 했다. 그날 아들이 밖에 나가지 않았다면 이런 걱정은 괜한 짓이다. 언젠가 진짜 범인이 체포되면 우스갯소리로 한동안 이웃들과 잡담을 할 때 수다를 떨게 될 터이다.

1월 4일⋯⋯? 어떤 날이었더라? 마사코는 전화기 위에 붙어 있는 1월, 2월의 캘린더를 보았다. 4일은 토요일이었다. 1일부터 순서대로 생각하면 분명히 뭔가가 나온다.

1일이라면 물론 여러 가지 일이 생각난다. 섣달그믐에는 매년 늦게까지 잠을 자지 않기 때문에 설날 아침은 늦게 일어난다. 마사코와 아이가 함께 준비한 설음식을 먹으며 연하장을 보거나 텔레비전을 시청하다 보니 저녁 시간이 되었다. 이날은 아무도 밖에 나가지 않았다는 확신이 들었다.

2일은 매년 그러듯이 모든 식구들이 메이지 신궁(明治神宮)으로 새해 첫 참배를 갔다. 밤에는 남편이 부른 손님들이 몰려와 술판이 벌어졌다. 접대하느라 바빠 애들이 무엇을 했는지는 잘 기억이 나지 않는다. 아니, 그런 것은 생각나지 않아도 관계없다. 문제는 4일 밤이니까.

3일. 공백이었다. 아무것도 생각나지 않았다. 기억의 끈은 일찌감치 끊어져버렸다.

문득 생각이 나, 장롱 서랍에서 가계부를 꺼냈다. 월초에는 늘 이전 달 지출 내용을 꼼꼼하게 정리해두기 때문에 4일의 지출을 보면 뭔가 떠오를지도 모른다고 생각했다.

있었다. 4일에는 몇 가지 물건을 샀다. 우선 근처 슈퍼마켓에서 식료품. 그리고 백화점 첫 세일에 가서 딸에게 카디건을 사주었다. 쇼핑에 따라가기 싫어해 결국은 함께 가지 않았던 남편과 아들에겐 속옷과 양말만.

밤에는? 문제의 그날 밤에는 무얼 했었지? 저녁 식사 때 있었는지 어땠는지 생각이 나지 않아도 있었던 것 같은 기분이 든다. 남편에게 물어보면 기억을 할까? 아니, 아들에 대해서는 별 관심이 없기 때문에 내가 기억하지 못하는 걸 그 사람이 기억할 리가 없다. 하지만 설 연휴에는 대개 시험 공부하

는 일이 많았으니 분명히 집에 있었으리라

삐익, 하는 요란한 주전자 소리에 생각이 끊겼다. 이제 곧 7시다. 아들은 오늘 수업이 1교시부터라고 하니 이제 일어나야 할 시간이다. 식빵 한 장을 오븐 토스터에 넣고, 양배추와 토마토를 썰어 샐러드를 만들었다. 어젯밤 딸이 만들어준 그라탱이 기억나 냉장고에서 꺼내 오븐에 구웠다. 그 애는 살이 찐다며 싫어할지도 모르지만 억지로라도 먹여 보내자. 아침 식사를 제대로 먹는 것은 비만에 영향을 미치지 않는다는 이야기가 텔레비전에 나왔었다.

불쑥 눈물이 쏟아질 것만 같았다. 이런 어처구니없는 일에 신경 쓰는 자기가 바보 같았다. 이렇게 평범한 가정의 아이들에게는 심각한 문제라고 해봐야 겨우 비만이라거나 취업 문제쯤이 아닐까? 그런데 범죄라니, 그것도 살인이라니. 절대 그런 일 없다. 내가 어제 뭔가 잘못되었다. 그렇지 않고서야 어떻게 그 착한 애가 사람을 해쳤을 거라고 생각했을까.

어렸을 때부터 착한 애였고 여동생과 사이도 무척 좋았다. 자기 과자를 동생이 탐내면 기꺼이 나눠 주었다. 애들은 그 시절 일을 아직도 기억할까?

그런 약간 미화된 추억에 젖어 있는데 딸이 "춥다, 추워" 하고 노인네 같은 말투로 중얼거리며 거실로 나와 고타쓰에 들어갔다. 그 얼굴을 보니 오늘도, 그리고 앞으로도 변함없는 나날이 이어질 거라는 확신이 들었다.

"고타쓰에서 먹을 거야?"

마사코를 닮았는지 딸 또한 추위를 많이 타고 냉증 때문에 힘들어하기도 했다.

"응." 예상했던 대답이라 마사코는 아침을 차려 고타쓰로 가져갔다.

"이 그라탱, 어제 만든 거 아니야? 모처럼 만든 건데 드시지. 나는 살이 쪄서 아침에는 이것만 먹어도 된다고 늘 이야기했잖아." 이것도 예상했던 말이다. 마사코는 미소를 지었지만 그 순간 눈물이 쏟아져 나오는 것을 참을 수 없었다.

딸이 의아한 표정으로 물었다. "왜 그래?"

"그냥, 양파를 썰어서 그래." 그렇게 말하고 마사코는 얼른 부엌으로 돌아갔다.

"에이, 이거 양파 넣었어? 싫어." 곧이곧대로 믿은 딸은 포크로 샐러드를 쿡쿡 찌르며 얼굴을 찌푸렸다.

마사코는 거실에서는 보이지 않도록 눈물을 닦고 치밀어 오르는 오열을 억누르며 말했다.

"……괜찮으니까 먹어. 아침은 제대로 먹어야 해. 살찌는 게 싫으면 저녁을 조금만 먹으면 돼. 알았니?"

"……예에."

불만스러운 듯하면서도 왠지 기뻐하는 듯한 목소리로 딸이 대답했다.

아무 일도 없었다. 나쁜 일은 아무 일도 일어나지 않았다.

120

마사코는 스스로에게 그렇게 타일렀다. 잊어야 한다. 모두 다 잊어야 한다.

그녀는 딸을 배웅하고, 아침에는 꼭 밥을 먹고 싶어 하는 남편을 위해 전기밥솥 스위치를 눌렀다.

여느 때와 다름없는 겨울 아침이었다.

5장

……닉스에게서는 아이테르*와 헤메라**가 태어났다. 닉스는 에레보스와 사랑에 빠져 이들을 몸에 배고 낳았다.

2월 · 히구치

시마키 도시코의 죽음을 애도하는 밤샘이 8일에 있었고, 장례식은 9일에 치러졌다는 사실을 히구치는 9일 조간신문을 보고 알았다. 법의해부가 끝나 시신을 돌려받았으리라.

히구치는 고타쓰에서 일어나 창가로 갔다. 흐린 창문을 손으로 닦고 눈 아래 펼쳐지는 풍경을 바라보았다. 어두침침하게 흐린 회색 하늘에서 싸락눈이 내려 거리 전체가 더 지저분해 보였다. 히구치는 불쑥 이 도시에, 도쿄라는 도시 전체에 증오를 느꼈다. 하지만 그건 바로 덧없는 체념으로 바뀌고 한숨이 되어 떨어졌다.

* Aether, 하늘의 신.
** Hemera, 낮의 신.

그가 장례식에 참석했다면 도시코의 어머니는 어떻게 생각했을까. 또 문전박대를 했을까. 언론의 보도 또한 히구치가 모두 다 살펴본 것은 아니어도 결코 유족의 심경을 배려한 것이라고는 볼 수 없었다. 전보다 더 신경이 곤두서 있을 가능성이 높았다. 도시코의 어머니는 물론이고, 동생 가오루마저도 지난번보다 더 매정하게 대할지도 모른다. 히구치가 어슬렁어슬렁 장례식에 참석했다가 소란이라도 난다면 그 또한 언론의 좋은 먹잇감이 될 뿐이다. 그리고 그의 실언 이후 연락이 없는 노모토를 비롯한 후배 형사들과 얼굴을 마주치는 것도 내키지 않았던 이유 가운데 하나였다.

참석하지 않으면 그건 또 그것대로 공연한 억측의 대상이 될 가능성이 있었지만 지금은 밖에 나가지 않는 편이 분명히 나을 것이라는 게 최종 판단이었다. 도시코의 죽음을 순수하게 애도하기보다 자기 처지만 생각하는 스스로가 싫어져 또 한숨이 나왔다.

도시코는 이런 형편없는 사내 때문에 목숨을 잃은 건가. 히구치는 유리창에 유령처럼 비치는 자기 모습을 바라보았다. 모든 걸 잃고, 몸과 마음까지 늙어버린 사내. 그런데 죽지도 못하고 추하게 연명하는 중이다.

너무 불공평하다. 왜 젊은 도시코가 이런 사내 때문에 목숨을 잃어야만 했던 걸까. 이렇게 추레한 늙은이 때문에. 어떻게 이럴 수가. 너무하다.

눈을 감으면 지옥 같은 곳에서 벌거숭이가 되어 욕을 당하며 비명을 지르는, 누군지 알 수 없는 여자의 이미지가 떠올라 얼른 눈을 떴다. 비명이 환청으로 쫓아오는 것만 같아 귀를 틀어막고 싶은 심정이었다.

히구치는 장례식에 가지 않고 종일 이불을 뒤집어쓰고 지냈다. 다음 날도, 그다음 날도. 먹은 것이라곤 도시코가, 죽은 그녀가 사다 놓았던 통조림과 건어물. 그리고 자기가 사다 둔 인스턴트 라면.

그녀가 자주 했던 말이 떠올랐다.

"이따금은 몰라도 매일 먹으면 안 돼요. 염분이 많으니 스프는 조금만 넣고. 우유를 조금 섞는 것도 괜찮아요."

히구치는 늘 그렇게 괴상하게 만들어 먹을 수는 없다고 고집을 부리며 도시코의 말에 따르려 하지 않았다. 장례식 2, 3일 뒤, 그는 문득 그 말이 생각나 시킨 대로 해보았다. 뜨거운 물을 약간 적게 붓고, 짠맛이 나는 분말 스프를 반만 넣은 뒤 우유를 넣었다. 속이 미식거리는 냄새가 났다. 참고 그걸 전부 먹었다. 다음 날도 그걸 먹었다. 그다음 날도. 라면이 떨어지면 또 사 와 그렇게 해 먹었다. 먹을 만하다는 생각은 들었지만 맛이 있어서 그렇게 계속 먹은 것은 아니었다.

속죄. 이런 게 속죄가 될 리 없다는 것은 잘 안다. 하지만 달리 아무것도 할 수 없었다. 그녀를 위해 해줄 수 있는 것은 아무것도.

바깥세상으로 열린 창은 텔레비전과 신문뿐이었다. 전화벨이나 초인종에도 응답하지 않다 보니, 이윽고 양쪽 다 울리지 않았다. 보도로만 보면 수사에는 진전이 없는 듯했다.

아마 경찰은 체포된 경력이 있는 성범죄자 리스트를 샅샅이 조사할 것이다. 세계적으로 따지면 치안이 좋은 편인 도쿄에서도 매년 천오백 건이나 되는 성범죄가 발생하고, 그 대부분이 검거된다. 그런 모든 범죄자를 5년, 10년 거슬러 올라가 한 사람 한 사람의 현황, 알리바이를 확인하는 한편, 미제 사건과의 유사성이 있는지도 조사한다. 인근의 다른 지역까지 범위를 넓히면 그건 엄청난 숫자에 이른다. 시체에서 정액이건 뭐건 범인을 지목할 수 있을 만한 물증이 나왔다면 다행일 테지만 그렇지 않다면 아득한 작업이다. 게다가 강간, 강제추행 등의 사건은 특히 피해자가 침묵하는 경우가 많아 아예 드러나지 않는 경우도 많기 때문에 실제로 얼마나 많은 사건이 일어나는지는 알 수 없다. 그리고 이번 사건이 완전 초범의 짓일 가능성도 충분히 있다. 경찰은 결코 그런 이야기를 할 수 없을 테지만 빨리 다음 범행을 저질러주기를 바라는 상황이리라. 미수에 그쳐 피해자의 증언을 얻을 수 있다면 더 말할 나위도 없고, 예를 들어 피해자가 죽더라도 새로운 물증이나 목격자가 나올지 모른다. 그 여자 어린이 연쇄 살인범이 범행을 중간에 그만두었다면, 혹은 또 다행히 한 시민의 손에 잡히지 않았다면 과연 그가 체포되었을까. 그런 생각을 하면 소름이 끼치지 않을 수 없다.

하지만 히구치가 흥미롭게 관찰하며 그런 생각을 했던 것은 아니다. 그저 오랜 형사 생활을 통해 몸에 밴 습관, 그리고 도시코와 그 유족에 대한 의무감 때문이었다. 그는 이제 자기 생사나 다른 사람의 생사에는 관심이 없었다. 경찰의 체면, 시민의 안전, 범인에 대한 분노―그런 문제들은 아무래도 상관없었다. 다만 세상이 부조리로 가득 차 있다는 사실, 그것에 대한 분노와 체념―그뿐이었다.

살 가치가 없는 세상에서 살 가치가 없는 인간이 연명하고 있다.

농담이 아니다. 이 세상은 모두 웃을 수 없는 농담으로 이루어져 있다는 생각이 들었다.

2월 말이 다가오는데도 수사는 진전이 없었고, 그는 여전히 계속 라면을 먹고 있었다. 그리고 27일 저녁, 라면이 떨어져 근처 슈퍼마켓에 사러 갔다가 계산대 앞에 줄을 서 있던 중에 히구치는 갑자기 의식을 잃고 쓰러졌다.

눈을 뜨니 그는 링거를 꽂고 병원 침대에 누워 있었고, 죽었을 여자가 걱정스러운 모습으로 옆에 있는 의자에 앉아 있었다.

"……나를 ……용서해주는 겁니까?" 히구치는 망령에게 제대로 나오지도 않는 말로 그렇게 이야기했다.

그녀는 고개를 갸웃거렸다. 그 의미를 알 수 없었다.

"용서고 뭐고…… 히구치 씨에겐 아무런 죄도 없다고 생각합니다."

안도감이 그의 온몸을 휘감아 눈물이 쏟아질 것만 같았다. 다시 눈을 감고 편안한 잠에 빠져 들어갔다. 약 때문인지도 몰랐다.

다시 눈을 뜨니 여자는 여전히 거기 앉아 있었다. 그러나 그게 도시코가 아니라는 걸 바로 알 수 있었다. 도시코가 아니라 동생인 가오루였다. 회색 정장을 입고 긴 머리를 짧게 잘라 도시코처럼 하고 있지만 틀림없는 가오루였다. 주위를 둘러보고 이곳이 분명 병원의 큰 입원실 창가라는 걸 깨달았다. 침대는 커튼으로 칸막이가 되어 있어 몇 명이 함께 쓰는 병실인지, 다른 환자가 있는지 없는지도 알 수 없었다.

히구치는 당황해서 물었다.

"……저어, 조금 전 내가 가오루 씨와……?"

"예. 이야기했습니다. 언니인 줄 아셨던 거죠?" 그 말투는 진지했다.

"……예. 아, 아니, 꿈이었나 싶어서……."

히구치가 대답하자, 가오루는 마치 자기 마음을 확인하기라도 하듯이 몇 차례 고개를 끄덕이고 나서 다시 입을 열었다.

"실은 부탁이 있어서 찾아왔습니다. 몇 번이나 전화를 드렸지만 계속 받지 않으셔서 경찰에 여쭤보았더니 어제 쓰러지

셨다고…….”

　그러면 오늘은 벌써 2월 28일이라는 이야기다. 커튼이 드리워진 창문이 약간 어두운 걸 보면, 날이 특별히 궂은 게 아니라면, 저녁 무렵이다. 꼬박 하루를 의식을 잃었다는 이야기가 된다.

　“쓰러진 원인에 대해서 뭐라 이야기 듣지 못했나요?” 그렇게 묻자 가오루는 약간 난처한 표정으로 대답했다.

　“……영양실조, 라고 하던데요.”

　히구치는 얼굴이 화끈거렸다. 어처구니없는 이야기다. 가오루가 경찰 연금은 먹고살기에 곤란할 지경인 모양이라고 생각했을지도 모른다.

　그러나 그녀는 이렇게 말했다.

　“혼자 살면 제대로 영양의 균형을 취하기가 쉽지 않으니까요. 분명히 제대로 차려 드시지 않았기 때문일 거예요.”

　차마 매일 라면만 먹었다고는 할 수 없었다.

　“……언니가 없었다면 훨씬 전에 이렇게 되셨겠죠?”

　잠시 침묵이 흘렀다. 바로 옆에서 소곤소곤 이야기하는 소리가 들려왔다. 밀감을 먹을 수 있는지 없는지, 누군가가 누군가에게 물은 모양이다. 복도에서도 웅성웅성하는 사람들 목소리와 발소리가 들려왔다.

　히구치가 말했다.

　“부탁, 이라고 하셨나요? 대체 무슨?”

"……아까 저를 보고 언니인 줄 아셨죠?"

"……아, 뭐. 정신이 몽롱해서."

"실제로도 많이 닮았습니다. 옷이나 머리 모양을 똑같이 하면 사람들이 자주 착각합니다. 길을 가다가 누가 말을 걸어 돌아보면 전혀 모르는 사람인 경우도 자주 있었죠. 언니 아는 분들이었어요. 언니도 그런 일이 있었다고 했습니다."

무척 닮았다는 이야기에 대해서는 히구치도 이해가 갔지만 그녀의 의도를 읽을 수 없었다.

"그래, 나한데 무슨 부탁이?"

히구치가 묻자 가오루는 일단 시선을 내리깔았다가 결심을 한 듯이 그 눈을 들어 그를 바라보았다.

"범인도 착각할 겁니다."

"뭐라고?" 히구치는 깜짝 놀라 몸을 일으키려다 링거 바늘이 당겨 얼른 자세를 되돌렸다.

가오루는 갑자기 말이 많아졌다. 히구치를 설득하기 위해 궁리했던 말인지도 모른다.

"언니를 죽인 범인이 지금 저를 보면 언니가 살아 돌아온 걸로 착각하지 않겠어요? 그렇지는 않더라도 동요는 할 겁니다. 저는 언니가 갔을지도 모를 장소에 이 차림으로 가볼 생각이에요. 만약에 범인이 거기 있다면 그 반응을 저는 알아차릴 수 있을 거라고 생각합니다."

거기서 말을 끊고 반응을 살피듯이 히구치의 얼굴을 바라보았다. 그가 잠자코 있자, 그녀는 다시 말을 이었다.

"물론 범인의 반응을 놓칠지도 모르고, 저를 보자마자 도망칠지도 모릅니다. 그래서 가능한 한 신뢰할 수 있는 분의 도움을 얻을 수 있다면 마음이 든든하겠다는 생각이 들어서."

히구치가 마침내 입을 열었다.

"결국…… 저하고 가오루 씨가 범인을 잡자는 말씀?"

가오루는 당황한 표정으로 손을 저으며 부정했다.

"아뇨, 가능하면 히구치 씨에게 사립탐정이라거나 그런 분 가운데 신뢰할 수 있는 분을 소개받고 싶은 겁니다. ……일본에도 그런 일을 하는 분은 계시겠죠?"

신뢰할 수 있는 사립탐정? 여성이 신고해서 거동이 수상한 남자를 연행했더니 흥신소 사람이었다는 경우는 흔했다. 그들의 전문 분야는 신원 조사지 범죄 수사가 아니다. 문득 그런 생각을 했지만 그녀의 생각 자체가 말도 안 된다는 사실을 떠올리고 머릿속에서 털어냈다.

가오루가 말을 이었다.

"물론 히구치 씨라면 원래 전문가시니까 최고라고 생각하지만…… 폐가 될 테고."

"아니, 폐라니. 나도 어서 범인이 잡히기를 바라죠. 하지만……."

"물론 탐정을 고용하면 그 비용은 전부 제가 지불할 겁니다. 그러니 히구치 씨가 협력해주신다면 실례가 될지도 모르겠지만 그 비용을 히구치 씨에게 드릴 생각입니다."

"잠깐만!" 가오루의 말을 가로막고, 히구치는 약간 언성을 높였다. 순간 병실이 조용해지는 게 느껴졌다. 히구치는 꿀꺽 침을 삼켰다. 잠시 후, 웅성거리는 소리가 다시 들리기 시작했다. 히구치는 링거 바늘을 꽂은 왼쪽 팔에 신경 쓰면서 윗몸을 일으켜 목소리를 낮추고 말했다.

"잘 들어요, 가오루 씨. 경찰에 지금 한 이야기를 했나요?"

"……아뇨." 그녀는 눈을 내리깔고 대답했다.

"왜죠?"

"……받아들이지 않을 거라고 생각하니까요……."

다행이다. 일반적인 상식은 갖춘 모양이다.

"그렇겠죠. 나도 마찬가지예요. 그런 일은 하지 말라고 할 수밖에 없군요. 범인을 잡고 싶은 심정은 이해해. 하지만 경찰에 맡겨두는 게 가장 나아요. 일본은 살인사건 검거율이 백 퍼센트에 가깝죠. 텔레비전에서 하는 형사 드라마처럼 금방 잡지는 못하더라도 길게 보면 거의 다 체포돼요."

그러나 그런 설명은 역효과만 냈는지, 가오루는 심각한 표정으로 히구치를 바라보며 말했다.

"……하지만 히구치 씨는, 범인이 또 범행을 저지를 거라고 하셨잖아요? 체포될 때까지 몇 명이 더 언니처럼 희생을 당해도 괜찮다는 건가요?" 마지막 부분은 소리치는 듯한 말투였다.

두 사람은 대체 어떤 자매였을까, 하는 생각이 들었다. 아주 사이좋고 밝고 대화가 끊이지 않던 자매? 아니면 뭔가 남들보다 더 강한 끈으로 연결된 정신적인 쌍둥이? 남자라면 몰라도 이런 어린 여성이 자기 손으로 범인을 잡겠다고 하는 경우는 처음 보았다.

마음이 흔들릴 것 같았지만 그는 빤한 대답을 할 수밖에 없었다.

"그런 아마추어 같은 생각으로 경찰 수사 이상을 할 수 있을 거라고 생각하면 오산이지. 기껏해야 헛수고, 최악의 경우에는 가오루 씨 자신이 제3의 피해자가 될지도 몰라요. 가령 제가 곁에 있다 해도, 아니 더 뛰어난 사람이 있다 해도 말이죠."

"……그런 건 각오했습니다."

히구치는 차분하게 말하는 가오루의 눈동자를 들여다보았다. 순간 그는 거울을 보는 듯한 착각에 사로잡혔다. 그 눈에는 가족을 잃은 슬픔이나 충격, 범인에 대한 분노, 경찰에 대한 울분 같은, 그가 예상했던 것과는 미묘하게 다른 감정이 담겨 있었다.

그는 그게 뭔지 순식간에 간파했다. 그리고 그걸 알아차릴 수 있었던 것은 그런 감정이 자기 내부에도 있기 때문이라는 사실을 깨달았다. 그녀의 얼굴에 비치는 표정으로 보아 그녀도 히구치의 눈에서 그것을 발견했다는 것을 알 수 있었다.

가오루는 필사적으로 히구치를—그리고 서로가 떠안은 무게를—외면하지 않으려 하겠다는 듯이 입술을 깨물며 말했다.

"언니를…… 언니를, 죽인 건…… 접니다."

그러고는 울음을 터뜨렸다.

히구치의 머릿속에서는 환상의 여인이 다시 비명을 지르기 시작했다.

2
1월 · 미노루

차게 식어버린 시체를 꼭 껴안고 미노루는 편안하게 잠이 들었다. 잠에서 깬 뒤에도 바로 일어나 집으로 돌아갈 수 없었다.

헤어지고 싶지 않았다. 이대로 여기서 나도 죽어버리면 영원히 함께할 수 있다, 그런 어처구니없는 생각마저 들었다.

지금은 만족스러운 기분이 들어 세계와의 연관을 되찾은 느낌이 들었다. 그렇지만 에토 사치코 때 그랬던 것처럼 이 기억도 이윽고 차츰 풍화되어 모두 한 조각 꿈이 되어버리는 게 아닐까? 그런 거의 공포와도 비슷한 불안감이 미노루의 가슴을 적셨다.

싫다. 이 사랑을 잃고 싶지 않다. 다시는 사랑 없이 살아갈 수 없다는 것을 이제는 안다. 그녀와 헤어질 수는 없다. 데리고 돌아가자.

미노루는 킥킥 웃음을 흘렸다. 그녀를 데리고 돌아가면 가족들이 어떤 표정을 지을까 상상하니 우스워서 견딜 수 없었다. 안색이 나쁜 것 같은데 어디 좋지 않니?

미노루는 바로 진지한 표정을 지으며, 그녀를 데려갈 수 있는 실질적인 방법을 궁리했다.

얼음 속에 넣는다? 그런 걸 어디서 할 수 있을까? 그리고 그게 가능하다 해도 그녀의 살갗을 만지고 사랑할 수는 없다. 잘 둘러대서 장의사에게 방부처리하게 할 수는 없을까. 레닌의 시체는 아직도 살아 있을 때와 똑같은 모습으로 보존되어 있다던데, 요즘 기술이라면 그녀를 완벽하게 보존하기는 쉽다.

그러나 숨길 곳이 없으면 아무 소용이 없다. 집? 절대 무리다. 대저택도 아니고, 들키지 않을 만한 공간도 없다. 학교 연구실, 아니면 그 주변에?

포기하지 않을 수 없다는 생각이 들었다. 그녀를 이 상태로 데리고 돌아가는 것은. 슬프지만 어쩔 수 없는 일이었다.

미노루는 나중에 그녀를 다시 사랑해주기 위해, 이 밤의 추억이 될 만한 뭔가를 갖고 돌아가기로 했다. 하지만 무엇을? 작은 파우치, 점퍼, 속옷…… 그런 것들로부터는 아무런 매력도 느끼지 못했다. 역시 그녀 자신이 아니면, 그녀의 일부가 아니면 안 된다.

흐트러진 머리카락을 쓸어 넘기고 얼굴을 가만히 들여다보았다. 튀어나온 안구, 검푸르게 변한 입술―애당초 얼굴에는 관심이 없었기 때문에 머리에는 집착하지 않는다.

유방으로 눈길을 돌리고 손으로 쓰다듬었다. 꽉 깨물었기 때문에 흰 잇자국이 깊이 남았고 젖꼭지를 중심으로 그의 침이 묻어 있었다. 손바닥으로 감싸면서 그 잇자국에 다시 입맞춤을 했다. 그녀의 모든 것이 거기 모여 있는 느낌이 들었다. 이 두 유방만 잘라내 가지고 돌아가면 그녀와 함께 있는 것이나 마찬가지다. 잘라내?

그러기 위해서는 뭔가 예리한 칼이 필요하다는 걸 깨달았다. CD 플레이어와 함께 침대 옆에 놓아둔 손목시계를 보았다. 11시가 지나는 중이었다. 밤중에 칼을 파는 곳이 있을까? 편의점?

찾아볼 만한 가치는 있다. 그녀를 잃지 않을 수 있다면 온 신주쿠를, 아니 도쿄를 온통 다 돌아다니게 되더라도 상관없다고 생각했다.

그는 아직도 그녀의 목에 감겨 있는 허리띠를 벗기고, 서둘러 팬티와 바지를 입은 뒤, 코트를 들고 방을 나왔다. 자물쇠를 걸고 출구 쪽으로 가다가 비상구 표시를 보고 마음이 바뀌었다. 이리 나가는 것이 오히려 남들 눈에 띄지 않는다. 만약에 누군가가 수상하게 여겨 불러 세운다면 배가 고파서 잠깐 먹을 것을 사러 가는 길이라고 하면 된다.

비상구 철문을 밀어 열자 얼음처럼 차가운 바람이 불어왔다. 얼른 코트를 입고, 바람이 부는 철 계단을 달려 내려오니 플라스틱 쓰레기통이 나뒹굴고 쉰내가 나는 뒷골목이 나왔다. 뭔가 작은 것이 그의 구두 위를 가로질렀다. 어두워서 잘 보이지 않았지만 쥐가 틀림없다. 신주쿠에는 워낙 많으니 희한할 일도 아니었다.

미노루는 네온사인이 밀집된 불야성으로 걸음을 옮겼다. 유흥주점의 호객꾼이 "사장님!" 하고 부르며 소매를 잡으려 했다. 그는 헛웃음을 치지 않을 수 없었다. 저 녀석들은 샐러리맨을 보면 모두 사장님이라고 부르는 모양이지만 자기는 사장은커녕 샐러리맨으로도 보이지 않을 거라는 생각이 들었기 때문이다.

신주쿠에는 24시간 무엇이든 파는 큰 가게가 있다는 것이 생각나 그리 가기로 했다. 거기서 세라믹 만능 부엌칼을 발견했다. 이런 시간에 부엌칼만 달랑 사는 것도 부자연스러울 것 같아 신선식품 코너에서 양배추 반쪽과 돼지고기 팩을 함께 바구니에 넣었다. 신주쿠는 아직 초저녁이나 마찬가지인 시각이라 많은 손님들이 북적거리는 걸 보니 그리 부자연스러운 행동도 아니라는 생각이 들었다.

계산대의 점원은 학생 아르바이트인지, 껌을 질경질경 씹으며 바코드 리더로 상품을 찍었다. 힐끔힐끔 미노루의 모습을 쳐다보는 것이 묘하게 마음에 걸렸다. 그가 흘깃 노려보자 겁먹은 작은 동물처럼 고개를 돌리며 표시된 가격을 불렀다.

미노루는 말없이 돈을 내고 의기양양하게 그녀가 기다리는 호텔로 돌아왔다. 뒷골목에서 계단을 올라갈 때 발소리를 내지 말아야 한다고 생각하면서도 뛰어올라 가버렸다. 그녀가 사라지면 안 된다. 그는 심각하게 그런 걱정을 했다.

모든 게 헛것이라면.

그러나 그녀는 그가 방을 나올 때와 똑같은 자세로 그를 기다리고 있었다. 침대 위에서 모든 것을 드러내고.

"다녀왔어." 미노루가 말했다.

마치 사랑하는 여자가 자기를 기다리고 있었다는 듯이.

그는 기쁜 나머지 한 번 더 말했다. "다녀왔어."

그리고 그녀의 입술에 키스.

칼이 든 비닐봉투를 바닥에 내던지고, 그는 벌거숭이가 되어 콘돔을 끼우고 그녀의 몸 위에 올라탔다. 살이 닿자 절로 몸이 움츠러들 만큼 그녀는 식은 상태였다. 하지만 온몸을 계속 애무하다 보니 그런 느낌도 사라졌다. 그의 성기도 다시 뜨겁고 딱딱해졌다.

한 번 더, 한 번 더 사랑하고, 그다음에 돌아가자.

CD 플레이어에서 뻗어 나온 두 개의 이어폰을 자기와 그녀의 귀에 꽂고 플레이 버튼을 눌렀다.

힘든 일이 발목을 잡더라도
분명 멋지게 넘어설 수 있어

사랑의 선율이 흐르는 동안 그는 얼음 같은 육체 안으로 들어갔다. 얇은 고무가 가로막기는 했지만 고환이 오그라들 만큼 차가웠다. 그런데 그게 오히려 미노루를 흥분시켰다. 남아있는 정액을 모두 짜내게 만들었다. 끝난 뒤에도 그녀 위에 엎드린 채로 가만히 눈을 감았다. 흐르는 눈물이 멈추지 않았다.

걱정 따윈 하지 마
닮은 누군가를 사랑할 수 있을 테니

목이 메어 숨을 쉬기 힘들었다. 이게 사랑의 아픔인 걸까? 에토 사치코 때는 그저 기뻐하기만 했다. 하지만 사랑을 잃는다는 것을 알게 된 지금은 두려워 견딜 수 없다.

사랑이란 아름답고 훌륭하지만 그만큼 잃을까봐 두렵다. 힐끔 시계를 보니 곧 12시다. 마지막 전철을 놓치면 택시를 타고 돌아가야 한다. 그러나 그리 쉽게 잡히지는 않으리라. 얼른 작업을 마치는 게 낫다. 그렇게 판단하고, 미노루는 억지로 몸을 일으켰다. 눈물을 닦고 콘돔을 뺀 뒤 팬티만 입었다. 피가 튈지도 모른다는 생각에 겉옷은 나중에 입기로 했다.

부엌칼은 튼튼한 골판지와 셀로판지로 포장되어 있었다. 셀로판지를 찢어냈다. 세라믹 칼날을 만져보니 부드러운 게 왠지 믿음직스럽지 못했다. 도저히 사람의 살을 도려낼 수 있을 것 같지가 않았다.

좀 더 큰 고기 써는 칼을 사야 했던 게 아닐까, 하고 생각하면서 칼 끄트머리를 그녀의 오른쪽 유방 아래 부분에 찔러 넣었다. 살이 움푹 패일 뿐 칼이 제대로 들지 않는 것 같았다. 이번에는 칼날의 한가운데를 유방에 대고 앞뒤로 살짝 움직이니 푹, 하는 감촉과 함께 살이 벌어졌다. 다음에는 유방 둘레로 돌아가며 둥글게 썰었다. 말하자면 이건 절단선이다.

피는 약간 배어 나오는 정도였다. 피가 거의 흐르지 않았다. 죽어서 피가 등 쪽으로 몰렸기 때문일까, 아니면 원래 유방 주변에는 피가 통하지 않는 걸까. 아마 양쪽 다 해당될 거라는 생각이 들었다.

썰어내는 작업은 힘이 들었다. 절단선에 칼을 대고 앞뒤로 움직여 조금씩 안쪽까지 썰어갔다. 처음에는 잘 썰렸지만 바로 삐꺽거리는 소리를 내며 칼이 움직이지 않게 되어버렸다. 벌써 칼날의 이가 빠진 걸까 하는 생각이 들어 부엌칼을 보니 붉은 피에 섞여 군데군데 노란 지방 덩어리가 묻어 있었다. 썰어내던 벤 자리에 손가락을 넣어 젖혀보니 온통 닭 껍질 같은 노란 지방층밖에 보이지 않았다.

미노루는 칼을 욕실로 들고 가 그녀가 사용한 욕조의 더운 물에 첨벙첨벙 헹구어 지방을 씻어낸 뒤 돌아왔다. 칼이 다시 제대로 들었다. 또 잘 들지 않으면 씻었다. 결국 한쪽 유방을 잘라내는 데만 10분 남짓 걸리고 말았다.

시트 위에 내려놓으니 오래된 달걀노른자처럼 힘없이 퍼져 버렸다. 그러나 그것은 견딜 수 없는 매력이기도 했다. 미노루는 참지 못하고 거기에 입맞춤을 했다. 그녀가 사용한 비누 냄새가 남아 있어, 틀림없이 그녀의 일부분이라는 사실을 확인할 수 있었다.

서둘러 왼쪽 유방도 도려내기 시작했다. 이번에는 5분가량 걸렸다. 손 안에서 빠져나가려는 것 같은 두 개의 유방을 베어낸 자리에 얹어보고 나서야 문득 담을 데가 없다는 생각이 들었다. 함께 사 온 양배추 생각이 났다. 그걸 싼 랩을 벗겨내 유방을 조심스럽게 싸서 비닐봉투에 담았다.

시간이 없다.

서둘러 옷을 입고 칼, 콘돔, 정액을 닦은 화장지. 증거가 될 만한 것들을 CD 플레이어가 담겨 있던 상자에 담았다. 플레이어는 불룩 튀어나왔지만 코트 주머니에 넣었다. 상자는 밖에 버리기로 했다.

마지막으로 침대 위에 놓인 시체를 바라보았다. 두 개의 동그란 노란색 상처를 드러내고 누워 있는 시체. 미노루는 이미 그 시체에 아무런 매력도 느끼지 못했다. 그가 사랑한 여자와는 아무런 관계도 없다. 그저 추한 살덩어리에 불과했다.

그녀는 여기에 있다. 그는 유방을 넣은 비닐봉투를 꼭 움켜 쥐며 생각했다.

미노루는 뒤도 돌아보지 않고 서둘러 호텔을 나왔는데 결국 마지막 전철을 타지 못하고 찬바람이 부는 거리에서 두 시간이나 택시를 기다려야 했다. 집에 돌아왔을 때는 새벽 3시가 다 된 시각이었다. 관절에서 삐꺽거리는 소리가 날 만큼 추워 먼저 욕조에 들어가고 싶었다. 다행히 식구들은 모두 잠들어 있어 아무도 모르게 집 안에 들어갈 수 있었다. 평소 습관대로 식구들이 사용했을 욕조의 더운 물은 아직 남아 있었다. 조금 다시 데우니 따뜻해졌다. 그는 옷을 벗고 비닐봉투를 안은 채로 욕실로 들어갔다. 한 번도 걸었던 적이 없는 잠금장치를 단단히 닫아걸고, 천천히 몸을 욕조에 담갔다. 얽혀 있던 단단한 매듭이 풀리듯이 굳었던 온몸이 풀렸다.

몸이 풀리자 욕조에서 나와 비닐봉투 안에 든 랩을 펼쳐 그녀를 확인했다. 도려내기 전보다 쭈그러든 느낌이 드는, 왼쪽인지 오른쪽인지도 모를 젖꼭지에 입을 맞추고 핥았다. 살갗에 붙은 지방이 혀에 끈적거리며 달라붙었다. 집에 오는 사이에 지방이 묻은 모양이었다. 머릿속이 마비될 것 같은 쾌감이 왔다.

깨물려 해도 이 사이로 빠져나가버려 제대로 깨물 수 없었다. 그 초조함이 미노루를 더 흥분시켰다. 완전히 쪼그라들었던 그의 물건이 다시 고개를 들려 했다.

미노루는 고개를 들고 더운 김 때문에 흐려진 거울을 손으로 닦았다. 욕실 거울치고는 큰 편이라 의자에 걸터앉은 그의 상반신이 비쳤다. 약간 마르고 둥근 어깨지만 고교 시절 농구부에서 혹독한 훈련을 받아서인지, 근육도 있어야 할 곳에는 붙어 있었다. 얼굴은 어렸을 때부터 어머니를 닮아 단정하게 생겼다는 이야기를 들을 만큼 약간 선이 섬세한 미남이다. 그 약간 여성적인 면이 여자들의 경계심을 느슨하게 만든다는 걸 자기도 알았고 평소 자기 외모에 어울리게 행동해왔다.

미노루는 거울에 비친 자기에게 미소를 지어 보이며, 서로 달라붙은 두 개의 유방을 떼어내 그걸 벗은 자기 가슴에 갖다 댔다. 결과를 예측하고 한 행동은 아니었다.

거울 안에 그녀가 있었다. 사랑하는 그녀가.

봉긋한 가슴을 자기 손바닥으로 떠받치고, 여전히 그에게 미소 짓는 그녀가 있었다.

착각이 아니다. 착각이 아니다. 그녀는 여기 있다. 나는 그녀를 손에 넣었다! 미노루는 그렇게 외치고 싶었다.

의자에서 내려와 타일 바닥에 무릎을 꿇고 거울 쪽으로 다가가 그녀를 더 자세히 보려 했다. 그녀가 유방을 손으로 흔들며 쓰다듬었다. 그의 성기는 거울 속 그녀를 향해 불끈 솟아 있었다. 그는 오른손을 유방에서 떼고 자기 물건을 움켜쥐었다. 잠깐 가슴에 붙어 있던 오른쪽 유방은—그녀에게는 물론 왼쪽—스르르 미끄러져 철퍽, 하고 타일 위에 떨어졌지만 미노루는 신경 쓰지 않았다.

그녀의 유방을 주무르는 것이 대체 누구의 손인지, 지금 자신의 성기를 훑어대는 것이 누구의 손인지 미노루는 이미 알 수 없었다.

"……사랑해……. 사랑해……. 사랑……."

불끈불끈 힘차게 사정했다. 거울 안의 그녀 얼굴에 뿌연 액체가 튀었다.

그녀는 황홀한 표정을 지으며 미노루 얼굴 쪽으로 다가왔다. 강한 자력으로 그도 딸려갔다. 이윽고 두 사람의 입술이 거울을 사이에 두고 마주쳐, 혀가 서로를 더듬었다.

거울에서 흘러내리는 정액을 두 사람은 탐하듯이 핥았다.

3
2월 · 마사코

마사코는 아무 일도 없었던 듯이 가족을 대했지만 속으로는 살얼음판을 걷는 심정이었다. 불쑥 눈매가 사나운 남자들이 들이닥쳐 "아들은 어디 있습니까?" 하고 묻고, 끌고 가는 그런 꿈을 몇 번이나 꾸었던가.

수갑을 찬 내 아들. 신문에 큼직큼직하게 실린 사진. 그리고 집에 계속해서 날아드는 돌멩이와 듣기에도 끔찍한 욕들.

"살인자!", "변태!", "살인마!"

아니에요. 아니에요. 그 애는 착한 애예요. 그런 짓을 할 아이가 아닙니다. 뭔가 잘못 안 겁니다. 뭔가 잘못됐어요. 잘못된 거라구요!

그렇게 소리 지르며 잠에서 깨면 땀에 흠뻑 젖어 있었다. 감기에 걸리지 않으려고 매일 아침 옷을 입기 전에 타월로 온몸을 닦아내야만 할 지경이었다.

그러나 사건이 있은 지 일주일, 보름이 지나면서 여느 때와 다름없는 일상이 계속되자 그런 악몽도 더는 꾸지 않게 되었다. 봄이 조금씩 가까워지는 것과는 반대로 발아래 얼음은 차츰 더 두꺼워지고, 이윽고 마치 반석 같은 대지로 변해가면서 그녀는 안정을 되찾았다.

미노루가 다니는 도요분카 대학은 사립대치고는 비교적 늦은 2월 하순에 입학시험을 치른다. 그 시험이 끝날 무렵이면 다들 약간 한가해질 테니, 2박 3일쯤 어디론가 여행이라도 가는 건 어떨까 하는 생각을 했다. 물론 아이들은 자기들 멋대로 뭔가 스케줄을 잡았을지도 모르지만 그럴 경우에는 별도리가 없다. 온천 같은 데가 좋을지도 모른다. 예전 젊은이들은 온천이라고 하면 노인네들이나 가는 곳으로 여겨 싫어했지만 요즘에는 그렇지도 않다고 하니 분명히 좋아하겠지. 그렇다면 좀 소홀했던 가족 커뮤니케이션도 회복할 수 있을 테고, 요즘 들어 그 애의 태도가 이상해진 이유에 대해서도 물어볼 수 있다. 뭔지는 몰라도 틀림없이 사소한—물론 애들에게는 심각할지도 모르지만—일이라, 시간이 흐르고 경험이 쌓이면 다 해결될 문제이리라.

그 뒤로 비슷한 사건은 일어나지 않았다. 어차피 각성제 같은 것을 하는 머리가 이상한 인간의 범행일 테니, 이미 어느 병원에 수용되어 있거나 객사했겠지. 그렇지는 않더라도 언젠가 경찰에게 발각되어 체포될 게 틀림없다. 어쨌든 우리와는 아무런 관계도 없는 일이다. 누군가가 또 살해되기 전에 잡혀주면 물론 마음이 놓일 테지만 딸이나 가족 누군가가 희생당하지만 않는다면 내 알 바 아니다.

비닐봉투를 발견하고 이틀, 사흘은 아들 방에 들어갈 수 없었다. 하지만 다시 마음을 굳게 먹고 방 안을 뒤지기 시작했다. 그게 아무런 의미도 없다는 걸 확인하기 위해서도 방 점검은 계속해야 한다고 스스로를 타일렀다. 눈에 띄는 변화는 거의 없었다. 잘된 일인지 나쁜 일인지는 몰라도 요즘은 마스터베이션을 거의 하지 않는 것 같았다. 시험이 끝난 지 얼마 되지 않아서인지 공부도 전혀 하지 않았다. 만화, 활자에 관계없이 책을 사거나 하지도 않았고, 여자 친구가 생긴 것 같은 눈치도 여전히 없었다.

그 애는 대체 방에서 무얼 하며 지내는 걸까?

마사코는 의아한 생각이 들었다. 방학이 되었는데도 아무 데도 가지 않고 방에만 틀어박혀 있는 일이 많은데 무얼 하는지 전혀 알 수 없었다. 전에는 자주 빌려 보던 것 같던 비디오도 요즘은 전혀 보지 않았다. 그럴 마음도 생기지 않을 만큼 뭔가 깊이 생각하는 게 아닐까? 그렇다면 마사코가 상상하는 것 이상으로 심각한 문제일 가능성도 있다. 한시바삐 어떻게든 도와주어야만 하리라.

마사코는 모두가 모인 어느 날, 저녁 식사 때 먼저 딸인 아이에게 자연스럽게 여행 계획을 꺼냈다.

"얘, 아이짱. 온천 같은 데 가고 싶구나."

"글쎄." 딸은 별로 내키지 않는 듯이 대답했다.

"엄마랑 가거라." 우적우적 밥을 먹으며 남편이 끼어들었다.

"당신은?" 마사코가 묻자, 남편은 쓴웃음을 지으며 고개를 저었다.

"난 무리야. 그럴 틈이 없어."

당신은 늘 그렇지, 언제나……. 마사코는 말하려다 그냥 삼키고 말았다. 우물우물 식사하는 아들 쪽을 보니, 그는 겁먹은 듯이 마사코를 힐끔 본 다음 다시 고개를 숙이고 말했다.

"……나도 힘들 것 같은데. 3월에는 이런저런 약속도 있고."

마사코는 자기 가족이 어느새 손을 쓸 수 없을 지경으로 제각각이 되어버린 게 아닐까 하는 공포를 느꼈다. 내가 배를 낳아 낳고, 고생해서 이만큼 키운 자식들이 어느새 완전히 남이 되어버린 게 아닐까.

오래간만에 불쑥 꺼내본 여행 이야기는 쑥 들어가고 말았다. 심각하게 생각할 것까지는 없다고 스스로를 달래면서도 공포감은 사그라지지 않았다. 그 공포는 아들이 사람을 죽였을지도 모른다는 생각이 들었을 때 느낀 공포 이상이었다. 마사코가 그 공포를 얼마나 현실적이라고 느끼는가의 차이 때문이리라.

현대의 가족이란 많건 적건 분명히 그런 문제들이 있다는 생각은 들었다. 하지만 나만은, 우리 가족만은 자신의 사랑으로 굳게 뭉쳐 있다고 마사코는 믿었다. 어머니가 진실한 애정으로 자식을 대하면 가족들은 분명 그걸 이해해줄 것이고, 훌륭한 가정을 꾸릴 수 있을 거라고 믿었다.

그녀는 남편을 바라보았다.

이 남자다. 이 남자가 내가 쌓아 올리려는 걸 철저하게 무너뜨려왔다.

아버지라는 존재가 자식의 성장에 있어서—특히 아들에게—얼마나 중요한가는 어느 세미나에서나 반복해서 강조했다. "동일화의 대상인 아버지가 없으면, 남자애들은 제대로 남성의 역할을 획득할 수 없게 되는 경우가 있습니다. 그런 경우 어른이 되어서도 이성과 만족스러운 성관계를 꾸려가지 못하고 임포텐츠가 되거나, 이상성애(異常性愛)의 원인이 되는 경우도 있습니다."

분명히 그것도 자녀의 성 문제에 관한 세미나였다. 그 뒤 강사는 약간 주제에서 벗어나, 간단하게 이상성애의 실제 사례를 들어주었다.

우선 화이트보드 윗부분에 양적이상, 질적이상이라는 글자를 적었다.

양적이상, 대부분의 경우 성욕이상항진증(性慾異常昻進症). 적을 경우에는 성욕감퇴나 임포텐츠.

질적이상 가운데 행위의 이상—가학성애(사디즘), 피학성애(마조히즘). 대상의 이상—동성애, 페티시즘, 소아성애, 시체성애 등.

"정상이냐 이상이냐를 구별하기는, 사실 매우 어렵습니다." 강사가 말했다. "우리는 누구나 뭔가 이상에 가깝다고 여겨지는 행위에 흥분을 느끼거나 망상을 품은 것 같습니다. 하지만 그런 행동은 모두 성애에 미성숙한 상태라고 할 수 있습니다. 우리는 모두 진짜 성숙한 상태에는 이르러 있지 못합니다. 성적으로 조금의 콤플렉스도 없고, 이성과 아무런 불만이 없는 관계를 맺는 사람은 없을 겁니다. 그건 아무래도 우리가 은밀한 성에 관하여 죄의식이나 열등감이 있기 때문입니다. 이런 의식은 대부분 유아기 때 형성됩니다. 하지만 우리는 그걸 어떻게든 극복하고 이성과의 대체적으로 만족스러운 관계에 이르게 됩니다. 하지만 그 죄의식이나 열등감이 너

무 큰 경우, 그들은—아니, 우리들은 그걸 극복하지 못하고
다양한 비정상적인 성애를 통해 성욕의 배출구를 찾게 되고
마는 겁니다."

유아기에 형성되는 성에 대한 죄의식이나 열등감—마사코
는 이 이야기를 들었을 때 약간 찔끔했다. 어렸을 때 고추를
만지작거리는 아들에게 그런 짓 하면 병 걸려라고 했던 적이
있기 때문이다. 하지만 그리 심각한 문제가 아니다. 어느 부
모나 그런 이야기는 한다. 만약 저 애가 여자를 죽이고, 그 시
체를 도려내는 그런—아니, 내가 지금 무슨 생각을 하는 걸
까. 그 살인은 아무런 관계도 없는데. 지금 고민하는 것은 가
족의 유대관계에 대해서인데.

가족 간의 유대가 확실하면 범죄 따위는 생겨나지 않는다.
다른 가족은 그런 유대를 잃어가고 있는지 몰라도 우린 아직
괜찮다. 아주 약간 대화가 적어졌을 뿐이지, 앞으로 하루하루
노력해가면 모든 게 옛날처럼, 웃음이 끊이지 않는 가족으로
돌아갈 수 있다. 마사코는 그렇게 믿었다.

6장

가이아는 먼저 자신과
대등한 아이를 낳았다.
별 많은 우라노스*는 여신을
완전히 뒤덮었으며

2월~3월 · 히구치

히구치는 그날로 퇴원하고 싶었지만 검사 때문에 그럴 수 없었다. 피와 소변을 받고 엑스레이 촬영, 심전도, 초음파를 이용한 복부 검진에 위 내시경. 결과가 모두 나와, 이상이 없으면 내일 퇴원해도 좋다는 이야기를 들었다.

담당 의사인 다카하시(高橋)는 이런 말을 했다.

"여기저기 몸에 문제가 있을 테니 꼼꼼하게 검사해달라는 이야기를 들었습니다."

"누구에게…… 말입니까?" 이상하다는 생각이 들어 물었다.

* Uranus, 하늘의 신. 크로노스의 아버지, 제우스의 할아버지다. 우라노스는 가이아 이외에 누구에게도 관심이 없을 정도로 가이아에게 집착했다.

"동료 형사분입니다. 성함은 이야기하지 않았습니다. ……무섭게 생긴 분이죠. 처음에는 그쪽에 있는 분인가 생각했습니다."

그쪽이라니, 아무래도 야쿠자를 가리키는 모양이다. 틀림없이 노모토다. 이 바쁜 시기에 그가 쓰러졌다는 소식을 듣고 달려와주었다. 걱정해준 걸까. 히구치는 갑자기 믿을 수 없다는 생각이 들었다.

"……부인께서 돌아가셔서 혼자 사신다면서요. 남자는 혼자 살다 보면 아무래도 균형 있는 영양 섭취가 힘들죠. 상당히 신경을 써야 합니다. 쉽게 알 수 있는 영양 밸런스 핸드북이 있는데 나중에 갖다 드리겠습니다. 쉬십시오." 기계적으로 덧붙인 그 말과 함께 다카하시라는 의사는 다른 환자와 이야기하기 위해 자리를 떴다.

히구치는 앞에 놓인 저녁 식사를 들여다보았다. 30시간 만에 입에 대는 식사는 풀을 쑨 것 같은 죽과 생선조림, 다시마말이 그리고 사과 주스. 각오하고 입에 넣기는 했지만 죽을 제외하면 형편없지는 않았다. 겨우 남기지 않고 다 먹을 수가 있었다. 링거는 일단 더 맞을 필요가 없는 모양이었다.

식사를 마친 뒤 히구치는 침대에 누워 시마키 가오루의 이야기를 천천히 생각해보기로 했다.

가오루는 도시코를 죽였다고 말했다. 히구치는 그녀가 이야기를 마칠 때까지 끼어들지 않았다.

도시코는 스물셋에 결혼해 친정 근처에 살았다고 했다. 상대는 병원에서 알게 된 다섯 살 위의 상사회사 직원. 결혼 뒤에도 도시코는 직장을 그만두지 않았다. 서로 바쁜 것은 어쩔 수 없었다 해도 그녀의 야근은 두 사람이 함께 있을 수 있는, 얼마 되지 않는 시간을 더 깎아먹었다. 남편은 자식을 갖고 싶어 도시코가 직장을 그만두기를 원했지만 그녀는 당분간 직장 생활을 더하고 싶었다.

밤늦게 지쳐서 돌아와도 식사 준비조차 해주지 못하니 신랑이 불쌍하다며 도시코의 어머니가 가끔 밥을 차려주러 딸의 신혼 아파트를 드나들게 되었다. 가오루가 대학에 들어가 입시 공부에서 해방되자 이번에는 그녀가 언니의 가사를 대신했다.

가오루는 형부는 좋은 사람이 아니었다고 울면서 말했다.

그녀는 형부와 자게 되었고 언니는 그걸 알게 되자 이혼했다. 언니는 가오루를 꾸짖기는커녕 적어도 표면적으로는 동정하고, 위로하고, 사과하기까지 했다고 한다. 자기가 남편을 제대로 고르지 못한 게 잘못이었다면서.

"하지만." 가오루는 히구치에게 애원하는 듯한 눈빛을 보이며 말했다. "못된 건 저였습니다. 제가 유혹했으니까요. 늘 그랬습니다. 언니가 가진 것이 항상 탐이 났죠. 인형도, 예쁜 드레스도, 화장품도. 모두 탐이 나서 늘 언니에게 졸랐습니다. 언니는 결국 뭐든 제게 주었는데도 얻은 뒤에 꾸준히 소중하게 간직한 것은 하나도 없었습니다. 손에 쥐어보면 왜 탐을 냈는지 모를 만큼 하찮은 것들뿐이었죠. 형부도 그랬습니다. 언니가 왜 이런 사람과 결혼했는지 이해가 되지 않을 정도로 한심한 사람이죠. 하지만 두 사람이 사랑했다는 것은 알았습니다. 형부가 저를 품에 안기는 하지만 그게 사랑 때문이 아니라는 것쯤은 알았어요. 그래서…… 그래서 저는……."

히구치는 귀를 틀어막고 싶었다. 그런 이야기는 듣고 싶지 않았다. 왜 그녀가 만난 지 얼마 되지도 않는 자기에게 그런 이야기를 하는지 이해할 수 없었다. 하지만 그는 잠자코 들을 수밖에 없었다. 자기는 도시코에 대해 알아야 할 의무가 있다고 생각했다. 그리고 가오루가 자기와 같은 죄를 짊어진 이상, 가오루에 관해서도 역시 알아야 할 의무가 있었다.

"저는 형부와 잘 때, 일부러 짙은 향수를 뿌리거나, 액세서리를 놓고 오거나 했습니다. 보름도 지나지 않아 언니가 우리들 관계를 눈치챘고, 형부를 몰아붙였죠. 그 사람은 바로 자백을 했다더군요. 언니는 다음 날 이혼 신고서를 받아와 그 사람에게 주고 친정으로 돌아왔습니다. 저는 눈을 마주칠 수 없었지만 언니는 그리 신경 쓰지 않는 것 같았습니다. 언젠가는 깨질 결혼이었지 저 때문이 아니라면서요. 캐묻는 부모님에게는 그냥 남편이 바람을 피웠다고만 하더군요. 괴로웠죠. 언니가 준 것에 싫증이 나서 버릴 때, 저는 한 번도 죄의식을 느끼지 않았지만 그래도 왠지 모든 게 다 기억은 납니다. 언니에게 울며 사과하고 싶었어요. 인형을 빼앗아서 미안해, 리

본을 빼앗아서 미안해. 여태까지 언니한테 빼앗은 것을 모두 돌려줄 수 있다면 좋을 텐데. 그리고 형부와의 관계도 예전으로 되돌릴 수 있다면 좋을 텐데, 하는 생각을 몇 번이나 했습니다."

가오루는 뺨에 흐르는 눈물을 닦지도 않고 잠시 입을 다물었다.

"……언니가 전에 지내던 기숙사로 돌아갔을 때, 저는 속으로 안도했습니다. 이제 언니를 매일 보지 않아도 된다. 그런 생각이 들었습니다. 그리고 멋대로, 다시 좋은 사람을 만나 재혼하면 된다, 행복해지면 된다고 생각했죠. 설날에 집에 왔을 때, 누군지 좋아하는 사람이 생겼구나, 하는 걸 눈치 챘습니다. 그래서 제가 이리저리 캐물었는데, 바로 히구치 씨였습니다. 언니가 누군가를 다시 좋아하게 되었다는 것만으로도 저는 기뻤습니다. 이혼한 뒤로 언니가 아무도 좋아하지 않게 될지도 모른다는 생각을 했었으니까요. 하지만 언니는…… 언니는……."

결국 행복해지지 못하고 죽었다. 가오루는 분명히 그렇게 말하려 했을 것이라고 히구치는 생각했다.

도시코는 여동생 때문에 결혼 생활이 망가지고 죽었다.

도시코는 좋아하게 된 남자가 그 마음을 받아주지 않았기 때문에, 죽었다.

도시코는 운이 나빠 정신이상자에게 걸려, 죽었다.

이 가운데 어느 것이 정답이고 어느 것이 틀린 것일까. 히구치는 알 수 없었다. 아마 히구치는 가오루 씨 때문이 아니다라고 말해주어야 했을 것이다. 하지만 그러지 못했다. 그녀에게 그런 말을 한다는 것은 일종의 자기기만으로 여겨졌다. 가오루에게 죄가 없다고 이야기하는 것은 간접적으로 자기에게도 죄가 없다는 이야기가 될 뿐이다. 그런 짓은 할 수 없었다.

"그래서 범인을 잡고 싶다, 그런 이야기죠?"

히구치의 물음에 가오루는 말없이 고개를 끄덕였다.

"생각할 시간을 좀 줘요. 어쨌든 이 상태로는 아무것도 도와드릴 수 없으니. 퇴원하면 내가 전화하죠."

그녀는 약간 마음이 놓인다는 눈으로 그를 바라보며, 몇 번이나 고개를 숙여 인사하고 돌아갔다.

그리고 지금 그는 침대에 드러누워 그녀의 제안을 어떻게 받아들여야 하는가를 생각했다.

그는 처음에는 터무니없는 이야기라고 생각했다. 실제로도 어처구니없는 아이디어였다. 죽은 여자와 닮은 여자를 보면 범인이 동요할 테니 보면 알 수 있다? 허술하기 짝이 없는 생각이다. 계획이라고 부를 수도 없다. 죄의식에 짓눌려 궁지에 몰린 젊은 여자가 궁리해낼 만한 이야기다.

그러나 범인이 뭔가 기준에 따라 희생자의 용모를 고른다면, 가오루는 틀림없이 그 기준에 합격이다. 그리고 범인의 행동범위가 시간적, 공간적으로 한정되어 있다면 도시코가 범인과 우연히 만난 걸로 여겨지는 지역에서 범인을 쉽게 만나게 될 가능성이 높아진다.

그렇다. 가능성이 제로는 아니다, 라는 생각이 들었다. 아마 백에 하나쯤의 가능성은 있을 것이다. 백에 하나, 아니, 천에 하나라도 가능성이 있다면 움직여보는 게 형사다.

그리고 진짜로 중요한 것은 범인을 찾아내느냐 마느냐 하는 문제가 아니다. 중요한 것은 죄의식에 짓눌려 막다른 골목에 몰린 젊은 여성을 정신적으로 구원할 수 있느냐 하는 문제다. 가오루는 설사 히구치가 협조를 거부하더라도 이 어처구니없는 아이디어를 실행에 옮기려 들 터이다. 스스로를 늪에서 구해내기 위해서. 그런 그녀를 위해 뭔가 해줄 수 있는 게 있지 않을까 하는 생각이 들었다.

그리고 만에 하나, 가오루가 범인을 찾아내 거꾸로 살해당하기라도 한다면……. 가령 언니를 죽인 범인을 만나지 못한다 하더라도, 밤거리에는 다른 위험한 짐승들이 숨어 있다. 그녀가 그런 위험 속으로 뛰어들도록 내버려둘 수는 없다. 도시코뿐만 아니라 이제 그 여동생까지 살해당하게 될지도 모른다는 생각에 히구치는 견딜 수 없었다.

도시코의 여동생을 정신적, 또는 육체적 위기에서 구한다. 그것이 자기에게 주어진 의무로 여겨졌다.

굳이 범인을 잡을 때까지 계속할 필요는 없다. 며칠간 작전을 하다 보면 그녀도 그런 행동이 지닌 진짜 의미를 깨닫게 될 것이다. 그러면 그녀의 문제는 해결되리라. 그리고 어쩌면 히구치의 악몽 또한 사라지게 될지도 모른다.

히구치는 마음을 굳혔다.

이튿날인 29일 오후, 히구치는 퇴원했다. 그날 밤, 가오루의 집으로 전화하니 어머니가 받는 바람에 말없이 끊었다. 부모에게는 비밀로 해달라고 신신당부했기 때문에 메시지를 남기기도 꺼려졌다.

조만간 그녀가 전화를 걸어올 거라고 생각하며 기다리기로 했다.

길었던 2월이 마침내 끝나고, 3월이 왔다. 날씨는 화창하고, 공기에는 봄 냄새가 가득했다. 모든 일이 다 잘 풀릴 것만 같았다.

히구치는 4일 오후, 수사본부가 있는 시부야 경찰서로 전화를 걸어, 마침 거기 있던 노모토를 불러냈다.

"······퇴원하셨군요."

"그래. 지난번엔 미안했네." 히구치는 슬쩍 실언을 했던 일까지 끼워넣어 사과를 했다.

"아뇨. 무슨 말씀을. 그런데, 무슨?"

"뭔가 진전이 없나? 유족이 걱정하는 것 같아서. 가능하다면 조금만이라도 가르쳐주었으면 하는데." 거짓말해서 정보를 빼내는 짓에는 스스로 생각하기에도 의외일 만큼 죄의식을 느꼈다. 노모토가 병문안을 와주었다는 사실을 알게 되었기 때문일까?

"좋은 뉴스는 아무것도 없습니다. 나쁜 뉴스라면 있지만." 전혀 감정이 들어 있지 않은 억양 없는 목소리로 노모토가 말했다.

"나쁜 뉴스라니?"

"범인이 또 저질렀습니다." 그 말투가 너무나 시원시원해서 그 의미를 바로 파악하지 못했다.

"또 저질렀다니……. 설마……." 등에 소름이 끼치는 것을 느끼면서 히구치는 멍하니 중얼거렸다.

"그렇습니다. 이번에는 요코하마에서요. 오늘 아침 혼모쿠 나들목 부근에 있는 러브호텔에서 발견되었다 합니다. 아직 단정할 수는 없어도 아마 이쪽 사건과 동일범이겠죠. 마음이 무겁군요. 합동수사를 해야 하니."

요코하마라면 당연히 가나가와 현과 합동수사가 이루어진다. 하지만 경시청과 지방경찰 사이는 원만하지 않다. 그래서 범인을 놓치거나 실수를 저지를 때도 종종 있다. 노모토는 그런 껄끄러운 상대들과 함께 수사한다는 일이 탐탁지 않고, 그 때문에 수사를 망칠까봐 께름칙한 눈치다.

히구치도 예전에 비슷한 일을 경험한 적이 있지만 지금은 그런 노모토에게 분노의 감정밖에 들지 않았다. 또다시 희생자가 나왔는데도 아무런 아픔도 느끼지 못하는 듯한 말투에 울컥 화가 치밀었다. 그들에게는 역시 시마키 도시코의 죽음도 범죄 통계 가운데 하나의 숫자에 불과하고, 세일즈맨의 업무 실적과 다를 바가 없는 거라는 생각이 들었다.

그와 동시에 경찰에게만 맡겨둘 수 없지 않을까, 경찰이 할 수 없는 일 가운데 자기가 할 수 있는 일이 있지 않을까 하는 생각도 들었다.

그건 착각이다. 이렇게 생각하려 했지만 무리였다.

범인의 모습이 히구치의 마음속에서 조금씩 형태를 갖추기 시작했다.

자동차가 있고, 비교적 시간이 자유로운 20세에서 30세가량의 독신남. 얼핏 보기에는 점잖아, 뒤에 숨은 그 광기를 눈치채기가 쉽지 않다.

직감적으로 떠오른 생각이라 확실한 근거는 없어도 대략 맞아떨어질 거란 확신이 들었다. 이번 사건 현장이 나들목 부근이라는 사실, 시마키 도시코 같은 여자가 의심하지 않고 따라갔다는 사실을 생각하면 점점 그 확신은 깊어졌다.

그렇다. 나하고 가오루가 힘을 모은다면, 어쩌면 경찰보다 먼저 놈을 잡을 수 있을지도 모른다. 경찰보다 먼저.

놈이 다른 여자들을 더 죽이기 전에.

2
1월~2월 · 미노루

유방만 남았는데도 그녀를 둘 곳이 없었다. 처음엔 자기 방에
숨겨두면 될 거라고 생각했지만 점점 썩는 냄새가 풍기기 시
작해 도저히 안 되겠다는 생각이 들었다. 냉장고가 제일 좋을
텐데 그런 곳에 넣어두면 금방 들킨다.

결국 이런 계절에는 마당(이런 이름으로 부르기는 민망할
만큼 좁지만)에 있는 화단 구석에라도 묻어두면 썩는 냄새만
은 피할 수 있겠다는 생각이 들었다. 사람들 눈만 조심하면
이따금 꺼내서 사랑해줄 수도 있다.

실제로 그는 밤중에 이따금 그녀를 파내, 안에서 잠근 욕실
이나 화장실에서 사랑을 했다.

이틀 뒤에 파냈을 때는 이미 피부가 시커메지고, 주름이 생
기기 시작했다. 그는 신경 쓰지 않았다.

무게 차이가 느껴질 정도로 쪼그라들기 시작했을 때는, 썩
은 냄새를 견디기 힘들 지경이 되었다.

이 사랑은 변함이 없다. 결코 변함이 없다.

미노루는 계속 그렇게 중얼거리며 그녀를 사랑하려고 했지
만 1월 말이 되자 도저히 만질 수도 없는 살덩어리로 변해 있
었다.

사랑하던 여자가, 이제는 영원히 잃을 리가 없을 거라고 믿

었던 여자가 순식간에 늙고 추한 노파가 되어버린 거나 마찬가지였다. 미노루는 가슴이 무너지는 듯했다. 지난날의 그녀를 떠올리면서 한 번 더 사랑하고 화단 깊숙이 묻은 뒤 혼자 눈물을 흘렸다.

말하자면 이것이 미노루에게는 첫 실연이었다. 단 한 번 사랑을 나누고도 다시 태어난 기분이 들었던 에토 사치코 때보다, 몇 번이나 사랑을 나누며 깊게 맺어진 에리카란 이름의 소녀와 헤어지는 게 훨씬 더 잔인하고 비극적이었다. 그리고 그만큼 더 처절한 심정이 되었다.

가슴에 구멍이 뻥 뚫린 듯한, 이 공허함을 메울 수 있는 방법은 새로운 사랑밖에 없다. 사치코나 에리카를 능가하는 훌륭한 여성의 사랑 이외에는 메울 수 있는 것이 없다. 그는 그렇게 생각했다.

미노루는 다시 시간을 내서 거리를 방황하기 시작했다. 하지만 이번에는 확실한 목표, 지침이 있었다.

여자를 찾아내자. 아름답고 사랑스러운 여자를 찾아내자. 그리고 이번에야말로 영원한 사랑을 움켜쥐겠다. 에리카처럼 집에 데리고 가는 것만으로는 충분치 못하다. 사랑하는 여자가 추한 고깃덩이로 변하는 것은 내 살이 떨어져 나가는 것보다 더 괴롭다.

비디오.

어차피 그런 문명의 이기가 있으니 이용하지 않을 수 없다.

그쯤이면 충분하다는 생각이 들지는 않았어도 하룻밤의 감미로운 추억을 계속 되새길 수 있다는 것은 멋진 일이다. 그런 생각이 들자 에토 사치코나 에리카와의 하룻밤을 비디오테이프에 담아두지 못한 것이 못내 후회되었다.

다시는 후회하지 않기 위해서도 두 여자 이상으로 멋진 여성을 찾아내, 영원히 남을 사랑의 기록을 만들고 싶다는 마음이 절실했다.

이케부쿠로와 신주쿠는 왠지 피하고 싶어, 집에서 가지고 나온 비디오카메라가 든 가방을 메고 CD를 들으며 학교에서 돌아오는 길에 매일 시부야와 롯폰기를 어슬렁거렸다. 하지만 수많은 젊은 여자애들을 보면서도 마음이 끌리는 여자는 거의 없었다. 나름대로 얼굴은 예뻐도 기품 있는 얼굴은 거의 없었다. 얼굴이 합격점이면 다이어트 열풍이라는 것 때문인지 비쩍 말랐다. 사치코나 에리카를 만났던 것은 기적에 가까운 일이 아니었을까, 하는 생각마저 들었다. 그 애들은 결코 모델이 될 만한 미모를 갖추지는 못했지만 미노루도 쉽게 파악할 수 없는 뭔가가 있었다. 그를 끌어들이는 그 무언가가.

이렇다 할 소득 없이 일주일 가까이 지난 2월 3일의 일이었다. 그 여자를 발견하자마자 바로 뒤를 밟았다.

오늘은 포기하고 집으로 돌아가자며 지하철 롯폰기 역 개찰구로 내려가는 계단으로 갈 때였다. 그녀는 바로 앞에서 택시에서 내려 고개를 숙이고 힘없는 걸음걸이로 걷기 시작했다. 베이지색 코트 안에는 회색 정장을 입고, 지갑 정도밖에 들어 있지 않을 것 같은 작은 백을 어깨에 걸쳤다. 밤의 롯폰기에는 어울리지 않는, 지나치게 수수한 차림이었다. 에리카는 물론이고 사치코보다 나이가 더 든 여자였다. 서른까지는 몰라도 스물다섯은 넘었으리라. 곁을 지날 때 보니 마스카라가 젖어 떨어지려고 했다.

울어?

그녀는 두리번두리번 주위를 살피더니 방향을 정한 듯이 아오야마 쪽을 향해 걷기 시작했다. 하지만 무거운 걸음걸이로 보아, 흥겨운 일 때문에 어디로 가는 걸로는 보이지 않았다.

애인이나 친한 친구가 기다리는 것 같지는 않다. 설사 그렇다 해도 그게 그녀에게는 기쁜 일이 아니리라. 미노루는 그렇게 추측했다.

아예 눈이 내리면 따뜻하지 않을까 하는 생각이 들 만큼 2월의 바람은 차가웠다. 귀와 뺨이 얼얼할 정도로 불어오는 바람 속에 여자는 10분 남짓 계속 걸었다. 택시를 타고 왔는데 대체 어떻게 된 걸까. 운전기사에게 내릴 곳을 제대로 설명하지 못한 걸까, 아니면 정처 없이 걷는 걸까. 붐비는 거리를 지나, 오가는 사람들이 보이지 않을 무렵 그녀가 불쑥 시야에서 사라졌다.

미노루는 당황해 걸음을 빨리했다. 자칫하면 못 보고 지나칠 만한 곳에 술집이 있었다. 사각형 콘크리트 덩어리로밖에 보이지 않는 건물에 겨우 한 명이 지나갈 수 있는 계단이 지하로 뻗어 있었다. 그녀는 그리로 내려갔다고밖에 생각할 수 없었다.

구부러진 빨대 같은 파란 네온사인은 'Mirror on the Wall'이란 글자를 새기고 있었다. 분명 바 같은 곳이다. 그런 수수한 옷차림의 여자가 들어간 걸로 보아 시끄러운 디스코텍 같은 데는 아닐 것 같았다.

미노루는 잠깐 망설였지만 그대로 놓칠 수는 없다는 생각에, 마음을 다지고 계단을 내려갔다. 아래에는 작은 나무문이 있었다. 음악의 홍수를 예상하면서 문을 여니, 어처구니없을 만큼 조용하고 우울한 재즈가 흘렀다.

안으로 길게 뻗은 카운터, 그리고 키가 큰, 앉기 힘들어 보이는 등받이 없는 의자가 놓인 둥근 테이블. 천장에서 천천히 돌아가는 선풍기.

그녀는 카운터 오른쪽 끄트머리에서 거의 벽에 기대듯 앉아 있었다.

미노루는 거침없이 그녀에게 다가가 옆자리에 앉았다.

"혼자십니까?"

그녀는 찔끔 몸을 움츠리더니, 그를 피하듯 벽에 등을 붙였다. 너무 성급했나 싶어 미노루는 속으로 혀를 찼다. 미소를 지으며 다가온 바텐더에게 미즈와리를 주문했다.

"얼리타임스, 괜찮겠습니까?"

버번은 싫어하지만 일단 고개를 끄덕였다. 바텐더가 가기를 기다려 다시 그녀에게 말을 걸었다.

"놀라게 했다면 미안합니다. 수작을 거는 건 아닙니다. 저어…… 우는 것 같아서." 걱정스러운 듯이 묻자 그녀는 깜짝 놀라 얼굴을 가리며 고개를 돌렸다.

미노루는 얼른 덧붙였다.

"치근덕거리려는 게 아닙니다. 나도 좀 우울해서 이야기라도 나누다 보면 서로 마음이 풀리지 않을까 싶어서. 그런 생각을 했을 뿐입니다. 불편하시면 다른 자리로 옮기겠습니다. ……불편하세요?"

거짓말은 아니었다. 그냥 자기 심정을 있는 그대로 표현했을 뿐이다. 미노루는 실제로 에리카를 잃어 우울했고, 최근 며칠간 거리에서 여자들을 바라보며 거의 절망적인 심정이었다. 여자가 싫다고 말하면 어쩌지, 하며 지금까지 느껴본 적이 없는 초조함에 시달렸다.

그녀는 잠깐 생각하더니 이윽고 살짝 고개를 저었다.

주문한 미즈와리와 함께 그 여자가 시킨 마티니가 나왔다. 건배하려고 했지만 그녀가 고개를 들지 않아 미노루는 한 모금 마시고 멋대로 말을 이었다.

"저는 가모우. 가모우 미노루라고 해요. 이래뵈도 대학원에서 철학을 합니다."

사치코를 만났을 때 했던 거짓말을 여기서도 써먹었다. 그녀의 나이와 비슷하다는 뜻을 전하려는 의미도 있었다.

"직장 생활을 하나 보죠? 회사에서 언짢은 일이라도 있었습니까?"

그녀는 말없이 고개를 저었다. 직장 문제가 아니라면 남자 문제가 틀림없다고 생각했지만 화제를 그쪽으로 끌고 가지는 않았다.

"직업이 뭔지 맞춰볼까요……? 컴퓨터 관련이죠? 아닙니까?"

다시 고개만 저을 뿐이었다. 아직 입을 열 생각은 없는 모양이다.

"은행? 아닌가? ……그럼, 혹시 대학 쪽에?"

"……그렇게 보입니까?"

비로소 그녀가 입을 열었다. 차가운 느낌이 드는, 맑은 목소리였다. 그가 상상했던 대로였다.

"진지해 보여서요. 발상이 좀 안이했나? 항복입니다. 무슨 일을 하시나요?"

"……간호사입니다."

그는 자신의 선택이 잘못되지 않았다는 사실을 확인했다. 간호사! 그야말로 자기가 기다리던, 대리석처럼 기품 있는 여자에게 어울리는 직업이 아닌가. 뜨거운 피가 흐르는 같은 몸이면서도 그것을 흰 가운에 감추고 아무렇지도 않게 사람들의 몸을 째는 것을 얼음처럼 차가운 눈으로 지켜보는 여자. 그녀라면 그의 애무를 요란 떨지 않고 조용히 받아들여주리라.

미노루는 흥분을 눈치채지 못하도록 하면서 말을 이었다.

"간호사시군요. 힘드시죠? 일손이 부족하기도 할 테고."

"……예, 뭐. 잠깐 실례하겠습니다."

그가 물어볼 틈도 없이 그녀는 의자에서 내려서 가게를 가로질러 안으로 들어갔다. 도망치려는 게 아닐까 싶어 초조했지만 그쪽 방향에 화장실이 있는 게 틀림없을 거라는 생각이 들었다. 할 수 없이 미즈와리를 홀짝거리면서 기다리니, 5분쯤 지나 돌아왔다. 화장을 고친 모양이다. 그게 감정에도 영향을 미쳤는지, 약간 표정이 밝아져, 고개도 숙이지 않고 걸음걸이도 정상으로 돌아온 것 같았다.

의자에 걸터앉자마자 마티니를 들어 단숨에 마시더니 남은 올리브를 집어 들었다.

"……가모우 씨, 라고 하셨죠? 우울하시다고 했는데, 어째서 우울하신 건가요?"

어쨌든 이야기하기로 마음을 먹은 듯해 미노루는 기뻤다. 그녀는 잠시 바라보던 올리브를 입에 쏙 집어넣었다.

"그냥 실연 때문입니다. 그런 이야기를 듣고 싶으세요?"

"예. 괜찮으시다면." 그녀는 미노루를 바라보고 고개를 끄덕이며 말했다.

"그렇습니까? 흔한 이야기입니다. ……그러니까, 한 여자가 있었습니다. 만난 건 지난가을이었죠. 누군가를 이런 식으로 좋아하게 되리라고는 생각도 해보지 못했을 만큼 좋아했습니다. 서로 깊이—쑥스럽군요—사랑하게 되었습니다." 그는 그녀와의—사치코와의, 에리카와의—섹스를 초월한 섹스를 떠올렸다. 지금 생각해도 눈물이 나올 것만 같다. 아름답고 애절한 사랑의 의식.

"어째서 헤어진 거죠?"

죽었다고 할까 어쩔까 망설이다가 결국 그렇게 이야기하지는 않기로 했다.

"……이유는 모르겠습니다. 어쨌든 그 여자 쪽에서 마음이 식어버렸습니다."

식어버렸다. 그렇다. 차가워지더니 마침내 썩어버렸다.

"그러시군요……." 그녀는 그렇게 중얼거리고, 닳아빠진 카운터를 바라본 채로 입을 다물고 뭔가 생각에 잠긴 모습이었다.

미노루는 모든 걸 털어놓듯이 말을 이었다. 해서는 안 될 이야기를 해버리게 될 것 같기도 했지만 멈출 수 없었다.

"포기해야 한다는 건 알죠. 하지만 다시 누군가를 그렇게 사랑할 수 있을지 어떨지. 그렇게 생각하면 견딜 수 없이 무서워집니다. 그건…… 그건 평생 한 번뿐인 일일지도 모른다는 생각이 들어서."

173

"그게 나을지도⋯⋯." 거의 들리지 않을 만큼 희미한 목소리로 그녀가 중얼거렸다. 자기에게 말한 건 아닌 모양이라고 생각했다.

다시 채워졌던 두 사람의 잔이 비어, 새로 채우고 또 마셨다. 그녀의 고민을 듣는 데는 별로 많은 시간이 걸리지 않았다. 미노루는 찔끔찔끔 마시거나 얼음이 녹았을 뿐인 미즈와리를 새로 시키거나 하며 마시는 척했지만 실제로는 그녀의 반도 마시지 않았다.

파국으로 끝난 결혼, 극도로 남자를 불신했던 나날들, 그리고 서른 살 넘게 차이가 나는 남자에 대한 사모의 마음⋯⋯.

따분한 이야기였지만 미노루는 진지하게 듣는 척했다. 이해할 수 있었던 것은 그녀가 자신을 불행하다고 여긴다는 사실뿐이었다. 하지만 그에게는 그걸로 충분했다.

이렇게 멋진 여성이 불행해서는 안 된다. 이 여자야말로⋯⋯ 이 여자야말로 내게 사랑을 받을 자격이 있다. 이 여자라면 분명 내 사랑에 충분히 응해주리라.

고친 화장이 다시 망가지는 것도 아랑곳하지 않고 그녀는 눈물을 흘렸다. 12시 반이 지나 있었다.

"나갑시다."

미노루가 그렇게 말하며 살짝 팔꿈치에 손을 대자, 그녀는 고분고분 일어섰다.

계산은 미노루가 했다. 잡아끌듯이 하여 함께 좁은 계단을 올라오니 밖에는 눈발이 날렸다. 그냥 잠들어버릴 것 같은 상태의 그녀는 추위를 느꼈는지 그에게 딱 달라붙었다. 풍만한 몸이 닿자 미노루의 아랫도리는 걷기도 힘들 만큼 솟아올랐다. 새삼 사치코나 에리카에게서는 느낄 수 없었던 성인 여성의 육체라는 느낌이 들었다.

"……싫어……. 더…… 마셔……."

어른스러웠던 그녀가 어느새 어린애처럼 조르는 듯한 말투로 중얼거렸다.

"알았어, 알았어. 내가 데려다줄게." 말은 그렇게 했어도 물론 다른 술집에 들어가 시간을 낭비할 생각은 없었다. 아침에 식구들이 깨기 전에 들어가고 싶었다. 그녀와 사랑을 나눌 수 있는 시간은 얼마 되지 않는 셈이다.

택시를 잡고 싶었지만 마침 정차해 있는 택시들은 모두 콜을 받고 손님을 맞으러 온 것들뿐이었다. 도무지 잡힐 것 같지가 않았다.

비틀거리는 그녀를 부축하며 걸었다. 아오야마에서 호텔을 발견했을 때는 두 사람 모두 어깨나 머리에 눈이 새하얗게 쌓여 있었다. 날이 추워 그녀가 술이 깰까 걱정했는데, 괴로운 표정은 지었지만 눈꺼풀은 내내 감긴 채였다.

오른팔에는 그녀, 왼쪽 어깨에는 비디오카메라가 든 가방. 방에 들어와 부담스럽게 느껴지기 시작하던 그런 무게로부터 해방되자 몸이 가벼워진 느낌이 들었다.

그녀는 침대 위에 몸을 구부린 채 잠이 들었다. 머리카락에서 흘러내린 물방울과 눈물로 화장은 완전히 망가져 그로테스크하기까지 했다. 고통스러운 듯이 눈썹을 찡그리고 살짝 코를 골았다.

미노루는 욕실에서 타월을 가지고 나와 일단 자기 머리를 닦고, 이어서 그녀의 머리카락을 닦아주었다.

가방에서 비디오카메라와 이번에 새로 산 삼각대를 꺼내, 침대 발치에 설치하고 파인더를 들여다보았다. 침대 전체가 잡힌다는 걸 확인하고 비디오테이프의 셀로판지를 벗겨내, 카메라에 넣었다. 테이프는 두 시간짜리. 아마 충분하겠지. 녹화 버튼을 누르고 고정시켰다. 셀로판지는 쓰레기통에 버렸다.

다시 파인더를 들여다보았다. 그녀가 괴로운 듯이 몸을 뒤척이는 모습이 보였다.

"아름답군."

들여다보면서 미노루는 스웨터를 벗고 셔츠 단추를 풀었다. 바지만 남았을 때 카메라에서 떨어져 침대로 다가갔다. 앞으로 자기가 할 행위를 나중이 아니라 지금 리얼타임으로 보고 싶다는 이루어질 수 없는 생각을 했다.

굽이 낮은 펌프스는 이미 카펫 위에 벗겨져 있었다. 무의식적으로 벗은 모양이다. 어깨에 걸친 코트를 벗겨 바로 눕히고 재킷 단추를 풀었다. 그리고 블라우스의 단추도 풀어나갔다.

상반신을 살짝 안아 올려 재킷과 블라우스를 한꺼번에 벗기려 했다.

"……으음……."

소리를 내며 몸을 움직이기에 저항하는 줄 알았는데 그녀는 스스로 팔을 빼기까지 했다.

기다리는 거다. 내게 사랑받기를.

베이지빛이 도는 핑크색 브래지어가 터질 듯한 흰 살을 감쌌다. 앞쪽에 달린 후크를 풀어 그 유방이 드러나도 그녀는 편하다는 듯이 숨을 내쉬었을 뿐이었다.

힐끔 곁눈으로 카메라를 확인하고, 확실히 찍힐 각도에서 그녀의 유방을 부드럽게 쓰다듬었다.

"싫어."

그렇게 중얼거렸지만 잠꼬대인지 그의 손을 뿌리치지는 않았다.

다음으로 스커트의 지퍼를 내리고 살며시 벗겼다. 갈색 팬티스타킹 아래 흰 팬티가 보였다. 어서 벗겨내고 잔뜩 솟아오른 자기 물건을 당장에라도 찔러 넣고 싶다는 생각이 들었다. 그러나 일부러 스스로를 애타게 만들기로 했다. 카메라를 의식했기 때문이기도 하다. 나중에 보았을 때 너무 싱거우면 재미가 없다.

일단 천천히 팬티스타킹을 돌돌 말아 벗겨갔다. 흰 허벅지가 드러나는 것을 보니 불쑥 눈물이 날 것만 같았다. 전에 같은 방법으로 사랑한 사치코와 에리카 생각이 났기 때문이다.

아무리 죽여도 죽지 않는 여자가 있다면 좋을 텐데. 그렇다면 몇 번이고 사랑을 나눌 수가 있을 텐데.

그런 어처구니없는 생각이 들었지만 당장은 눈앞에 있는 매력적인 육체에 전념하기로 마음먹고 잡념을 떨쳐냈다.

팬티스타킹을 벗겨내자 그녀는 이제 아직 걸쳐 있는 브래지어와 팬티만 남은 모습이 되었다. 그러나 여전히 깨어나는 기적도 없이 그에게 사랑받기를 기다렸다.

미노루는 다시 카메라로 다가가 파인더를 들여다보고 약간 앵글을 바꾸거나 줌인하거나 하며 어느 각도가 그녀를 더 아름답게 찍을 수 있을지 궁리했다. 그리고 결국 좀 더 침대 쪽으로 다가가 약간 위에서 찍기로 했다.

촬영에 방해가 되지 않도록 하면서 팬티를 벗겼다. 그녀는 아무것도 모르는지 규칙적인 숨소리를 내기 시작했다. 카메라를 삼각대에서 빼내 발가벗긴 그녀를 샅샅이 테이프에 담았다. 편안해 보이는 잠든 얼굴. 어깨에서 가슴. 약간 살이 붙기 시작한 배. 거뭇거뭇한 음부. 손을 뻗어 무릎을 세우고 다리를 벌리게 했지만 손을 놓으면 오므리고 말았다.

애가 탔다. 자기 몸이 둘이라면 사랑하면서도 동시에 기록할 수 있을 텐데.

지금은 일단 그녀를 사랑하는 데 전념하기로 하자. 그렇게 결론을 내리고 카메라를 다시 삼각대에 장착했다.

허리띠를 풀고, 바지와 삼각팬티를 한꺼번에 벗었다. 허리띠를 빼서 그녀의 목에 둘러두었다. 아직 보낼 생각은 없었다.

양말만 신은 상태로 그녀의 몸에 올라탔다. 왼손으로 유방을 쓰다듬고, 젖꼭지에 입을 맞추면서 오른손으로 음부를 살며시 더듬었다.

"……안 돼. ……안 돼……." 미간을 찌푸리며 천천히 고개를 젓지만 의식이 얼마나 있는지는 알 수 없었다.

"……히구치…… 씨……."

그게 사모하는 남자의 이름일까. 불쌍한 여자다. 내가 잊게 해줘야겠다.

미노루는 음악을 깜빡했다는 생각이 들어 가방에서 CD 플레이어를 꺼내 이어폰을 끼웠다. 잠든 그녀의 귀에도 꽂아주고 플레이 버튼을 눌렀다. 다시 그녀의 몸 위로 올라가 촉촉해지지도 않은 그녀의 몸 안에 억지로 집어넣으려 했다.

CD 볼륨이 약간 높았기 때문인지, 삽입할 때의 아픔 때문인지 그녀가 눈을 약간 뜨더니 이윽고 놀란 듯이 발가벗은 미노루를 올려다보았다.

그는 미소 지으며 말했다.

"사랑해."

그녀는 깜짝 놀란 표정으로 가슴을 가렸다. 다리 사이에는 미노루가 있는 모습을 보고 몸을 틀어 빠져나가려 했다.

"부끄러워하지 않아도 돼. 자, 음악을 들어봐. 좋은 곡이지? 우리 사랑하자."

"안 돼! 안 돼!"

그녀가 소리를 지르며 발버둥 치기 시작했다. 미노루는 더는 기다릴 수 없다는 것을 깨달았다. 목에 두른 허리띠의 양쪽 끄트머리를 잡았다. 그녀는 그 의미를 바로 알아차렸는지 필사적으로 미노루의 두 팔을 할퀴며 발버둥 쳤다.

거친 말을 길들이는 카우보이 같다고 생각하면서 미노루는 허리띠를 힘껏 조임과 동시에 그녀의 몸 깊숙이 삽입했다.

그녀가 짐승처럼 울부짖었지만 그 소리는 바로 잦아들고 고양이 우는 듯한 소리밖에 들리지 않게 되었다. 하지만 저항이 멈춘 것은 아니었다. 온몸으로 그를 밀어내며 미노루의 팔을 움켜쥐고 눈을 부릅뜬 채로 고개를 마구 휘저었다.

온몸이 경련을 일으키기 시작했다. 그의 성기를 감싼 질에도 그 경련이 전해져 여러 차례 반복되는 수축과 이완 때문에 미노루는 참지 못하고 사정을 했다.

두 사람은 몇 번이나 경련을 일으키다가 이윽고 동시에 조용해졌다. 동시였다. 그야말로 최고의 오르가슴이라는 생각이 들었다. 미노루는 그녀의 가슴에 얼굴을 묻고 한동안 그 여운에 젖어들었다.

배설물 냄새가 났다. 몸을 일으켜 사타구니 쪽을 들여다보니 오줌뿐만 아니라 항문이 이완되어선지 묽은 변을 시트 위에 흘렸다. 이런 상태로는 계속해서 사랑할 수 없었다. 그는 화장실에서 화장지를 하나 가져다가 그녀의 엉덩이를 정성껏 닦고 더러워진 시트를 둘둘 말아 욕조에 던져 넣었다.

아무리 사랑하는 여자의 몸에서 나온 것이라고는 해도 똥은 똥이다. 이런 것을 좋아하는 변태도 있는 모양이지만 나는 다르다. 미노루는 방에 가득 찬 냄새가 가시기를 기다리면서 그런 생각을 했다.

죽은 여자 몸으로 이런저런 포즈를 취하게 하면서 비디오카메라의 파인더를 들여다보다 보니 다시 성욕이 일었다. 카메라를 다른 각도에 설치하고 차게 식은 몸을 다시 사랑했다.

카메라를 향해 침대에 걸터앉아 무릎에 그녀를 앉혀 뒤에서도 삽입해보았다. 결합된 부분이 잘 보이도록 다리를 벌리는 것도 잊지 않았다. 이 테이프는 분명 보물이 된다.

이윽고 테이프가 끝났다. 오랜 시간이 흘렀다는 것을 깨달았다. 벌써 3시 반 가까운 시각이었다. 이제 슬슬 돌아가야 한다.

타월에 싸서 가방 밑바닥에 넣어둔 칼을 꺼냈다. 에리카의 유방을 잘라낼 때 쓴 것과는 다른, 새로 구입한 고기 써는 칼이었다. 사랑하는 그녀를 데리고 돌아가는 더 좋은 방법을 찾을 때까지는 이 방법을 쓰는 길밖에 없다. 미노루는 요령 있게 죽은 여자의 두 유방을 도려내 집 부엌에서 가져온 비닐봉투에 정성껏 담았다.

그때 문득 여자의 사타구니에 흐르는 흰 액체가 눈에 들어왔다. 안에서 흘러나온 자기 정액이었다.

콘돔을 깜빡 잊었다. 정액을 남기고 가면 골치 아프다. 에리카 때는 그녀에게 콘돔이 있었다. 머리카락이나 지문 같은 것을 남기는 것은 전혀 불안하지 않았고 애당초 걱정도 하지 않았지만 정액은 곤란하다는 생각이 들었다.

화장지를 안까지 집어넣어 닦으면 될까? 질 안에 남지나 않을까? 경찰의 감식 기술이 그걸 발견해낼 만큼 뛰어날까?

미노루는 기막힌 아이디어가 떠올라 소리를 지를 뻔했다.

뭐야, 이것도 도려내 갖고 가면 되잖아!

어째서 이토록 단순하고 당연한 생각을 못 했던 걸까. 스스로 생각하기에도 이상했다. 잘라내달라는 듯한 모양의 유방에 눈이 팔려, 성기도 도려내면 그럴 수도 있다는 것을 생각해내지 못했다.

질이 망가지지 않게 잘 도려낼 수 있다면 욕실에서 자위만 하는 게 아니라 섹스도 할 수 있을지 모른다!

피를 보는 게 마음에 들지는 않아도 이런 경우에는 좀 참아야 할 필요가 있다.

미노루는 시체의 다리를 거의 180도로 벌려 성기를 자세히 들여다보았다. 손가락으로 눌러보고 뼈가 어디에 있는지를 확인했다.

일단 넉넉하게 빙 둘러싸듯 칼이 뼈에 닿을 때까지 째보았다. 이 상태로 도려내는 건 간단하지만 그렇게 하면 입구밖에 없어 섹스는 할 수 없을 것 같았다.

잠시 궁리한 끝에 하복부를 열어보기로 했다. 거웃 윗부분에 칼을 찔러 넣어 치골 부분까지 쨌다. 안에는 내장 같은 살덩이가 들어 있었다. 얼굴을 찡그리면서 살짝 손가락으로 헤집어보려고 했지만 그렇게 해서는 안쪽이 전혀 보이지 않았다. 작심하고 손목까지 쑤셔 넣어 내장을 힘껏 밀어내자 미끈거리는 공 모양의 덩어리가 보였다. 놀라울 만큼 작았다. 이게 정말 자궁일까 생각하며 손가락으로 눌러보니 쏙 들어가며 성기에서 오줌이 새어 나와 방광이라는 사실을 깨달았다.

아마도 그 위에 살짝 보이는, 방광 안쪽에 더 검은색으로 보이는 것이 자궁인 모양이었다. 오른손을 집어넣어 자궁을 잡아당겨보았다.

상당히 탄력성이 좋은 근육 덩어리였다. 여자 주먹 크기도 되지 않는 아주 작은 것이었다. 방광 위까지 잡아당기니 성기 부분이 끌려 들어갔다. 분명히 안쪽에서 연결된 상태다.

성기 둘레의 거죽을 베어내 칼을 밀어 넣고 뼈와 거죽을 분리한 다음 다시 자궁을 잡아당기자 외성기가 안으로 슬슬 끌려 들어갔다. 그리고 질에 딸려 하복부의 쨴 상처 쪽으로 빠져나왔다. 바깥으로 튀어나온 방광도 당연히 붙어 있었다. 그 방광에서 가느다란 관이 내장 쪽으로 연결되어 있어 더는 잡아당길 수 없었다.

미노루는 피투성이가 된 손으로 방광을 잘라내고 자궁 양쪽에 있는 난소처럼 생긴 것도 거추장스러워 잘라냈다.

이제 그의 손에는 한 줌쯤 되는 크기의 자궁과 거기 연결된 살로 된 관, 그리고 그 끄트머리에 기묘하게 달라붙은 성기와 그 주위의 거죽이 있었다. 성욕은 거의 느껴지지 않았다. 유방을 도려냈을 때의 느낌과는 달리 그것이 그녀의 본질적인 부분이라는 생각이 전혀 들지 않았다.

들어 올리자 피가 섞인 하얀 정액이 흘러나와 미노루를 놀라게 했다.

기묘한 느낌이었다. 그녀가 만약 살아 있다면 이 정액이 새로운 생명을 낳을지도 모르는 일이다. 하지만 그는 그녀를 죽이고 그 모든 생명의 원천을 들고 지금 돌아가려 한다.

생명에 대한 모독? 그럴지도 모른다. 하지만 피임하며 쾌락을 위해 섹스하는 것 자체가 이미 생명에 대한 모독이다. 사랑이야말로 인간의 궁극적인 목표라면 그걸 위해서는 무엇을 희생하더라도 상관없다. 어차피 기껏해야 몇십 년이면 사라질 생명 따위에 이 사랑만큼의 가치가 있는 걸까.

미노루는 흥얼거렸다.

무얼 바쳐서라도
하고 싶은 사랑은 있어

그렇다. 맞는 말이다.

그는 피투성이 자궁과 질을 유방과 같은 비닐봉투에 넣고 꼭 묶었다. 그리고 떠날 준비를 시작했다. 끈적거리는 두 손과 칼을 씻고 옷을 입었다. 삼각대를 접어 비디오카메라와 함께 가방에 넣었다. 칼을 타월로 싸서 그녀가 담겨 있는 비닐봉투와 함께 비디오카메라 위에 살짝 얹었다. 무한반복으로 해두었던 CD 플레이어는 어느새 배터리가 다 떨어진 모양이었다. 다음에는 AC 어댑터도 갖고 와야겠다고 생각했다. 그녀의 시체에는 눈길도 주지 않았다.

떠날 때도 뒤돌아보지 않았다.

얼어붙을 듯한 추위도 전혀 신경 쓰이지 않았다. 운 좋게 택시를 잡아 5시 전에 집에 도착할 수가 있었다.

방에서 비닐봉투를 열고 그녀가 무사하다는 것을 확인했다. 오늘은 사랑할 시간도 없다. 유방이 피투성이가 되어 있었기 때문에 몰래 욕실의 더운 물로 닦아내고 새 비닐봉투에 넣어 잘 묶었다. 자궁도 마찬가지로 씻었다. 그리고 두 개의 비닐봉투를 마당에 묻었다. 갖고 오는데 사용한 비닐은 부엌 쓰레기통에 집어넣었다.

비디오테이프. 이것도 어디 숨겨두는 게 좋다. 생각한 끝에 늘 갖고 다니는 가방 안에 두기로 했다. 일단은 그렇게 해두면 된다.

미노루는 모든 것을 끝낸 뒤, 편안하게 잠이 들었다. 2월

4일 아침, 오전 6시가 되려는 시각이었다. 오늘은 학교에 가야
만 하는 날이다. 눈을 붙일 수 있는 시간도 얼마 남지 않았다.

3
3월 · 마사코

마사코는 멍하니 그 뉴스를 보았다.

3월 4일, 오후 6시. 집에는 미노루와 마사코밖에 없었다. 미
노루는 자기 방에 틀어박혀 있기 때문에 거실에는 그녀 혼자
였다.

……오늘 오후, 요코하마 시 나카 구 소재 호텔에서 발견된 여
성의 시체는 미타카 시에 사는 24세의 회사원 다도코로 마키(田
所眞樹) 씨로 밝혀졌습니다. 시체의 일부가 절단되어 있는 점이
나 그 살해 방법 등으로 미루어 가나가와 현 경찰은 도쿄 도에서
연속해서 일어난 두 건의 살인사건과의 연관성도 주목하고 있습
니다. 그럼 다음에는 좀 이상한 히나 인형*을 소개해드리겠습니
다…….

* 3월 3일에 여자아이가 무사히 잘 자라기를 바라는 연중행사인 히나마쓰리 때
바치는 궁중 복장을 한 인형.

186

머리에서 피가 싹 사라지는 느낌이 들었다. 낡은 텔레비전처럼 시야가 좁아지더니 이윽고 세상이 어둠에 휩싸였다. 귀가 먹은 듯이 심장 뛰는 소리만 들려왔다. 잊으려 했던 모든 광경이, 냄새가, 그 어둠 속에서 되살아났다.

그 애는 어젯밤 들어오지 않았다. 그 애는 어젯밤 들어오지 않았다.

관계없으리라. 있을 리가 없다.

마사코는 언뜻 고개를 돌려 아들 방이 있는 쪽을 바라보았다.

관계없다. 어젯밤 집에 들어가지 않은 남자들은 이 도쿄에 얼마든지 있다. 우연히 그 애가 어제 들어오지 않았다고 해서 그게 대체 무슨 의미가 있다는 건가.

전혀. 아무런 의미도 없다. 대학생쯤 되면 이따금 집에 들어오지 못하는 경우도 있다. 시험이 끝나고 친구들과 기분을 내며 술을 마시는 일도 있다.

학교 시험이 이미 3주 전에 끝났다는 사실, 아들이 요즘 친구와 연락하지 않는 것 같다는 사실, 그리고 오늘 아침 10시경에 들어온 아들에게서 술 냄새는 풍기지 않았다는 사실 등을 마사코는 머리에서 떨쳐내려 했지만 불가능했다.

그 애는 술을 별로 좋아하지는 않는다. 회식 같은 것이 있어도 일찍 마치고 들어와버린다. 친구도 별로 없다. 그렇다면 왜 외박을 했을까?

오늘 아침에 돌아온 그 애는 고개를 돌리고 내 얼굴을 보려하지 않았다. 여자? 여자 친구와 호텔에라도 갔던 걸까? 그래서 겸연쩍어 내 얼굴을 쳐다볼 수 없었던 걸까?

그런 어설픈 소망이 오히려 그녀에게 호텔에서의 연쇄 살인을 떠올리게 만들었다.

마사코는 그 연쇄 살인에 관한 뉴스를 애써 피하던 참이었다. 하지만 아침과 점심 때 하는 버라이어티쇼라거나 남편이 사 오는 주간지 제목 등을 통해 내용은 어느 정도 알았다.

두 피해자에 공통점이 없다는 사실. 첫 번째 피해자는 유방이 도려내졌지만 두 번째는 하복부까지 쩬 것 같다는 사실. 그리고 최근에 발표된 내용으로, 두 번째 피해자가 살해된 현장 쓰레기통에서 8밀리미터 비디오테이프 포장용 셀로판지가 나왔다고 한다. 경찰이 이 내용을 발표하자 주간지나 텔레비전이 한동안 선정적인 보도를 계속해서 내보냈다.

'그 악몽이 다시?', '살인마는 범행을 비디오에 담았다!', '범인은 비디오 마니아?' 등등.

8밀리미터 비디오테이프.

여자 어린이 연쇄 살인범이 사용한 것이 VHS인지 8밀리미터 비디오인지는 모르지만 요즘은 8밀리미터도 많이 보급되었다는 이야기를 들었다. 특별히 보기 힘든 물건은 아니다. 게다가 있기는 하지만 그 애는 결코 비디오 마니아라고 할 만큼 카메라를 자주 쓰지도 않았고 일반 비디오도 특별히 자주 보는 편은 아니었다.

아니다. 그 애는 아니다. 분명히 어딘가 제2의 여자 어린이 살인범 같은 남자가 있다. 주위 사람과 제대로 사귀지 못하고 자기 취미의 세계에 몰두하며, 방은 변태적인 만화나 비디오로 가득한—그런 남자의 범행일 게 분명하다. 다만 지금은 그 성욕의 대상이 어린 여자애가 아니라는 것뿐이다.

왜 아침에 들어왔는지 물어봐야 한다. 물론 여자와 하룻밤을 보낸 거라면 내게 이야기하기 힘들 테지만 화를 낼 생각이 전혀 없다는 걸 안다면 털어놓겠지. 그리고 조만간 여자 친구를 집에 데리고 오라고 하자. 설사 그 여자애가 마음에 들지 않더라도 밤거리의 여자만 아니라면 나는 아무 말도 하지 않겠다. 결혼할 생각은 아닐 테고 그 애가 그걸로 만족한다면 잔소리를 할 일도 없다.

아니. 자식을 믿어야 한다. 분명히 훌륭한 여성을 골랐을 게 틀림없을 테니까.

7장

이들 뒤에는 가장 어리고 재주 좋은
크로노스*가 태어났다.
모든 아이들 중에 가장 무시무시했으며,
그는 탐욕스러운 자기 아버지를
증오했다.

3월 · 히구치

"우선 세 가지 사건의 발생일시, 현장을 정리해볼 필요가 있
겠어." 히구치는 주문을 마치자 가오루에게 불쑥 그렇게 말
하며 테이블에 있던 냅킨 한 장을 꺼냈다. 3월 4일, 세 번째
사건이 발생했다는 뉴스에 놀라 전화를 걸어온 그녀와 아파
트 근처의 카페에서 만났다. 밤 8시의 일이었다.

가오루는 지난번에 입었던 회색 정장이 아니라 검은 바지
에 스웨터 차림이었지만 짧게 깎은 머리는 역시 도시코를 떠
올리게 만들었다.

---

* Cronus. 우라노스와 가이아 사이에 태어난 열두 명의 티탄 족 신들 가운데 우
두머리이며 우라노스의 뒤를 이어 우주를 다스리는 두 번째 신들의 왕이기도 하
다. 제우스의 아버지이며 섹스를 좋아했다.

그는 그녀에게서 눈길을 거두고 가슴 주머니의 만년필을 꺼내 종이 냅킨에 다음과 같이 적었다.

1월 4일 토요일 밤 신주쿠 가부키 초.
2월 3일 월요일 밤 아오야마(롯폰기?).
3월 3일 화요일 밤 요코하마 혼모쿠 나들목 부근.

"데이터는 이 세 가지밖에 없고 규칙성을 찾아낼 수도 없지만 사람을 마음껏 동원할 수 없는 우리 입장에서는 어떻게든 범인이 나타날 가능성이 높은 곳과 시간을 이 데이터에서 찾아내야 해. 뭔가 떠오르는 게 있나?" 히구치는 가오루의 의지와 능력을 시험해볼 작정으로 물었다.

그녀는 너무 갑작스러워 놀랐는지 잠시 아무 말도 없었지만 가만히 냅킨을 바라보다가 입을 열었다.

"우선 간격이 약 한 달이라는 점이 될까요? 장소나 요일은 불규칙하군요. 첫 사건은 설날 즈음이니 제외하면 나머지는 평일이고요."

바보는 아니다. 스스로 생각할 줄 모르는 젊은이들이 늘어나는 모양이라던데 단순한 생각이기는 하지만 자기 생각을 확실히 이야기한 가오루에게 히구치는 감탄했다.

그러나 그는 고개만 끄덕이고는 다시 질문을 했다.

"그러면 범인은 어떻게 해서 희생자를 찾아냈다고 생각하지?"

"……언니의 예를 보면…… 아는 사람 가운데 범인이 있다는 생각은 들지 않습니다. 그러니 번화가에서 그날 밤에 우연히 찾아낸 것 같은데요……." 말을 더듬었다. 자신이 없는 게 아니라 언니 생각을 떠올리기를 두려워하는 듯했다.

"어제 사건에서도?"

"……잘 모르겠습니다." 가오루는 솔직하게 대답했다.

히구치는 약간 유도해보기로 했다.

"범인은 어디서 피해자를 발견하고, 어떻게 해서, 왜 요코하마로 갔다고 생각하지?"

"자동차로, 피해자를 태웠겠죠? 태워다주는 척하며!"

히구치는 고개를 끄덕였다. 자기가 도달한 결론을 그녀도 생각해냈다. 그렇다고 해서 그게 진실이 되는 게 아니라는 것은 알지만 이 젊은 여성의 생각을 확인하는 일은 역시 중요했다.

"나도 그랬을 거라고 생각해. 택시 승강장의 긴 줄에 차를 대고 여자를 태우는 야타족이 많지. 그런 차에 탔다가 끔찍한 봉변을 당한 여자들의 신고가 많이 들어왔었어. 하지만 한 시간을 기다려도 빈 택시가 몇 대밖에 오지 않고, 자기 앞에는 아직도 몇십 명이나 줄을 서 있는데 멋진 자동차를 탄 친절해 보이는 남자가 태워주겠다면 기꺼이 타는 여자들은 얼마든지 있을 거야. 언니가 마음을 놓은 걸로 보아 범인도 틀림없이 얼핏 보기에는 착하고 예의 바른 남자였겠지. 미남이었을지도 모르고."

"하지만……. 그러면, 앞의 두 사건도……?"

"아니. 그 전 사건은 다를 거야. 차를 이용한 것은 세 번째 사건부터지. 무슨 이유에선지는 모르지만 경찰의 판단을 흐리기 위해 일부러 다른 행정구역에서 사건을 일으키고 싶었는지도 몰라. 그렇다면 상당한 지능범이라는 이야기가 되겠지만."

주문한 커피가 나왔다. 히구치는 종이 냅킨을 구겼다. 두 사람은 잠시 말없이 웨이트리스가 물러가기를 기다렸다.

"그런데……." 가오루가 먼저 입을 열었다.

"뭐지?"

"저는…… 우리는, 어디로 가면 될까요?"

그렇다. 그게 문제였다. 어차피 두 팀이라면 신주쿠와 롯폰기 양쪽을 선택할 수 있지만 그럴 수도 없다. 어떻게 해야 할지는 히구치도 확실하게 정하지 못했다. 그녀와 의논하면 뭔가가 떠오를지도 모른다는 기대감도 있었다.

"언젠가는 조사를 통해 알게 되겠지만 어제 피해자를 태운 곳은 아마 신주쿠일 거야. 피해자의 집이 미타카라니까. 주오선(中央線) 막차를 놓치고 택시 승강장에 줄을 서 있었겠지. 줄은 길었을 테고. 거기서 범인을 만나 베이브리지*를 구경하

---

* 요코하마 베이브리지. 1989년 개통된 도쿄 항과 요코하마 항을 연결하는 다리로, 총 길이가 860미터인 사장교다.

196

러 가게 되어 요코하마로 간 다음에 혼모쿠에 있는 호텔에 들어갔겠지."

"결국 신주쿠 쪽이 가능성이 높다는 말씀이시군요." 가오루는 확인하듯 물었다.

"……반드시 그렇다고는 할 수 없어. 첫 사건이 신주쿠였기 때문에 그다음번에는 일부러 그곳을 피해 롯폰기에서 피해자를 찾았을지도 모르니까. 만약에 세 번째가 정말로 신주쿠였다면 다음번에는 신주쿠가 아닐지도 모르지. 또는 완전히 다르게 생각해볼 수도 있고. 범인은 월요일이면 롯폰기 쪽으로 가고, 화요일에는 신주쿠로 가는 생활, 혹은 근무를 할지도 모른다는 거지. 그러다 우연히 마음에 드는 여자를 발견하면 범행을 저지르는 건지도 모르고."

"근무……. 범인이 평범한 직장인일까요?" 가오루가 예리한 질문을 던졌다.

"샐러리맨일 가능성은 있지. 다만, 그럴 경우에도 비교적 시간이 자유로운 사람 아닐까 하는 생각이 들어. 주로 외근하는 사람이라거나 말이지. 범행 다음 날이 평일인데 밤늦게까지 차를 몰고 다니다 여자와 호텔에 들어갔으니, 아침 출근시간이 엄격하지 않은 직장일 거라는 생각이 드는군. 물론 야근이 많은 회사도 아니겠지. 자영업이라거나, 경우에 따라서는……." 히구치는 말을 끊었다. 약간 엉뚱할 수도 있는 추측이었기 때문이다.

"경우에 따라서는, 뭐죠?"

가오루가 재촉하자, 히구치는 자기 생각을 말해보기로 했다.

"학생일지도 몰라."

역시 그녀도 놀란 모습이었다. 히구치는 그녀가 입을 열기도 전에 덧붙였다.

"나는 범인이 아마 20대가 아닐까 생각해. 더 많다고 해봐야 기껏 서른다섯 살쯤이겠지. 세 번째 피해자가 아까 추리했듯이 차를 얻어 탔다면 대충 비슷한 연령대였을 거라고 생각해. 베이브리지 근처는 젊은이들이 즐겨 찾는 곳인 모양이고 말이야. 학생은 아니라 해도 직장에 제대로 다니지 않으며 빈둥거리는 애들이 많이 있겠지. 그런 녀석이 아닐까 생각하는데."

"프리터*말인가요? ……그럴지도 모르겠군요."

프리터. 실컷 놀다가 돈이 떨어졌을 때 아르바이트하면 된다고 생각하는 녀석들을 가리키는 모양이다. 한심한 녀석들을 위한 한심한 호칭이다. 마침 최근 몇 년 경기가 좋아서 그런 껄렁한 녀석들도 살아갈 수 있다. 그 녀석들이 불경기가 왔을 때의 상황을 조금이라도 생각해본 적이 있을까? 열심히 일하는 직장인들마저도 목이 날아가고, 일하고 싶어도 일자리가 없는 경우를 생각해본 적도 없는 게 아닐까.

아마 없겠지. 일한다는 게 얼마나 중요한지, 살아간다는 게

---

* 프리(free)와 아르바이터(Arbeiter)의 일본식 조어로, 파트타임 일로 생계를 꾸리는 이들을 말한다.

얼마나 소중한지도 모르리라. 그래서 아무렇지도 않게 남의 목숨을 빼앗는다. 그 여자 어린이 살인범도 번듯한 직장은 없었던 것 같다. 어렸을 때부터 아무 부족함이 없이 자라 돈을 벌지 않으면서도 비싼 차를 끌고 돌아다닌다. 사람이 살아가는 데 중요한 것이 무엇인지 배우지도 못한 채로 어른이 된다. 짜증이 난다거나 기분이 좋지 않다고 해서 여자를 덮치고 힘없는 사람을 걷어찬다. 피해자는 흔히 죽음에 이르지만 생명이 무엇인지 이해하지 못하니 별로 죄의식을 느끼지도 않는다.

히구치는 그런 상념을 떨치고 가오루의 얼굴을 바라보았다.

"그렇게 생각했을 때 가능성이 가장 높은 방법은 일단 매주 월요일에는 롯폰기로 가고, 다른 요일에는 신주쿠, 시부야, 롯폰기처럼 대개 젊은이들이 모이는 데를 병행해서 뒤지는 거라고 생각해. 가오루 씨. 나머지는 가오루 씨가 하기에 달려 있어. 직장에도 나가야 할 테니 매일 그럴 수는 없을 테고⋯⋯."

"직장은 그만두었습니다."

"그만⋯⋯두었다? 그건 또 왜?" 히구치는 깜짝 놀라 물었다.

"물론 이 일 때문입니다. 지금 제게 중요한 건 언니를 죽인 범인을 잡는 일이니까요. 그래서 히구치 씨만 괜찮다면 매일 나가볼 생각입니다."

그렇게 대답하는 그녀의 눈동자에서 히구치는 이미 어둠의 그림자를 발견할 수 없었다. 행동으로 옮기는 일을 통해 이미 죄의식을 극복하기 시작한 걸까.

그리고 히구치 또한 이미 잃었다고 여겼던 삶에 대한 의욕이 되살아난다는 사실을 깨달았다.

최근 몇 개월 동안 마음을 편치 않게 만들었던 찜찜함, 대상도 없는 분노, 허탈감 등의 감정은 예전 직업—범죄자를 쫓는 일을 통해서만 해소되는 걸까. 그렇게 생각한 적은 없었는데, 나는 역시 형사이며 몸에 밴 그 습성은 죽을 때까지 고쳐지지 않는 걸까.

히구치는 성급한 짓을 했다고 하려다가 그만두었다. 어차피 할 거라면 어중간하게 해서는 안 된다. 직장에 다니면서 하겠다는 생각이 아니라면 오히려 더 잘된 일일지도 모른다.

"좋아. 하지만 내일부터 당장 시작할 수는 없어. 지금까지의 범행 간격으로 보아 범인도 당장 거리에 나오지는 않을 테고. 쓸데없다는 걸 알면서 시간을 허비하기보다는 정보를 모으는 게 나을 거라고 생각하는데."

"무슨 일이든 돕겠습니다."

히구치는 고개를 끄덕였다. 그녀가 진심으로 그리할 거라는 사실을 그는 알았다.

이튿날인 3월 5일. 히구치는 우선 손쉬운 쪽부터 공략해보기로 했다. 현역 시절 여러 차례 정신감정 등의 업무 때문에 신세를 졌던 정신과 의사 가운데 한 명인 대학 교수를 가오루와 함께 찾아가보았다. 방학이라 미리 확인하니, 늘 연구실에 있다고 했다. 다케다 마코토(竹田信)라는 그 교수는 범죄심리학에도 정통해, 현역 시절 히구치는 많은 걸 배웠다. 나이 차이도 별로 나지 않으니 이제 슬슬 정년퇴직을 할 때가 되지 않았나, 생각하면서 히구치는 그의 연구실로 향했다. 낡은 책냄새가 나는 연구실에는 봄 같은 오후의 햇살이 비쳐, 바닥이나 소파에 창틀의 일그러진 그림자를 드리웠다.

"히구치 경부. 오랜만입니다." 다케다 교수는 기쁜 표정으로 안경 안쪽의 눈동자를 반짝이며 두 사람을 비닐 소파로 안내했다. 교수는 트위드 바지에 터틀넥 스웨터, 갈색 코듀로이 재킷 차림이었다. 나이를 생각하면 추레할 것 같아도 반백의 머리카락을 깔끔하게 빗어 넘긴 데다가 서양인 같은 얼굴 때문인지 꽤 멋져 보였다. 히구치는 자기와 비교하면 실제보다 열 살은 더 차이가 나 보일 거라는 생각이 들었다.

"……따님은 …… 없는 걸로 아는데…… ." 정장 차림의 가오루를 보며 교수가 물었다.

"설마, 여형사는 아니시겠죠?"

"아닙니다. 시마키 양이라고 지금은 제 비서 비슷한 일을 하죠." 히구치가 그렇게 소개하자 미리 말을 맞춘 대로 그녀는 백에서 노트와 샤프펜슬을 꺼내며 교수에게 살짝 미소를 지어 보였다.

"비서." 교수가 되뇌었다.

"예. 실은 책을 써볼까 생각 중입니다."

"책." 점점 더 어이가 없다는 듯이 교수가 또 되뇌었다.

"예. 범죄 실록 같은 겁니다. 제가 관계한 사건들을 자세하게 써보지 않겠느냐는 권유가 있었죠. 정말로 출판이 될지 어떨지는 모르겠습니다만, 늙은이의 취미 생활쯤으로 여겨주십시오."

"……아, 예, 그렇군요. 그거 좋습니다. 아, 좋아요. 그런데 어떤 사건을 주로?" 교수는 소파에 깊숙이 몸을 맡기며 물었다. 이야기가 길게 늘어질 거라는 예감이 들었다.

"실은 주로 정신이상자들의 범죄, 엽기 범죄에 관해 쓰기로 마음먹었습니다. 그런 내용이라면 우선 교수님께 말씀을 들어야 하겠다 싶어서."

"그렇군요. 하지만 과연 제가 새삼스레 도움을 드릴 말씀이 있을까요?" 교수는 말은 그렇게 했지만 기뻐하는 표정으로 안경을 벗더니, 주머니에서 꺼낸 안경 닦는 천으로 정성스레 닦았다. 엽기 범죄에 관해서 이야기를 할 수 있다는 사실이 기쁜 모양이다. 히구치는 전에도 교수의 이런 모습을 여러 차례 보았다.

"지금 떠들썩한 연쇄 살인사건은 교수님도 알고 계시죠?

가능하면 책 맨 마지막에는 그 사건에 관한 챕터를 넣고 싶은데." 최대한 자연스러운 말투로 히구치가 말했다.

교수는 여러 차례 고개를 끄덕였다.

"아아, 그 사건은 저도 일단 경찰에 협력하는 중입니다. 흥미로운 사건이더군요."

잔인하다거나 슬픈 일이라는 표현도 없이 일단 흥미롭다고 하는 점이 역시 학자답다는 생각이 들었다.

"그 사건에 관해서 교수님 의견을 들어볼 수 없겠습니까? 활자화된다 해도 나중 일이고, 폐가 되지 않도록 성함은 내보내지 않겠습니다."

"……아뇨, 그런 건 상관없습니다. 그렇군요. 어젠가 그젠가 또 사건이 일어났다면서요? 아직 그 피해자에 관해서는 제게 아무런 정보도 없으니, 그 이전 데이터만으로 경찰에 이야기해줬는데. 그런 내용이라도 괜찮겠습니까?"

"예, 부탁드립니다."

교수는 안경을 쓰고 잠시 입가를 손가락으로 누르며 생각에 잠기더니, 이윽고 입을 열었다. 히구치가 책을 쓰고 싶다고 한 이야기는 이미 머릿속에서 지워지고, 자기가 좋아하는 이야기를 실컷 할 수 있어 기쁨에 잠겨 있는 듯했다. 바로 이런 면 때문에 히구치는 이 교수를 선택했다. 슬쩍 찌르기만 해도 바로 이야기가 튀어나온다.

"영국의 살인자 크리스티를 아십니까?"

학생에게 강의하는 듯한 말투로 변했다. 옛날부터 이런 식이었던 게 기억났다.

"크리스티…… 말입니까? 애거서 크리스티는 압니다만."

"아니! 존 레지널드 크리스티.* 1953년 3월, 그가 원래 살던 집의 벽과 마루 아래서 그의 아내를 포함한 네 명의 여자 시체가 발견되었죠. 뒷마당에서는 반 토막 난 사람의 뼈가 나왔고. 크리스티의 진술에 따르면 그는 아내가 없는 틈을 타 매춘부를 집으로 끌어들여 목 졸라 죽이고, 뒷마당에 묻었다고 합니다. 1952년 12월에는 아내를 스타킹으로 목 졸라 살해했고, 몇 주 뒤에 다시 매춘부를 살해했습니다. 10일 뒤에 또 한 사람. 그리고 3월에 또 한 명을 죽이고 런던에서 배회하다 체포되었습니다."

교수는 잠시 입을 다물었지만 두 사람은 마른침을 삼키며 지켜볼 뿐 끼어들지 않았다.

"매춘부들의 혈액에는 일산화탄소가 포함되어 있었고, 질에서는 정액이 확인되었습니다. 크리스티는 그 여자들을 집으로 끌어들여 술을 먹이고 덱체어**에 앉힌 뒤에 바로 옆까지 끌어온 가스 파이프 잠금장치를 풀었다고 합니다. 여자가 가스 때문에 의식불명이 되었을 때 목 졸라 살해하고 강간을 한 모양이더군요. 여자들은 모두 매춘부거나 혹은 아내였기 때

* John Reginald Halliday Christie, 1989~1953.
** 야외 수영장이나 해변 등에서 누워 쉴 수 있게 만든 의자.

문에 섹스가 목적이었다면 살해할 필요는 없었겠죠. 그래서 그는 성적 불능이라 여자가 의식불명이 아니면 성교를 할 수 없었던 게 아닐까 추측합니다. ……어떻습니까? 뭔가 딱 오는 게 있죠?"

"……이번 범인도 성적 불능자라는?"

"아마, 그럴 겁니다. 살아 있는 여자는 상대할 수 없는 남자죠. 저는 시체의 상태에 관해 자세하게 이야기를 들었지만 철저하더군요. 1월의 소녀 살해 뒤에는 질 점막은 물론이고 피부가 헐 지경까지 추행을 했던 모양입니다. 지난달 피해자도 아마 같은 꼴을 당했을 거라고 생각합니다."

옆에 있는 가오루가 숨을 들이켜는 기척이 났다. 힐끔 곁눈으로 보니 샤프펜슬을 꼭 쥔 손이 새하얘져 떨렸다. 신문이나 텔레비전에서는 범인이 시간(屍姦)했다는 보도는 나오지 않았다. 근친상간이나 시간 같은 터부를 건드리는 문제에 관해서는 보도하지 않는 게 관례이기 때문이다. 가오루도 이런 이야기는 듣지 못했으리라. 히구치는 그녀를 여기 데리고 온 게 잘못일지도 모르겠다는 생각이 들기 시작했다.

"……아마, 라고 하신 건 어떤 의미입니까?" 목소리가 떨렸지만 교수는 신경 쓰이지 않는 모양이었다. 그는 어깨를 움츠리며 대답했다.

"질이 없었기 때문이죠. 조사할 수 없었다고 합니다. 시간을 당했는지 어쨌는지."

거친 숨소리가 들렸다. 가오루의 안색이 창백했다. 역시 교수도 그걸 눈치채고, 미안하다는 듯이 목소리를 바꾸었다.

"이런 죄송합니다. 아가씨에게는 너무 심한 이야기가 되나?"

"……없었다……. 없었다는 말씀은…… 무슨 뜻인가요?" 가오루가 간신히 물었다.

"이제 됐어, 가오루 씨는 밖에 좀 나가 있도록 해. 다음 이야기는 나만 들을 테니까." 히구치가 말했다. 질이 없었다는 사실에는 히구치 스스로도 충격을 받았다. 그냥 난자당했다고만 생각했다.

"싫어요! 저는…… 저는 언니의 최후에 대해 알 의무가 있습니다. 들어야만 해요. 부탁이니 여기 있게 해주세요."

"언니?" 교수가 말했다. 이 교수는 남의 말을 되풀이하는 게 버릇인 모양이다.

이야기할 수밖에 없다는 생각에 히구치는 체념했다.

"……이 아가씨는, 시마키 가오루 씨는, 두 번째 피해자인 시마키 도시코 씨의 동생입니다."

"아니, 이런." 이렇게만 말했을 뿐, 교수는 눈을 데룩데룩 굴렸다. 할 말을 잃은 모양이었다.

"죄송합니다. 실은 저도 피해자와 모르는 사이가 아닙니다. 둘이서 뭔가 할 수 있는 일이 없을까 생각하다 떠오른 것이 교수님이었던 거죠."

"예에." 어울리지 않는 대답이었다. 속았다는 사실에 대한 분노의 표정 따위는 전혀 찾아볼 수 없었다. 다만 가오루에 대한 동정심 같은 것이 약간 드러났을 뿐이었다. 히구치는 잠시 교수와 가오루의 얼굴을 번갈아 바라보며, 어떻든 질문을 계속할 수 있을 것 같다고 판단하고 다시 입을 열었다.

"구체적으로 시마키 씨는…… 제2의 피해자는 어떤 일을 당했는지, 아신다면 가르쳐주실 수 없겠습니까? 우리는 어차피 보도된 내용 이외에는 아는 게 없어서요."

교수는 걱정스러운 듯이 가오루의 얼굴을 바라보다가 그녀의 당찬 시선을 받으며 천천히 이야기하기 시작했다.

"……그럽시다. 첫 번째 피해자와 마찬가지로 유방이 도려내진 모양입니다. 양쪽 다. 그리고 하복부를 째서 성기를— 외성기만이 아니라 내성기와 자궁까지 함께 꺼내 가져갔습니다. 다른 깊은 상처는 없었던 모양이더군요."

히구치는 노모토의 말로 미루어 형사 시절 여러 차례 보았던 난자당한 시체를 연상했다. 그러나 도시코의 경우에는 아무래도 그렇지 않은 모양이라고 생각을 고쳤다. 이미 죽은 사람을 마구 찌른 이유는 시체가 살아나는 게 아닐까 두려웠기 때문이라고 진술했던 범인을 히구치는 두 명 안다. 하지만 이번 범인은 굳이 이야기하자면 수술을 하는 냉정한 정신병자인 것 같다는 생각이 들었다.

히구치는 문득 떠오른 의문을 교수에게 던졌다.

"의학에 대해 모르는 사람이라도 그런 짓을 쉽게 할 수 있는 건가요?"

"글쎄요. 저는 확실하게 이야기할 수 없습니다. 하지만 사법해부를 담당했던 의사는 약간의 의학 지식이 있는 녀석이 아닐까, 하는 의견을 내놓았죠. 의사 또는 의대생일 가능성도 없지는 않지만 솜씨가 너무 거칠었답니다. 하기야 솜씨 좋은 의사라 해도 고기 써는 칼로 깔끔하게 작업을 할 수 있는지는 모르겠지만요."

가오루는 욱 하는 소리를 내고, 떨면서 메모하던 샤프펜슬을 노트 위에 놓고, 그 손으로 배를, 이어서 입을 가렸다. 얼굴은 훨씬 더 창백해졌다. 고기 써는 칼이라는 단어에서 뭔가 끔찍한 광경을 떠올린 모양이다.

히구치가 뭐라 말하려 하자 가오루는 눈빛으로 제지했다.

"괜찮습니다. 괜찮아요. 계속 말씀해주세요." 그렇게 말하며 꿀꺽 침을 삼켰다. 필사적으로 구토를 참았던 모양이다.

히구치는 더는 시체 그 자체에 대한 정보가 필요 없을 거라고 생각했다. 문제는 그보다도 전문가가 생각하는 범인의 모습이다.

"그래, 교수님은 그런 행동을 한 범인의 의도랄까, 인격은 대체 어떤 거라고 생각하십니까?"

교수는 고개를 숙이고 잠시 대답하지 않았다. 이미 경찰에는 의견을 이야기했을 테니, 무얼 어떻게 이야기해야 할까에 대해 생각하리라.

"……조금 전에도 말했지만 범인은 살아 있는 여자와는 성교를 할 수 없습니다. 적어도 성적 만족을 얻을 수 없는 남자죠. 심인성 임포텐츠일 거라고 생각합니다. 어떤 열등감. 성기가 작다거나 키가 작다거나, 또는 얼굴이 못생겼다는 등의 육체적인 것일 가능성은 높습니다. 그러나 다른 사람이 보기에도 그럴 거라고는 단정할 수 없어요. 본인만 혼자서 그렇게 생각하고, 멋대로 콤플렉스에 사로잡혀 있는 경우도 있죠. 뭐 이런 일은 조사에 직접 도움이 되지는 않을 테지만."

열등감이야 많건 적건 누구나 있는 것이고, 그 뿌리의 깊이는 본인 이외에는 알 수 없다. 범인이 성적 불능이라는 사실이 파악되었다 해도 의사에게 임포텐츠 환자 리스트를 내놓으라고 할 수도 없는 이상 분명히 도움이 될 것 같지가 않다.

"연령이나 직업, 가정환경에 관해서는 뭔가 추측 가능한 내용이 없습니까?"

"연령 추정은 거의 무의미하다고 생각합니다. 아주 어린 초등학생이나 자리에 누운 노인을 제외하면 어떤 연령의 남자든 가능성이 있죠. 여자 어린이 연쇄 살인 때 체포 이전에는 중년 남자가 아니겠느냐는 의견이 있었습니다. 하지만 실제로 체포된 범인은 20대였고, 나이에 어울리지 않는 유아성을 지닌 남자이기도 했습니다. 하지만 굳이 연령을 한정한다면 20대 후반에서 50세까지라 해야 할까요. 이만큼 좁히는 것도 저는 무리가 있다고 생각합니다만. ……다음은 직업인가요? 이건 훨씬 더 억지 추측을 해야겠군요. 범인이 심인성 임포텐츠라면 아마 높은 교양을 지닌 사람일 겁니다. 임포텐츠가 되는 사람들은 대개 인텔리들입니다. 성기를 도려낸 방법을 보더라도 인텔리인 것은 틀림없다고 생각합니다. 현장을 비디오카메라로 찍은 것 같다는 이야기는 알고 계시나요? 테이프 포장 셀로판지가 떨어져 있었답니다. 그런 짓을 하는 커플들도 꽤 있으니 먼저 방을 썼던 커플이 남긴 것일 가능성도 있겠지만 일단 이것도 범인이 남긴 증거라고 생각하면 수입이 적지는 않은 인물로 보입니다. 범행일이 휴일 전날이 아니니 평범한 샐러리맨은 아닐 가능성이 높죠. 이런 정도가 될까요?"

그것은 히구치가 생각한 내용과도 일치했다.

"가정환경은 어떻습니까?"

"……독신자는 아니겠죠. 독신자라면 굳이 목격될 위험을 감수하며 러브호텔에서 범행을 할 리가 없습니다. 자기 집에서 시체를 처리하고 어딘가에 묻으면 될 테니까요. 어쩌면 하숙하거나 해서 남의 눈에 띄지 않게 여성을 데리고 들어갈 수 없는 건지도 모르지만요."

그런 일반적인 논리가 제정신이 아닌 남자에게 통용될지, 히구치는 의심스러웠다. 원룸에 사는 학생은 상당히 부유한 생활을 한다. 깨끗한 방을 피로 더럽히기 싫었을지도 모르지 않은가.

"그런 이야기 말고, 정신적인 환경 말입니다."

"알아요, 알아. ……물론 가정에 뭔가 문제가 있는 건 확실하겠죠. 아버지에게 문제가 있거나 아버지가 없는 가정에서 자랐다고 볼 수도 있습니다. 그래서 성적 성숙 상태에 이르지 못한 거죠. 더는 추측이 불가능합니다."

교수는 말을 이었다.

"범행 방법에 관해 조금 더 생각해봅시다. 유방을 잘라낸 이유는 우선 세 가지를 생각할 수 있을 겁니다. 유방이 애완의 대상인 경우와 증오의 대상인 경우, 그리고 그 어느 쪽도 아닌 경우입니다. 애완의 대상인 경우에는 아마 자기 집에 가지고 돌아갔을 겁니다. 먹었을 수도 있고요. 증오의 대상일 경우에는 약간 엉뚱한 소리일지 몰라도 살아 있는 여자와 섹스하지 못하는 게 아니라 유방이 있는 여자와 하지 못하는 걸지도 모른다는 결론에 이릅니다. 결국 유방이 있는 상태로는 성적 만족을 얻을 수 없기 때문에 살해해서 유방을 도려낸 뒤에 시간을 한다는 겁니다. 동성애 경향이 있는 남자일지도 모르죠. 어떻게 생각하세요?"

교수는 눈동자를 반짝이며 히구치에게 물었다. 히구치는 당황했다. 도저히 그런 범인의 심리를 따라갈 수 없기도 했고, 그걸 재미있다는 듯이 이야기하는 교수 자신이 그런 소망을 품은 것처럼 들리기도 했기 때문이다.

"……어느 쪽인가 하면 제일 먼저 말씀하신 경우가 그럴듯하군요. 유방이 현장에 없었던 이상, 갖고 돌아간 걸로 보는 게 자연스럽겠죠. 필요 없다면 현장에 남기고 갔을 겁니다."

"그래요, 그렇죠. 그렇죠." 교수는 약간 섭섭하다는 듯이 동의했다. 그리고 다시 표정을 바꾸며 말을 이었다.

"그리고 마지막으로 그 어느 쪽도 아닌 경우. 완전히 다른 이유 때문에 가지고 갔을지도 모릅니다."

완전히 다른 이유. 히구치로서는 상상을 할 수 없었다.

"캐나다에 웨인 보든*이란 남자가 있었습니다. 그는 여자의 유방에 이상한 집착이 있었는지 섹스를 할 때 목을 조르고 치흔이 남을 만큼 유방을 깨물었죠. 그 결과 세 명의 여성이 살해되었어요. 이 치흔이 증거 가운데 하나가 되어 그는 종신형을 선고받았습니다. 이런 식으로 생각할 수도 있어요. 범인은 유방에 남은 자기 치흔을 숨기기 위해 그걸 도려내 가지고 돌아갔을지도 모릅니다. 어쩌면 더 단순한 이유일 수도 있겠지만 그쪽은 제 전공이 아닙니다. 어쨌든 가장 그럴듯한 추리는 애완을 위해 가지고 돌아갔다는 것이 되겠죠."

교수가 단순히 재미를 이유로 가설을 내세운다는 사실을 눈치챘다. 그의 이야기 가운데 반쯤은 내용이 있을 거라고 기대했지만 반쯤도 되지 않을 것 같다는 생각이 들었다.

교수는 분석을 계속 진행했다.

* Wayne Boden, 1948~2006.

"첫 번째 피해자는 사망 뒤에도 여러 번 강간을 당한 게 분명한데 정액은 남지 않았죠. 현장에 콘돔 포장지만 남아 있었다는 걸 보면 이상할 것도 없는 일입니다. 범인은 콘돔을 썼던 겁니다. 피해자의 소지품에서 같은 종류의 콘돔이 발견된 걸로 보아 이건 피해자가 범인에게 준 거라는 사실을 알 수 있습니다. 이건 중요합니다. 피해자가 아직 살아 있을 때 범인에게 피임기구를 써달라고 부탁했다, 즉 삽입 직전까지 소녀는 합의에 따른 성교를 할 작정으로 범인을 대했다는 이야기가 됩니다. 두 번째 피해자도 혈중 알코올 농도가 높았던 걸로 보아 거의 만취 상태였던 것은 틀림없습니다. 범인이 크리스티의 경우와 마찬가지로 그냥 단순히 성교하고 싶었을 뿐이라면 그 여자들을 살해할 필요가 없었던 거죠. 어느 연쇄 강간 살인범의 진술에 따르면 목을 졸라 죽이는 순간 근육이 수축되어 일반적인 성교 이상의 쾌감이 있다고 합니다. 그 쾌감을 맛보기 위해 강간하는 중에 목을 졸라 죽이는 짓을 반복한 모양인데 크리스티나 이번 범인은 그와는 약간 다른 것 같군요. 유방을 애완용으로 쓰기 위해 도려냈을 거라는 사실까지 포함해서 분명히 네크로파일(necrophile) 경향을 나타냅니다."

　"……네크로……파일." 가오루가 창백한 얼굴로 중얼거렸다. 눈 하나 깜빡이지 않고 교수의 입을 바라보았다.

　교수는 고개를 크게 끄덕였다.

　"그래요. 네크로파일. 시체애호증입니다."

히구치는 고개를 돌려 창 쪽을 바라보았다. 밝은 햇살 속에 웃으며 지나가는 젊은이들. 유리 한 장을 사이에 두고 너무도 다른 세계 같다는 생각이 들었다.

웃음이 끊이지 않는 캠퍼스 한구석의 곰팡내 나는 이 방에서 우리가 나누는 이야기는 마음의 병을 앓는 남자들에 관한 내용이다. 그걸 듣는 우리도 병든 사람들이다. 구제할 길 없을 지경으로 병들었다. 가오루도. 나도. 그리고 아마 이 교수도.

한없이 어두운 사람 마음의 심연을 들여다보면서도 히구치는 이 대화를 멈출 생각은 없었다. 당차게 등을 쭉 편 가오루도 그럴 생각이 없으리라는 사실을 안다. 그는 교수의 말에 귀를 기울였다.

"두 번째 피해자한테서는 외성기 및 질, 자궁을 도려냈죠. 조심스럽게 떼어낸 것 같다는 말로 미루어 생각하면 역시 여성의 상징인 그 부분이 범인의 증오 대상이었다고 볼 수는 없을 겁니다. 이것도 유방과 마찬가지로 애완의 대상물로서 갖고 돌아갔을 겁니다. 다만 첫 번째 사건에서는 그러지 않았는데 두 번째는 가지고 간 이유를 몇 가지 생각해볼 수 있습니다. 첫 번째 때도 그러고 싶었지만 시간이 절박했거나 아니면 그때까지는 아직 생각을 못 했을 겁니다. 어쨌든 범인에겐 유방 쪽이 성기보다 중요했던 것은 틀림없죠. 제가 생각하기에 이렇지 않았나 생각됩니다. 두 번째 사건에서는 콘돔 포장지도 박스도 발견되지 않았는데 현장에는 정액이 남아 있지 않았다고 합니다. 실내에 설치되어 있던 콘돔 판매기의 수량도 줄어들지 않았고요. 그러니 첫 번째와 마찬가지로 시간을 했다면 범인은 질 안에 사정을 한 걸로 보입니다. 그는 이번에는 콘돔을 쓰지 않았기 때문에 정액을 남기지 않으려고 자기 정액이 들어간 질과 자궁을 도려내기로 한 게 아닐까요? 이렇게 생각하면 유방을 도려낸 이유도 치흔을 숨기기 위한 거였을지도 모른다는 생각이 듭니다."

히구치는 저도 모르게 소리쳤다.

"그런 말도 안 되는! 아니, 어떻게 그런 이유로……? 지독한 사디스트로군."

하지만 교수는 바로 히구치의 말을 부정했다.

"아뇨. 이른바 사디스트는 아니라고 생각합니다. 시체를 도려낸 부분을 제외하면 거의 상처가 없죠. 벗긴 옷은 곱게 접어두었던 모양이고 시체의 상태도 깨끗했던 것 같습니다. 사디스트와는 다르죠. 그래서 정액을 남기지 않으려고 도려내는 방법을 생각해냈다고는 해도, 가장 큰 이유는 그녀의 성기 자체가 필요했을 거란 이야기가 된다고 생각합니다."

"……역시, 먹기 위해서인가요?" 히구치는 눈썹을 찌푸리며 말했다.

교수는 고개를 저었다.

"설마요. 아닙니다. 그가 훔친 것은 성기죠. 섹스입니다. 섹스 그 자체가 아닐까요? 물론 범인은 자기 집에서 그녀와 섹스를 할 겁니다. 빤해요."

가오루가 입을 가리고 불쑥 일어섰다. 노트가 테이블에 떨어졌다. 그리고 샤프펜슬이 툭, 하는 소리를 내며 테이블에서 바닥으로 떨어졌다.

그녀는 복도로 달려 나가려 했지만 이미 늦었다. 가오루는 히구치와 교수에게 등을 돌리고 바닥에 꿇어앉아 토했다. 토사물이 리놀륨 바닥에 튀는 소리와 함께 그녀의 흐느끼는 소리가 히구치의 귀에 들려왔다. 그녀는 토하면서 울었다.

"······너무하군." 히구치는 자리에서 일어서기만 했을 뿐 가오루에게 달려가지도 못하고 멍하니 중얼거렸다.

"정말, 이건 너무하군요." 교수가 고개를 끄덕였다. "걸레를 어디다 뒀더라?"

2
2월 · 미노루

침대 위에서 옷이 벗겨지는 그녀. 카메라 쪽을 돌아보는 나. 지금 그가 어루만지는 것과 똑같은 유방. 그녀의 몸 위로 올라가는 자신의 등과 엉덩이. 화면 전체가 흔들리는 것처럼 움직이는 두 사람. 심하게 삐걱거리는 침대 스프링. 두 손에 그녀의 목 감촉이 되살아난다. 불거진 힘줄과 딱딱한 고무호스 같은 기관. 숨이 끊어지던 순간, 그의 페니스를 꽉 죄던 그녀. 훌륭했다. 모든 것이 훌륭했다.

그는 이부자리에 누운 상태로 비디오를 보면서 자기 성기를 감싼 그녀의 살 위로 오른손을 꽉 쥐고 그때를 떠올렸다. 볼륨을 죽이고 헤드폰으로 CD를 들으며. 차갑게 식었던 질도 미노루의 체온과 마찰 때문에 조금씩 온기를 되찾았다. 손을 꼭 쥐면 마치 질이 수축하는 느낌이 들었다. 그리고 그렇게 해서 그녀를 쥔 채로 위아래로 움직이며 왼손에 쥔 유방의 젖꼭지를 입에 넣었다.

죽어 누워 있는 그녀를 카메라가 샅샅이 비춰간다. 미노루의 몸이 환희에 떨렸다. 가슴이 터질 듯한 관능. 리모컨으로 정지시키듯 시간을 멈출 수 있다면. 이 최고의 순간을 언제까지나 맛볼 수 있다면.

불끈불끈 정액이 솟구치는 꿈틀거림이 그녀를 떨게 만들었다. 그 느낌이 손에도 전해졌다. 허리를 약간 들어 올리며 온몸으로 오르가슴을 느꼈다.

그러나 원하는 대로 그녀와 섹스를 할 수 있었던 것은 처음 두세 번뿐이고, 일주일도 되기 전에 썩어버렸다. 유방과 달리 혈액이 많이 있었기 때문인지, 보기에도 처참한 모습으로 변해버렸다. 악취도 심해 미노루는 자기 방에 방향제를 뿌리지 않으면 안 될 지경이었다. 썩은 성기는 에리카의 유방과 같은 곳에 묻었다.

어쩔 수 없이 그는 유방만 애무하고 입 맞추며 비디오를 보면서 자위행위에 빠질 수밖에 없었다. 이윽고 유방도 예전 다른 것들처럼 쭈그러들었다. 어머니의 화장대에서 대충 집어온 크림을 피부에 발라줬지만 변색되는 것을 막을 수 없었다.

결국 남은 것이라고는 추억을 사각형으로 도려낸 비디오뿐. 그러나 그것도 그녀를 잃은 지금은 낡은 앨범처럼 가슴을 답답하게 만들 뿐이었다.

이전의 사랑이, 기쁨이, 또렷하게 되살아나 더욱더 외면하고 싶어지는 안타까운 앨범.

비디오를 보면서 자기도 모르게 눈물을 흘리는 밤도 있었다. 왜 나만 이렇게 되어야 하는 걸까. 머리가 텅 빈, 진짜 사랑이란 게 뭔지도 모르는 놈들은 천박하게 살아가는데, 나는 사랑에 눈을 떠버렸기 때문에 고통을 맛보아야 한다. 불공평하다. 나는 이렇게, 언제까지나 영원히 사랑을 계속 잃어야만 하는 걸까.

미노루는 입술을 깨물며 어머니의 사랑에 감싸여 있다고 느끼던 행복한 소년 시절을 떠올렸다. 어머니는 그 무렵 친구들 누구나가 부러워할 만큼 아름다워 그의 자랑거리였다. 그렇지만 그것도⋯⋯.

어머니는 미노루를 일찍 낳았기 때문에, 학교 수업 참관 같은 걸 하러 오는 동급생들의 학부모에 비해 훨씬 더 젊었다. 피부는 백옥처럼 희고, 수수한 기모노를 입어도 그 돋보이는 매력은 가릴 수 없었다. 아직 몽정도 하지 않아 성에 대해 무지했던 시절부터 미노루는 어머니의 알몸을 훔쳐볼 때마다 아랫도리가 묵직해지는 걸 느꼈다. 그게 뭔지 알지 못해도 숨겨야만 한다는 것만은 어렴풋이 깨달았다. 부끄러운 일이라고.

친구 어머니에게 그런 감정을 느낀 적은 없었다. 옷차림만 빼면 남자와 구별이 되지 않는 같은 반 여자애들에겐 아무런 흥미도 느끼지 못했다. 의사놀이를 한다는 핑계로 그 여자애들의 팬티를 벗겨도 아무런 느낌이 없었는데 왜 어머니의 알몸을 보면 고추가 딱딱해지는지 알 수 없었다.

여섯 살인가 일곱 살 무렵, 아버지에게 심하게 얻어맞은 일이 기억난다. 주먹으로 맞은 뺨의 통증과 울면서 아버지를 말리던 어머니 모습만 떠오른다. 왜 맞았는지는 기억이 나지 않는다. 그는 아버지에게 야단맞을 짓을 한 기억이 없었다. 그리고 그 뒤로 어머니와 욕실에 들어가는 것이 금지되었다. 그는 아버지와 욕실에 들어가기는 싫었기 때문에 울면서 용서해달라고 사정했는데 나하고 들어가는 게 싫다면 혼자 목욕하라는 소리를 들었을 뿐이다.

이제는 그런 감정도 옅어졌지만 그때 아버지는 미노루에게 분명 증오의 대상이었다. 죽어버리면 좋겠다는 말을 한 적도 있다.

"아버지 죽어버려!"

이 말을 했을 때 미노루를 때린 사람은 아버지가 아니라 어머니였다. 어머니가 가장 소중하게 여기는 사람은 아버지가 아니라 자기라고 굳게 믿었다. 어머니도 아버지를 미워할 거라고 철석같이 믿었다. 왜 그렇게 생각했는지 몰라도 아버지가 없어지면 엄마도 기뻐할 거라고 믿었다.

하지만 그렇지 않았다. 그런 것들은 미노루가 멋대로 생각해낸 것에 불과했다. 나를 사랑하지 않았다. 그 뒤로 이상하게 어머니의 알몸을 봐도 아무런 느낌도 들지 않게 되었다. 아무런 느낌도.

낮에 비디오를 다 보고 테이프를 되감을 때 집에 없는 줄 알았던 어머니가 불쑥 방문 밖에서 말했다.

"미노루, 있냐?"

"응, 있어!" 그는 서둘러 카메라와 텔레비전을 연결한 코드를 뽑았다. 완전히 되감기지 않은 테이프를 카세트에서 꺼내 바지 주머니에 쑤셔 넣었다. 문에는 잠금장치가 걸려 있다는 사실을 깨달은 것은 그 뒤였다. 서둘 필요가 없었다. 하지만 창피한 나머지 온몸이 화끈거렸다.

"뭘 하는 거니. 아래 내려와서 차라도 한잔하렴." 그렇게 말하며 찰각찰각 문을 열려고 했다.

잠금장치가 걸려 있었다. 왜 잠갔는지 의아하게 여기리라.

방문을 걸어 잠그고 무얼 하고 있는지 눈치채지나 않을까. 자위를 한다는 사실을 어머니가 알아차리는 게 아닐까.

"얘야."

"금방 간다니까!"

거의 공포에 가까운 감정 때문에 미노루는 도저히 움직일 수 없었다. 지금 얼굴을 마주친다면 표정만 보고도 자기가 하던 행동을 눈치챌 것만 같았다. 방에 떠도는 정액 냄새를 맡아낼지도 모른다.

천천히 계단을 내려가는 슬리퍼 소리에 그는 가만히 귀를 기울였다. 괜찮다. 이미 아래층으로 내려갔다. 미노루는 쓰레기통에서 넘쳐 떨어질 것 같은 화장지를 꾹 눌러 넣고, 방향제를 집어 들어 두세 차례 분사했다.

괜찮다. 눈치를 채거나 하지는 못한다.

방향제를 다시 오래 분사했다.

숨이 막힐 듯한 감귤 계통의 향기.

그리고 한 번 더.

3
3월 · 마사코

마사코는 휴지와 교환하려고 묶어두었던 주간지 안에서 사건에 관한 것을 뽑아서 샅샅이 읽었다. 식구들이 무얼 하는 거냐고 물으면 대답을 할 수 없기에 몰래 그 주간지들을 자기 방으로 가지고 들어갔다.

능욕하고 목을 졸라 죽인 것만으로는 성에 차지 않았던지 양쪽 유방을 도려낸다. 그녀가 아는 내용은 그뿐이었지만 읽다 보니 어렴풋이 상상했던 것보다 훨씬 잔혹한 사건이라는 사실을 알게 되었다. 두 번째 피해자로 보이는 여성은 아랫배를 가른 모양이었다.

애매한 목격담도 몇 가지 있었다.

첫 사건이 일어난 호텔에 소녀와 들어가는 모습이 목격된 30세 전후로 보이는 중키에 중간 체격의 남자. 세 번째 피해자가 신주쿠에서 택시 승강장 줄을 빠져나가 탄 것은 흰 세단.

아니다. 물론 그 애가 분명히 좀 어른스러워 보일지도 몰라도 서른 살로 보이지는 않는다. 게다가 우리 차는 흰색이지만 이름이 세단은 아니다. 분명히 코롤라*일 텐데.

마사코의 뇌리에 여자 어린이 연쇄 살인사건 때의 애매한 목격 증언들이 스쳐 지나갔다. 그때도 실제 범인이 범행에 사용했던 차와 증언은 마지막까지 일치하지 않았다. 그날 밤, 차는 차고에 있었던가? 기억이 나지 않았다. 원래 남편 차인

---

* 도요타에서 생산하는 세단형 자동차.

데 요즘은 애들이 타고 나가는 경우도 많다. 갑자기 비가 내리면 역까지 마사코를 태우러 오는 일도 자주 있었다. 면허도 없고 차에 관심도 없는 그녀는 세단이라는 말의 뜻도 몰랐다.

이런 무기명 기사도 있었다.

유방 및 하복부를 집중적으로 공격한 점으로 미루어보아 범인은 분명히 여성 그 자체를 증오하는 것으로 보인다. 여성에 대한 깊은 증오가 그를 살인으로 내몰았다. 그 증오의 원인이 무엇인지 모르지만 뿌리 깊은 콤플렉스가 바탕에 있을 거라는 점은 상상하기 어렵지 않다. 수사본부의 어느 베테랑 형사는 예전에 취급했던 사건과 유사한 점이 있다고 본지 기자에게 털어놓았다. 그 사건이란 우연하게도 같은 시부야 경찰서 관내의 여관에서 1968년에 일어난 매춘부 살인사건이다. 당시의 피해자 K씨(34세)는 유방과 음부 등 98군데가 마구 찔린 상태였다. 유방을 도려내고, 배를 십자로 갈라 내장까지 꺼낸 지경이라 경력이 오랜 형사마저 간담이 서늘했다고 한다. 이번 사건과 유사하다는 사실은 아마추어가 보기에도 명백하다.

반년 뒤에 여성을 칼로 찔러 체포된 T(당시 28세)는 이 사건과 그 한 해 전에 아사쿠사에서 일어난 살인에 대해 자기가 저지른 범행이라고 자백했는데 놀랍게도 이 남자는 열여섯 살 때도 일곱 살짜리 소녀를 끈으로 목 졸라 죽여 체포된 적이 있다. 자백에 따르면 T는 두 건의 살인 및 체포의 원인이 된 살인미수 사건의 경우, 상대 여성이 성교 때 발기되지 않는다고 놀리자 화가 나서 증오심 때문에 혹은 흥분하기 위해 마구 찔렀다고 말했다. T는 임포텐츠였다.

임포텐츠.

그 애에게는 선천적인 결함이 없다. 전에는 마스터베이션을 했으니까. 하지만 최근에는? 애인이 생긴 걸로 보이지는 않는데, 최근에는 전혀 그런 기색이 없지 않았나? 아니면 어디 밖에서, 어떤 식으로든?

아들이 뭔가 문제가 생겨서 임포텐츠가 되어버린 게 아닐까. 그래서 여자를 죽이지 않고서는 못 배기게 된 게 아닐까.

마사코는 마구 고개를 저으며 그런 생각을 부정했다.

아무런 관계도 없다. 그 애는 사건과는 아무 관계도 없는 거다. 나는 단지 무서운 사건 기사를 재미 삼아 읽을 뿐이다. 그뿐이다.

……정상적인 성교를 통해 만족을 얻지 못할 경우, 그것이 폭력적인 충동이 되어 분출되는 일은 드물지 않다. 게다가 프로이트를 인용할 것까지도 없이, 칼 종류로 찌른다고 하는 행위는 명백하게 성교의 메타포이며 해소되지 않은 성충동이 표현된 것이 분명하다.

저 착한 아이가. 그럴 리가 없다. 그야 콤플렉스 한두 가지는 있을지도 모른다. 하지만 그 때문에 사람을 다치게 할 아이는 아니다. 절대로 그렇지 않다.

……성욕은 강한데도 불구하고 그 배출구를 찾지 못하는 청년. 당연히 그런 인물이 범인이다. 10대 후반에서 30대 초반의 독신 남성으로, 아마 애인도 없을 테지만 그것은 결코 자기가 매력적이지 않아서가 아니라 임포텐츠라는 사실이 드러나는 걸 꺼리기 때문이다. 극히 드물게 우연히 만난 여성과 관계를 갖으려 하지만 발기하지 않는다. 어떻게든 해보려고 초조해할수록 물건은 작아진다. 여성의 시선이 싸늘하게 변하고, 때로는 싫은 소리를 듣는 경우도 있다.

온순해서 놀림을 받기 쉬운 타입일지 몰라도 그만큼 콤플렉스의 뿌리가 깊어 한번 화가 나면 마구 찔러야만 분이 풀린다.

여성은 사귀는 남자와의 첫날 밤, 가령 그 남자의 물건이 변변치 않더라도 상대가 듣기 싫어할 말을 입 밖에 내기 전에 잘 생각해보기 바란다. 그 말이 상대방에게 얼마나 깊은 상처를 입히는가를.

그것이 당신의 목숨을 구하는 길이 될지도 모르니까.

묘한 기사였다. 중간까지는 비교적 범죄 리포트 형식이었는데 마무리 부분에 묘하게 기자의 개인적인 감정이 담긴 듯했다.

하찮은 억측기사에 불과하다고 치워버렸지만 묘하게 머리 한구석에 남았다.

만약에 그 애가 임포텐츠가 되었다면.

만약에 그 때문에 사람을 해쳤다면.

마사코는 너무 단순할 만큼 바로 결론을 냈다.

치료하면 된다. 그리고 아무도 더 다치게 하지 않으면 사건은 미궁에 빠져 우리 가족은 지금까지와 마찬가지로 평온하게 살아갈 수 있으리라.

무슨 바보 같은 생각을, 하며 그녀는 고개를 저었다.

전혀 의미 없는 가정이었다. 그 애는 임포텐츠도 아니고, 물론 누구를 해치거나 할 만한 사람도 아니니까. 착한 아이다.

너무 착해서 답답하기까지 했다.

남을 해치거나 하는 일은 절대 없다. 절대로.

8장

……위대한 우라노스가 밤을 데리고 와서,
가이아의 위에 누웠다. 사랑을 원하며
완전히 펼쳤다. 그의 아들은 매복 장소에서 나와
자신의 왼손을 뻗었다. 그리고 오른손으로는
뾰족한 이빨처럼 생긴 기다랗고 큰 낫을 쥐고
재빨리 아버지의 성기를 잘라버렸다.
그리고 그것을 뒤편 저 아래로 던져버렸다.

3월 · 히구치

"죽음에는 거부하기 힘든 매력이 있다, 이런 생각이 들지 않습니까?" 교수가 말했다.

히구치는 대답하지 않았다. 가오루는 바닥을 닦은 걸레를 복도의 손 씻는 곳에서 헹구는 중이었다. 히구치가 거들려고 했지만 그녀는 그의 도움을 기어코 받아들이지 않았다.

대답이 없는데도 교수의 질문은 이어졌다.

"타나토스, 라는 걸 아시나요?"

"타나토스…… 말입니까? 아뇨." 요즘 쓰는 외래어인가보다 생각하면서 히구치는 고개를 저었다.

"원래는 그리스 신화에 나오는 신 가운데 한 명인데, 죽음을 관장하죠. 슈테켈*이나 프로이트** 같은 사람들은 그걸 죽음을 향한 소망 혹은 죽음을 향한 본능이란 의미로 사용하기 시작했습니다. 삶을 원하는 본능인 에로스에 길항(拮抗)하는, 죽음을 바라는 본능이 인간의 마음속에 있다고 주장하기 시작한 거죠."

죽음을 향한 본능. 타나토스? 히구치는 무슨 이야기인지 잘 이해가 되지 않았다. 인간이 사람을 죽이는 것이 본능이라는 이야기인가.

"모든 생물은 언젠가 무기질로 돌아가기 때문에 스스로 무기질로 돌아가려 하는 경향이 있을 거라는 이야기입니다. 살고자 하는 본능과 완전히 대립되지만 사람들 마음속에서는 이 두 가지가 다툰다고 프로이트는 주장하는 거죠. 하지만 대부분의 학자는 그런 주장을 부정했습니다. 타나토스가 존재한다고 주장하는 학자는 멜러니 클라인***을 비롯해 극소수에 지나지 않습니다. 논리적으로 비약이 커서 받아들이기 힘든 개념이었던 거죠."

"결국…… 그런 것은 없다는 말씀입니까?" 약간 맥이 빠져 히구치가 물었다.

* Wilhelm Stekel, 1868~1940. 폴란드 태생의 정신분석학자.
** Sigmund Freud, 1856~1939.
*** Melanie Klein, 1882~1960. 오스트리아의 정신분석학자. 아동 분석을 전문으로 했다.

"누구도 그렇게 잘라 말할 수는 없을 겁니다. 하지만 죽음을 향한 본능 같은 표현을 들먹여야만 설명할 수 있는 증상을 접하기 전에는 임상학자로서는 필요 없는 개념이죠. 저는 아직까지는 그런 경우를 본 적이 없습니다."

그러면 대체 이런 이야기를 왜 꺼냈느냐고 묻고 싶었지만 히구치는 잠자코 기다리기로 했다. 이 교수가 의미 없는 이야기를 할 리는 없었다.

"그러나 저는 완전히 다른 의미에서 이 단어를 사용하고 싶습니다. 죽음을 바라는 본능이 아니라 죽음을 가까이서 느끼고 싶은 욕망이란 의미에서요. 타나토스 콤플렉스. 프로이트의 타나토스 이론에 따르면 죽음을 향한 본능 때문에 스스로를 죽이지 않기 위해서는 그 공격 충동의 배출구를 외부에서 찾을 필요가 있고, 그 결과 남에게 해를 입히게 된다고 합니다. 이렇게 해서 사디즘이나 마조히즘, 그리고 반복강박(反復强拍)이라는 쾌락원칙에 반하는 행동을 설명할 수 있다는 거죠.

제가 생각하는, 타나토스 콤플렉스라고나 불러야 할 현상은 전혀 다른 겁니다. 무덤에 흥미가 있는 아이. 벌레를 죽이는 아이. 죽음을 소재로 하는 농담 등등. 일반적으로 아이들은 죽음에 관심을 보입니다. 단순한 호기심이라고도 할 수 있겠죠. 생명이 무엇인지 이해한다는 것은 죽음이 무엇인지를 이해하는 것과 마찬가지입니다. 아기는 왜 태어나는 걸까?

나는 어떻게 태어난 걸까? 할아버지는 대체 어디로 간 걸까? 아이들에겐 참으로 많은 의문이 있습니다.

하지만 지금처럼 핵가족화가 진행되고, 묘지는 멀리 밀려나고 그 자리에 아파트가 들어서고, 벌레가 없어서 곤충채집을 할 수 없고, 아파트에서는 애완동물을 기를 수도 없는 상황이 되다 보니 아이들은 죽음이라는 것으로부터 격리되고 맙니다. 한편 매스미디어에는 죽음이 넘쳐납니다. 형사 드라마나 시대극 같은 텔레비전 드라마도 있지만 물론 실제 죽음인 살인이나 사고 뉴스도 있습니다. 텔레비전에 나오는 아이돌 스타들이 아주 가깝고도 먼 존재인 것과 마찬가지로 죽음 또한 가깝고도 먼 존재죠. 어떤 의미에서는 동경의 대상이 될 수 있는 겁니다. 유명한 아이돌 탤런트가 자살했을 때, 아이들이 다투어 그 뒤를 따랐던 것은 전혀 이상한 일이 아닙니다. 본능이냐 아니냐는 별도의 문제로 하고, 타나토스, 즉 죽음에 대한 동경이 있었던 것은 틀림없죠."

대체 교수는 무슨 이야기를 하려는 걸까. 히구치는 의아한 생각이 들었지만 끼어들지는 않았다. 가오루가 걸레를 빤 뒤, 입술을 깨물고 깨끗하게 닦은 바닥을 다시 훔쳤다.

"네크로필리아, 시체성애 또한 타나토스 콤플렉스의 한 형태라고 해도 좋을 겁니다. 그들은, 네크로파일들은 죽음을 동경하죠. 그 충동이 자신을 향하면 자해 행위나 자살로 나타납니다. 그러면 감미로운 죽음을 맞이하는 걸로 만족하겠죠. 하지만 그들은 그 충동을 외부로 돌립니다. 시체를 만져보고 싶다, 시체와 하룻밤 지내고 싶다, 섹스하고 싶다, 그렇게 생각하게 되는 겁니다. 벌써 30년 전 일이지만 도쿄 나카노 구에서 일어난 소년 토막 살인 같은 게 그 전형적인 예입니다. 스물여섯 살 먹은 소년애자(少年愛者)가 열두 살 사내아이를 유괴해 토막을 내서 유리 용기에 넣고 포르말린에 담아 진열해두었죠. 범인은 비정상적으로 고양이를 좋아하기도 했는데 자기가 기르던 열두 마리나 되는 고양이들을 토막 내고 먹기도 했다는 겁니다. 이해가 됩니까? 여기에는 상대방에게 업신여김을 당할지도 모른다는 열등감이 영향을 미칠 여지도 없습니다. 상대는 고양이니까요. 하지만 그는 사랑하는 고양이나 소년을 토막 내어 감상하지 않을 수 없었죠. 확고한 신념을 지닌 네크로파일이라고 할 수 있습니다. 한편 파리에서 인육을 먹었다는 사람에게는 그런 경향이 희박합니다. 시간도 한 것 같지만 그를 지배하던 것은 명백하게 인육을 먹고 싶다는 욕망, 즉 카니발리즘 환상이었으니까요."

파리에서 인육을……. 네덜란드인 유학생을 일본인이 죽인 뒤에 먹었다는 그 사건* 이야기인 듯하다. 그때 세상 사람들이 보인 히스테릭한 소동은 히구치도 또렷하게 기억한다.

* 1981년에 일본 유학생 사가와 잇세이(佐川一政)가 프랑스 파리에서 일으킨 사건. 파리 제3대학에 유학 중이던 그는 같은 학교에 다니던 네덜란드 여학생을 자기 방으로 불러 총을 쏘아 살해한 뒤 시간한 후 시체 사진을 찍고 인육을 먹었다. 체포 후 정신감정 결과 불기소 처분을 받아 1984년에 일본으로 돌아갔다.

"사이타마의 여자 어린이 연쇄 살인범은 그 진술에 따르면 신체적 결함 때문에 놀림을 받자 화가 났다고 했습니다. 할아버지의 유골이나, 죽인 어린 여자아이의 살을 먹었다고 해서 네크로필리아니 카니발리즘이니 하며 소란을 떨었던 거죠. 하지만 그런 경향이 있었다고는 해도 제 느낌으로 범인은 역대 네크로파일, 카니발리스트에 비하면 훨씬 정상적인 인간의 범위에 가깝습니다. 처참하고 비극적인 결말이 되기는 했지만 그것은 단순한 성범죄, 강간 살인의 연장선에 있다는 게 제 생각입니다."

교수는 입을 다물었다. 무릎을 꿇고 바닥을 닦던 가오루가 그제야 창백한 얼굴을 들고 천천히 일어서 멍한 표정으로 히구치를 바라보았다. 자리에 앉으라는 눈짓을 보내자 천천히 히구치 옆에 걸터앉았다. 교수는 그녀를 쳐다보지도 않았다.

히구치가 말했다.

"이번 범인한테서도 그…… 타나토스 콤플렉스가 느껴지신다는?"

"그렇죠……. 그런 이야기가 되겠죠? 확고한 신념을 지닌 네크로파일이라는 느낌이 듭니다. 시체를 강간하는 사람들 대부분은 많건 적건 사디즘 경향이 보이기 마련입니다. 폭력적 경향이 강하기 때문에 상대를 죽음에 이르게 하고 맙니다. 시체를 훼손시키죠. 또 거기서 쾌감을 얻고요. 이번 범인은 쾌감을 얻기 위해서가 아니라 시체의 일부를 도려내 가지고 돌아갔습니다. 일부분이라도 괜찮으니 자기 곁에 두고 싶었기 때문일 겁니다. 페티시한 시체 애호자죠. 생명이 없어져서 단순한 살덩이가 되어도 사랑할 수 있는 남자입니다.

미국의 에드 게인*이란 남자는 10년 남짓한 기간에 두 명의 여성을 살해하고, 또 아홉 명의 여성 시체를 무덤에서 파내 집으로 옮겨 성적 만족을 얻었습니다. 늘 보름달이 뜨는 밤에 저질렀다고 하죠. 그는 시체의 일부를 먹거나 목을 잘라냈을 뿐 아니라, 벗겨낸 피부로 조끼를 만들기도 하고, 가죽 의자를 수리하는 데 쓰기도 하고, 허리띠를 만들기도 했습니다.

또 1972년부터 모두 여덟 명의 여성을 살해하고 계속해서 시간한 에드먼드 켐퍼**라는 미국 남자도 있습니다. 이 남자도 영국의 크리스티와 마찬가지로 살아 있는 여자를 상대로는 성교를 할 수 없다는 생각에 두려움을 느낀 모양이더군요. 피를 씻어낸 시체와 갖가지 성행위에 탐닉해, 목이 없는 시체와도 섹스를 했다고 합니다. 이번 범인이 도려낸 성기를 섹스 도구로 사용한다면 켐퍼를 능가하는 네크로파일이라고 할 수 있을 겁니다."

교수는 말을 끊고 천천히 고개를 저었다.

---

* Edward Gein, 1906~1984.
** Edmund Kemper, 1948~. 프로파일링 관련 책에서 사례로 자주 등장하는 인물. 마지막으로 살해한 사람이 어머니였고, 어머니 때문에 범죄를 저질렀다고 진술했다.

"체포되면…… 꼭 감정해보고 싶군요."

대학을 나와 카페에서 커피를 마신 뒤에도 가오루의 안색
은 나아지지 않았다.

"……후회하나?"

가오루는 예상대로 고개를 저었다.

"아뇨. ……다만 좀……충격을 받았을 뿐입니다. 이제 괜
찮아요."

"……훨씬 더 힘들어질 수도 있는데. 세 번째 피해자는 더
끔찍한 꼴을 당했을지도 모르고. 가오루 씨 스스로 그만두고
싶어질지도 모르지."

히구치는 여전히 고집을 굽힐 기색이 보이지 않는 가오루
에게 살짝 겁을 줘보려는 생각에 그렇게 말해보았다.

가오루는 희미한 미소마저 지었다.

"괜찮습니다. 모르는 사람이 피해자라면 아무리 끔찍한 이
야기를 들어도 견딜 수 있습니다. 언니가…… 언니 이야기라
서……."

그도 그렇겠다는 생각에 히구치는 고개를 끄덕였다. 나도
피해자가 모르는 사람인 사건이라면 별로 쇼크를 받지 않았
으리라. 게다가 두 사람 다 도시코에 대해 양심의 가책을 느
끼니.

그녀가 좀 더 안락하고 평온한 죽음을 맞이했다면 히구치

나 가오루의 죄의식이 이토록 깊지는 않았을 것이다. 교수가 범인은 도려낸 그녀의 성기를 가지고 섹스하는 게 틀림없다고 단정했을 때, 히구치는 그게 자기가 저지르는 행위처럼 느껴지기까지 했다. 자기 마음속에 범인과 같은 짐승이 있는 것 같아 소름이 끼쳤다.

"앞으로 어떻게 하실 건가요?" 가오루가 물었다.

"원래는 롯폰기 쪽을 돌아다녀볼까 했었어. 물론 범인이 아직 거리에 나오지는 않을 거라고 생각하지만 언니 발자취를 더듬어볼 수 있을지도 몰라서. 하지만 오늘은 그만두지."

가오루는 깜짝 놀라 히구치를 바라보았다.

"왜죠? 저는 괜찮다고 말씀드렸는데요. 갈 거예요. 저는 혼자라도 갈 겁니다."

성격은 언니와 전혀 닮지 않은 모양이다. 도시코는 업무를 떠나면 무척 우유부단하고 자기 의지가 없는 것처럼 보이기도 했다. 그런데 가오루는 아까 그토록 참담한 모습을 보이고도 정말로 계속할 작정인 모양이다.

애당초 히구치는 그녀를 말릴 생각이 전혀 없었다.

"……알았어. 그럼 가볼까?"

히구치는 카페를 나올 때 누군가의 시선을 느낀 것 같았다. 뒤를 돌아보았지만 낯선 얼굴들뿐이었다.

피로해서 그런 거다. 나는 너무 지쳤다.

도시코가 롯폰기에서 택시를 내린 지점은 노모토에게 물어 알아냈다. 지하철 역 바로 옆이다. 택시에서 내려서니 거리에 어둠이 밀려드는 중이었다. 갑자기 날이 쌀쌀해졌다. 히구치와 가오루는 내내 들고 있던 코트를 걸치고 주위를 둘러보았다.

"언니가 발견된 호텔은 여기서 상당히 먼데. 언니는 이 부근에 자주 왔었나?" 아오야마 방향으로 걸음을 옮기며 히구치가 물었다.

"경찰도 그런 질문을 하셨는데 저는 모르겠어요. 술을 좋아하는 편도 아니었고, 디스코 클럽 같은 곳에는 드나들지도 않았습니다. 어째서 이런 곳에 왔는지 이해할 수 없네요."

히구치는 이해할 수 있을 것 같았다. 그녀는 어쨌든 어딘가에서 마음의 상처를 달래려 했다. 남자가 말을 걸어올 만한 곳을 찾았거나, 아니면 혼자 조용히 마실 수 있는 곳을 찾았거나. 아마 후자겠지. 상당히 많은 술을 마셨다는 사실로 미루어 생각하면, 범인과 호텔에 들어간 것은 그녀의 의지가 아니었다고 볼 수도 있다.

자기 아픔을 잊으려고 정신이상자에게 몸을 맡겨버린 것은 아니라고 믿고 싶었다. 그녀의 불운은 범인의 눈에 띄었을 때 많이 취해 있었다는 점뿐이기를 바랐다. 의식이 또렷했다면 알지도 못하는 남자를 따라 호텔 같은 데를 들어가거나 하지는 않았을 텐데. 그렇지 않을까?

터덜터덜 걷다 보니 아직 문을 열지 않은 술집이 많다는 사실을 깨달았다. 도시코가 지나갔던 시간이 아니니, 아직 문을 열지 않은 술집에 들어갔을 가능성도 있다. 어디서 시간을 때우는 편이 나을 것 같았다.

"아직 시간이 너무 이른 것 같군. 식사를 먼저 할까?"

"……예." 식욕은 없어 보였지만 가오루는 순순히 고개를 끄덕였다.

사누키 우동이라고 적힌 간판을 발견하고, 우동이라면 가오루도 먹을 수 있지 않을까 싶어 그 가게로 들어갔다. 깔끔하고 밝은 우동집이었지만 아직 이 부근은 붐빌 시간이 아니어서인지 손님은 적었다. 4인용 테이블에 앉아 주문을 마치자 히구치 옆에 키가 큰 중년 남자가 슬쩍 앉았다. 흠칫 놀라 얼굴을 보니 어디서 본 얼굴이기는 한데 이름은 기억나지 않았다.

"잊으셨습니까?" 남자는 씩 웃으며 명함을 내밀었다. 히구치와 가오루 앞 테이블에 한 장씩 놓았다. '오피스 EYES'라는 글자가 적힌 눈 모양을 한 마크가 있었다. 그리고 그 아래는 '우리는 잠들지 않습니다'라는 글귀. 대체 무슨 농담인가 싶어 히구치는 의아했다.

명함에 적힌 이름은 사이토 노부오(齋藤信雄). 타블로이드 신문 기자였다. 시마키 도시코와 히구치의 관계를 알자마자 제일 먼저 전화를 걸었던 그 남자다. 삐쩍 말랐지만 예전에는 살이 더 있지 않았나 하는 생각이 들었다.

하필이면 이런 데서 이 녀석과 만나다니. 히구치는 재수 없다는 생각이 들었다. 부디 가오루에 대해 모르기를 바랐지만 그것도 턱없는 희망사항이었다. 피해자의 유족 얼굴을 모를 리가 없다.

"이쪽 분은 시마키 가오루 씨군요. 분위기가 너무 바뀌어 놀랐습니다. 언니인 줄 알았어요. 히구치 씨가 언니와 친했던 건 알지만 동생과도 알고 지내다니 의외입니다."

다른 녀석이 이런 소리를 했다면 발끈해서 한 대 팼을지도 모르지만 상냥하게 웃으며 이야기하는 표정을 보니 그럭저럭 분노를 억누를 수 있었다.

"······미안하지만 보시다시피 우린 식사하려는 중일세. 방해하지 말았으면 좋겠군."

"방해할 생각은 없습니다. 다만 좀 이상하다는 생각이 드는군요. 살인사건 피해자의 지인과 피해자 동생이 대학 교수에게 무슨 볼일이 있었을까 하는."

가오루가 숨을 들이키는 소리가 들렸다. 히구치는 바로 대학에서부터 뒤따라왔다는 걸 깨달았다. 그때 느낀 시선의 정체는 이 녀석이었다. 현역 시절이라면 더 주의 깊게 행동해 뒤따른다는 걸 눈치챘겠지. 그런데 누군가의 시선을 느끼면서도 그 감을 무시했다. 왜지? 왜 내 감각을 믿지 않았던 거지?

"주문은?" 중년 여점원이 사이토에게 물었다.

"덴푸라 우동…… 1,500엔? 취소. ……기쓰네가 낫겠군. 기쓰네 우동."

"예, 기쓰네 한 그릇!"

점원이 가자 사이토는 다시 히구치를 보며 싱긋 웃었다.

"요즘 시정이 형편없습니다. 주머니 사정이."

"……공갈을 치겠다는 건가?"

사이토는 목소리를 높여 웃었다.

"공갈? 공갈당할 일을 하셨습니까? 저는 그냥 두 분을 우연히 마주쳐 인사를 드렸을 뿐이지 않습니까? 히구치 씨도 밖에서 아는 사람을 만나면 어디 가시느냐고 물을 텐데요. 장 보러 가십니까, 여행 가십니까, 어디 가십니까, 하며."

"그걸 묻기 위해 여기까지 뒤를 밟은 건가? 기자치고는 무지하게 한가한 모양이군."

"기자라고 해봤자 저는 프리랜서 기자니까요. 관심 있는 사건을 따라다닐 정도의 자유는 있습니다."

"……남의 프라이버시를 폭로하는 자유 말인가?" 히구치는 점점 화를 참기 힘들어졌다. 두들겨 패서는 안 된다. 그야말로 돌이킬 수 없게 된다.

"거참. 저는 두 분의 적이 아닙니다. 저는 시마키 씨를 죽인 범인이 얼른 잡히기를 바랍니다. 사건에 진전이 없으면 쓸 것도 없으니까요. 다케다 교수는 입이 상당히 가볍기 때문에 뭔가 이야기를 들을 수 있을 거라고 생각하신 거죠? 저도 마찬가지입니다. 거기서 두 분을 본 거죠. 묘한 조합이더군요. 시마키 씨의 친척을 만나 뵈었는데 히구치 씨에 대해서는 이야기하고 싶지 않은 것 같았죠. 장례식에도 오시지 않았죠. 두 분이 서로 아는 사이일 줄은 몰랐습니다."

먼저 주문한 히구치와 가오루의 우동이 나오자 사이토는 잠시 입을 다물었다. 히구치는 젓가락을 들고 사이토를 무시한 채 먹기 시작했다. 맛은 전혀 알 수 없었다. 미각을 잃은 모양이었다.

"아, 식기 전에 드세요. 가오루 씨도 먼저 드십시오. 다케다 교수도 히구치 전 경부님에겐 삼류신문기자에게는 이야기하지 않을 이런저런 말씀을 해주셨겠죠?"

"작작해!" 히구치는 결국 큰소리를 지르고 말았다. 점원과 손님들이 이쪽 테이블을 바라보았다. 히구치가 돌아보자 그들은 고개를 돌렸다.

그는 목소리를 낮춰 말을 이었다.

"대체 원하는 게 뭔가. 확실하게 이야기해."

사이토는 큰 눈을 작게 뜨고, 얼굴에서 웃음을 지우더니 완전히 무표정해졌다.

"그럼 말씀드리죠. 두 분은 뭔가 조사하고 계신 것 같군요. 정신감정 전문가를 만나고, 시마키 씨가 범인을 만난 곳으로 여겨지는 롯폰기에 왔습니다. 설마 범인을 잡으려고까지 생각하시는 건 아닐 테지만."

"그럴 생각이네." 히구치가 말을 가로챘다.

사이토의 눈이 다시 휘둥그레졌다.

"뭐라고요?"

"그럴 생각이라고 했네. 가능하다면 범인을 밝혀낼 작정이
야." 히구치는 도전적인 눈으로 기자를 쏘아보았다.

사이토는 몇 번이나 고개를 끄덕이며 말했다.

"그러십니까? 그렇다면 이야기는 간단하죠. 저도 끼워주십
시오. 이게 제 부탁입니다. 일손은 한 명이라도 더 있는 편이
낫지 않겠습니까?"

2
2월~3월 · 미노루

미노루는 엄마의 태도가 이상하다고 생각하기 시작했다. 요
즘 보는 시선이 묘하다. 그 시선이 느껴져 쳐다보면 얼른 고
개를 돌린다. 마치…… 마치 뭔가 켕기는 일이라도 있는 사
람처럼.

설마. 그럴 리가 없지. 절대로. 엄마가…… 내가 무얼 하는
지 눈치챘을 리는.

눈치챘을 리가 없다. 그녀와—그녀들과 사랑을 할 때는 반

드시 집에 아무도 없다는 것을 확인했다. 비디오테이프는 늘 들고 다니는 가방에 들어 있다. 공연한 걱정이다. 내 태도가 이상하게 보이는 게 틀림없다. 그걸 엄마는 수상하게 여겨 쳐다보는 거다. 아무렇지도 않게 보여야 한다. 예전과 다름없는 태도를 보여야 한다.

2월 말이 되자 미노루는 당연하다는 듯이 거리로 나갔다. 사랑이 필요했다. 사랑이 없으면 그는 바싹 말라 주름투성이 노인이 되어버린다. 그녀의…… 그녀들의 유방이 그렇게 된 것처럼.

나는 그 여자들로부터 사랑을 흡수해서 더 나은 인간으로 다시 태어나는 게 틀림없다. 에토 사치코를 사랑하기 전의 나를 떠올려보라. 얼마나 보잘것없는 인간이었던가. 물론 그 뒤에도 한때 침울했던 적은 있지만 그건 말하자면 다음 단계로 나아가기 위한 발판 같은 것이었다. 사랑이 얼마나 훌륭한지 안 뒤에는 보다 깊이 그 사랑의 원천을 탐구할 수 있었다. 그리고 이번에는 생명의 근원도 더듬을 수 있었다.

그러나 아직 끝이 아닌 모양이다. 아직 뭔가 알아야 할 것이 남아 있다. 그래서 사랑이 필요하다.

미노루는 학교에 갈 때나 시내에 나갈 때는 전철을 타고 다녔지만 대학이 방학에 들어가자 이번에는 차를 이용해보기로 했다. 차라면 막차를 신경 쓸 필요도 없고, 행동반경도 넓어지기 때문에 경찰을 혼란스럽게 만들 수도 있다. 오쿠보 기요시*처럼 차 안에서 죽여 산속에 묻어버리는 방법도 있다.

아니, 그런 방법은 쓰지 말자. 미노루는 생각을 고쳤다. 단순한 섹스 목적의 살인자로 보여서는 안 된다. 나는 변태가 아니니까. 나는 그저 진실에 눈을 떴을 뿐이다. 그런 놈들과는 다르다.

미노루는 밤이 되자 드라이브하고 오겠다며 차를 몰고 신주쿠 부근을 천천히 달렸다. 야스쿠니 거리를 지나 소토보리 거리에서 우회전하여 긴자로 향했다. 아자부, 롯폰기를 거쳐 정확하게 황궁을 한 바퀴 돌았다. 여기저기 패밀리 레스토랑 같은 곳에 들어가 시간을 죽이면서 여자들을 골랐다.

물론 이런 곳에 그럴듯한 여자가 있으리라고는 생각도 하지 않고, 차를 끌고 오는 여자를 꼬드겨봐야 소용이 없다.

도쿄는 잠들지 않지만 전철은 아랑곳하지 않고 잠이 든다. 그때부터가 진짜다.

긴자에서나 롯폰기에서나 신주쿠에서나 택시를 잡으려는 사람들은 한눈에 알 수 있다. 움직이는 차들을 열심히 바라보다 이따금 택시를 향해 손을 들고는 빈 차가 아니면 실망한 듯이 손을 내린다. 여자 혼자인 경우는 드물지만 전혀 없지는

* 大久保淸, 1935~1976. 1971년 3월 3일 강간치상으로 교도소 복역을 마친 후 다시 체포된 그해 5월까지 최신형 스포츠카를 타고 다니며 10여 명의 여성과 관계를 갖고, 그 가운데 8명을 살해하여 시체를 유기했다. 1976년 1월 사형이 집행되었다.

않다. 미노루는 그런 여자들을 발견하면 차를 보도에 붙이고 그 여자들을 바라보았다. 개중에는 약간 마음이 끌리는 여자도 없지 않았다.

하지만 결국 첫날은 아무에게도 말을 걸지 않았다. 성급하게 하찮은 여자를 태워 불쾌해지기 싫었다. 지금까지 사랑한 여자들과의 추억을 더럽히게 되면 그녀들에게 면목이 없다. 그녀들보다 나으면 나았지 뒤지지 않는 최고의 여자를 사랑해야 한다.

이틀째는 긴자에서 발견한 여자에게 마음을 굳히고 말을 걸어보았다. 조수석 창문을 내리고 천천히 인도로 붙이면서 "태워줄까?" 하고 물었다. 여자는 무시하듯 그의 차를 내려다보기만 하고 아무 대답도 하지 않았다.

어두운 차 안에서는 웃는 얼굴의 위력도 효과가 없다. 저런 여자들은 차로 남자를 판단할 테니, 이런 국산차로는 소용없을지도 모른다.

어쨌든 그런 여자는 내가 사양한다. 장소를 옮기는 편이 낫겠다.

그렇게 3월이 되었다. 매일 밤 나가면 수상하게 여길까봐 식구들과 함께 텔레비전을 보기도 했지만 하룻밤 만에 지겨워졌다. 지적인 대화가 오가는 것도 아니고, 바보처럼 텔레비전 화면을 바라보는 사람들과 함께 있는 것은 역시 견디기 힘든 노릇이었다.

엄마는 히나 인형을 즐거운 듯이 부쓰마*에 진열했다. 아이는 싫지만은 않은 표정을 지었다. 대학생이나 되었는데 무슨 히나마쓰리람. 한심하긴. 정말 한심하다.

미노루는 다시 밤 드라이브를 나가기로 했다.

그리고 3일 심야. 그녀가 있었다. 미노루는 멀리서 보고도 한눈에 알아보았다. 그녀야말로 자기에게 사랑받아야 할 존재라는 사실을.

신주쿠, 야스쿠니 거리의 택시 승강장에 늘어선 무시무시하게 긴 줄. 그 끄트머리에 그녀가 서 있었다. 앞에 서 있는 샐러리맨 그룹과는 약간 거리를 두고 서 있는 걸로 보아 혼자임이 분명했다.

미노루와 마찬가지로 택시를 기다리는 여자들에게 말을 걸려고 다가가는 차가 있었다. 빨간 페어레디**였다. 안에는 아마 남자 두 명이 있는 모양이었다. 둘이 나란히 서 있는 젊은 아가씨들에게 말을 걸었지만 여자들은 상대도 하지 않았다. 녀석들은 분풀이라도 하듯이 요란한 엔진 소리를 내며 가버렸다.

미노루는 그녀 옆을 조금 지나친 곳에서 담배 자판기를 발견했다. 아이디어가 떠올랐다. 차를 세우고 자동판매기로 다가가 뒷주머니에서 지갑을 꺼냈다. 그리고 큰 소리로 혀를 차

* 불상이나 위패를 모시는 방.
** 닛산자동차에서 만드는 스포츠카.

며 주위를 둘러보고 나서 마음을 굳힌 듯이 그녀에게 다가갔다.

"……죄송합니다. 만 엔짜리 바꿔주실 수 있겠습니까?"

그녀는 놀란 듯이 뒤를 돌아보더니 손바닥을 내보이며 좌우로 흔들었다. 말하기조차 꺼리는 모양이었다. 그는 자기가 사람을 잘못 보지 않았다는 걸 확인했다. 목 아래 드러난 그녀의 가슴은 지금까지 만난 어느 여자보다 매혹적이었다. 스물네다섯쯤 되었을까. 약간 취한 모양인지 눈언저리가 빨갛다.

미노루는 그녀의 가슴께에서 시선을 거두고, 웃으며 말했다.

"없습니까? ……모자라도 괜찮으니 천 엔짜리 지폐가 있으면 좋겠는데."

그녀는 불안한 듯이 앞에 선 샐러리맨들을 바라보았지만 그들은 모르는 척 자기들끼리 이야기를 계속했다.

그녀는 백 안에 있는 지갑을 뒤지더니 말했다.

"……천 엔짜리가 있기는 하지만."

"천 엔? ……그럼, 좋아요. 이것하고 바꾸지 않겠어요?"
지갑 안에서 꺼낸 만 엔짜리 지폐를 그녀에게 내밀며 말했다.

"예? 그렇지만……."

"아, 위조지폐는 아닐 겁니다. 괜찮아요. 은문(隱紋)도 있습니다, 여기."

꺼낸 지폐를 그녀 앞에 들어 보였다.

그녀가 킥 웃었다. 그가 안심할 수 있는 남자라는 사실을 이해한 모양이었다.

"아뇨, 그게 아니라. 만 엔하고 천 엔을 바꾸는 건 아무리 그래도……."

"그렇다면 괜찮아요. 담배를 너무 피우고 싶어서."

"……그럼 그냥 드릴게요. 자." 그녀는 천 엔짜리를 그에게 내밀려 했다.

"그럴 수는 없지. 그건…… 아." 미노루는 짐짓 소리를 질렀다.

그녀는 의아한 듯이 그를 쳐다보았다.

"……택시 잡을 건가?"

"예…… 뭐." 그녀는 힐끔 긴 줄을 돌아보았다.

"어디까지?"

"……미타카까지 가는데요."

"미타카라. ……그럼 이렇게 하지. 내가 차로 그쪽에 가는 중이니 태워드리지. 그 대신 담배를 사주지 않겠어? ……잠깐, 법에 저촉되는 건가?"

그녀는 입술을 깨물고 진지하게 그 제안을 생각하는 모양이었다. 됐다. 조금만 밀어붙이면 그녀는 넘어온다.

"뭐 담뱃값쯤은 봐주겠지. 미타카까지 택시로 가면 3천 엔쯤 나올 테고."

그녀는 또 앞에 늘어선 손님들을 돌아보았다. 다시 그를 바라보았을 때, 그녀는 이미 마음을 굳힌 것 같았다.

"차, 어디 있어요?"

"저거야."

미노루가 앞장서서 걷자 그녀는 묘한 걸음걸이로 뒤를 따라왔다.

그의 코롤라를 보고 그녀는 더욱 안심한 모양이었다. 여자를 낚기 위해 이런 차를 끌고 다니는 남자는 없을 거라고 생각했는지도 모른다.

"이름은?" 불쑥 그녀가 물었다.

"응?"

"담배 이름요. 제가 사올게요."

미노루는 당황했다. 담배 사는 걸 깜빡 잊었기 때문이다.

"마일드…… 마일드세븐."

순간 그녀는 의아하다는 듯이 미노루를 쳐다보았지만 뛰듯이 자동판매기로 가더니 천 엔짜리 지폐를 밀어 넣어 담배를 사 가지고 돌아왔다. 미노루는 담배를 받아 들고 정중하게 조수석 문을 열어 그녀를 태웠다.

운전석에 앉아 문을 닫기 전에 미노루는 룸 라이트 불빛으로 빤히 그녀를 바라보았다.

"놀랍군."

"……뭐가요?"

"……아니, 그냥……." 미노루는 문을 닫자 핸드브레이크를 내리고 천천히 액셀러레이터를 밟았다.

"뭐가요? 신경 쓰이잖아요."

미노루는 뜸을 들이다, 말하기 난처하다는 듯이 대답했다.

"좀 전에는 이렇게 예쁜 분인 줄 몰랐으니까."

"……어머."

부끄러운 듯이 얼굴을 가렸다. 잠깐의 침묵이 미노루는 즐거웠다.

"음악 틀까? 어떤 음악 좋아해?" 미노루는 대답을 기다리지 않고, 카스테레오에 꽂혀 있던 테이프를 밀어 넣었다. 그 노래가 흐른다. 좁은 공간에 투명한 노랫소리가 가득 찼다.

"뭐든. 유밍*이라거나 안리**라거나……. 이거 오카무라 다카코인가요? 이런 노래도 좋아해요."

그녀는 긴장이 풀린 듯이 시트에 기대어 창밖을 바라보면서 입술을 움직였다. 그녀도 이 노래를 안다. 훌륭하다. 이 여자야말로 최고의 여성일지도 모른다.

"……난 가모우. 가모우 미노루. 아가씨?"

"마키."

성을 대지 않고 이름만 가르쳐준 것이 미노루에게는 친근하게 느껴졌다. 그 말은 마치 오늘 밤만이야라고 말하는 것처

---

* 싱어 송 라이터 가수인 마쓰토야 유미의 애칭.
** 杏理. 1961~. 가수, 싱어 송 라이터.

럼 들렸다.

물론, 그럴 생각이야. 오늘 밤만이지. 우리가 서로 사랑할 수 있는 건.

"오늘은 왜 이리 늦었지?" 미노루가 물었다.

마키는 잠시 대답하지 않았다.

"아냐, 별로 캐물을 생각은……."

미노루의 말을 가로막으며 그녀가 입을 열었다.

"결혼하려고 퇴직하는 친구 송별회를 했어요. 3차까지 따라갔죠. 마지막 전철을 놓치지 않을 시간에 나오기는 했는데 계단에서 구두 굽이 부러져서." 그렇게 말하며 주머니에서 화장지에 싼 구두 굽을 꺼내 보였다. 걸음걸이가 이상했던 이유를 그제야 알았다.

"재수 없게."

"이런 안됐군. 하지만 내겐 행운인지도 모르겠네. 잠깐이라도 이런 미인과 드라이브를 할 수 있다니."

미노루는 진심으로 한 말이었지만 그녀는 그렇게 받아들이지 않았던 모양이다.

"입에 침도 안 바르시고."

"입에 침? 거짓말 아니야. 만약에 괜찮다면 드라이브 더 하고 싶은걸……. 늦으면 부모님들이 걱정하시겠지?"

"……전 혼자 사는걸요."

차는 어느새 도쿄의 상징이 되어버린 느낌이 드는 도쿄도

청 옆을 지났다.

"그럼, OK라는 이야기? 드라이브 더 할래?"

그녀는 밖을 내다보며 잠시 대답이 없었다. 그의 의도를 감지한 걸까? 처음부터 그녀를 노리고 접근한 거라는 사실을 눈치채고 만 걸까?

"내일 회사에 일찍 가야 하나?" 미노루가 다시 물었다.

그녀는 쳐다보지도 않고 중얼거렸다.

"……회사, 가고 싶지 않아."

미노루는 속으로 쾌재를 부르며 핸들을 꺾어 차를 수도고속도로로 몰았다. 그녀도 그걸 아는 듯했지만 뭐라 하지는 않았다.

"그럼 어디라면 가고 싶어?"

대답이 없었다.

티켓을 받아 들고 입구를 통과한 뒤에, 그녀가 미노루 쪽을 향해 툭 내뱉었다.

"요코하마."

미노루는 고개를 크게 끄덕이고, 카스테레오 음량을 올려 아름다운 노랫소리와 쾌락의 예감에 취했다.

　바라보기만 해도 느닷없이 뜨겁게 치미는

　그이도 눈치챈 숨길 수 없는 마음

숨기려 해도 표정에 드러나고 말아*—이런 옛 시를 떠올리며 미노루는 킥 웃었다. 이 아가씨는 내 마음을 눈치챈 걸까?

그날 밤, 그는 아침까지 그녀와 사랑을 나누고, 일부를 가지고 돌아왔다. 지금까지 가장 길고, 그만큼 충실했던 하룻밤이었다.

3
3월 · 마사코

3월 10일. 어제까지 추웠던 날씨가 거짓말처럼 따스해졌다. 스웨터를 입으면 땀이 날 지경이었지만 마사코는 참고 벗지 않았다.

마당의 매화 향기가 현관 안까지 풍겨왔다. 여느 때 같으면 기분도 화창해질 테지만 도저히 그럴 상태가 아니었다.

오후에 경찰이 찾아왔다. 형사가 아니라 제복을 입은 파출소 경찰이었지만 단순한 순찰이 아니라는 사실은 바로 알 수 있었다.

"간단한 조사에 협력해주십시오. ……흰색 코롤라를 갖고

---

* 헤이안 시대에 활동한 시인 다이라노 가네모리(平兼盛, ?~991)가 지은 사랑의 시. 《햐쿠닌잇슈(百人一首)》에 실려 있다.

계시죠?" 경찰이 현관에서 대뜸 그렇게 말했다.

마사코는 몸이 휘청거리는 것을 느껴 벽을 손으로 짚어야만 했다.

역시. 그 사건이다. 그 사건에서 범인이 이용한 차는 세단이라는 차가 아니라, 우리 차와 똑같은 코롤라였다. 어쩌지. 어쩌지.

"가모우 씨 댁이죠? 차고에 있는 차, 댁의 차 아닌가요?" 경찰의 목소리가 왠지 아득한 곳에서 들려오는 듯했다.

"……아, 아뇨. 예. 우리 찬데요." 마사코는 목소리가 상기되어 더욱 속이 탔다. 이런. 침착해야 해. 상대는 한 명이다. 아직 뭔가를 눈치챈 건 아니고 그냥 차가 있는 집을 샅샅이 조사하는 중이리라. 당황할 일 없다.

"아, 그렇군요. 누가 운전하죠?" 경찰은 왼손에 회람판 같은 것을 들고 끈으로 연결된 연필로 적어 넣으며 질문을 계속했다.

"……남편과 우리 애들이죠. 그렇지만!" 마사코의 목소리가 높아졌다.

"그렇지만?" 경찰은 한쪽 눈썹만 치켜 올리며 그녀를 바라보았다.

"……요즘 상태가 좋지 않은 모양입니다."

"호오. 어떻게요?"

"……잘 모르지만 브레이크 같아요. 이따금 듣지 않는다고." 그럴 수도 있을까, 하는 생각을 하면서도 마사코는 말했다.

"그거 위험하군요. 얼른 수리해야겠네요. 왜 수리하지 않죠?"

왜? 왜일까. 수리하지 않는 이유. 돈이 없어서? 어차피 타지 않으니까? 그렇지 않으면······.

"수리하러 갔었죠. 갔었는데, 또 이상해졌어요. 아무래도 이제 수명이 다 되었을지도 모른다더군요. 아예 차를 바꿀까 하는 생각에."

"수명?" 경찰은 힐끔 회람판을 보았다. "수명이라니, 아직 4년밖에 안 되지 않았습니까? 회사에 항의하는 게 나을지도 모르겠군요. 사고가 난 뒤면 늦습니다."

마사코는 놀라는 표정을 짓지 않으려 애를 썼다. 경찰은 언제 산 차인지도 알고 조사하러 온 거다!

"운전하시는 분이 지금 누가 계십니까?"

"아뇨······. 없습니다." 마사코는 그럴 생각은 없었지만 거짓말을 하고 말았다.

"그러세요? 그럼 그분들 근무처나 학교 이름을 여기 적어 주시겠습니까?"

그렇게 말하며 경찰은 그녀에게 회람판을 건넸다. 남편의 이름, 차 번호와 모델, 색, 그리고 여기 주소가 적혀 있었다. 그 아래 여백 부분에 마사코는 경찰이 시키는 대로 남편의 근무처와 아이들이 다니는 대학 이름을 적어 넣었다. 엉터리로 적어 넣고 싶기도 했지만 여기서 거짓말하면 들통이 날 것 같아 생각을 고쳤다.

"……이렇게 적으면 되나요?"

돌려받은 회람판을 힐끔 보고, 경찰은 눈썹을 찌푸리며 중얼거렸다.

"……도요분카 대학……?"

그 말투에는 마사코의 기억을 쿡쿡 자극하는 것이 있었다. 하지만 그것이 대체 뭔지, 그 정체를 알 수는 없었다. 이상하게도 경찰도 마찬가지 기분인지, "협력해주셔서 대단히 감사합니다"라고 말하며 현관을 나갈 때도 연신 고개를 갸웃거렸다.

대체 뭘까. 저 경찰은 미노루가 다니는 대학 이름을 보고 대체 뭘 느낀 걸까. 그건 내가 느낀 것과 같은 걸까. 그렇다면 그것이 뭔가 사건과 관계가……? 그 때문에 경찰이 미노루를 주목할 수도 있는 걸까? ……알 수 없다.

마사코는 매우 중요한 뭔가를 잊은 기분이 들었다. 그러나 한편으로 그걸 생각해내는 것은 자기의, 그리고 가정의 파멸과 연결되리라는 예감이 들어 기억을 떠올리지 않는 편이 나을 것 같은 기분도 들었다.

무시무시한 파멸의 예감. 마사코는 이 평화롭고 행복한 가정에 그런 것이 찾아올 리가 없다고 믿었지만 도저히 그런 예감을 뇌리에서 씻어낼 수는 없었다.

계속 머릿속으로만 고민해야 소용없다는 생각이 들었다. 확인해봐야 한다. 그 애에게 직접 확인하고, 혹시 정말로…… 혹시 정말로 그 애의 마음이 병들어 있다면……. 마사코는 고개를 돌려 아들 방 쪽을 바라보며 입술을 깨물었다.

아니, 모든 게 내 망상에 불과하다는 사실이 밝혀지리라. 요즘 보인 이상한 태도나 피 묻은 비닐봉투 문제도 모두 설명되겠지.

그녀는 닫힌 문 앞에 서서 잠시 망설인 뒤에 노크했다.

평소 같으면 대답을 할 텐데 그러지 않고, 안에서 후다닥 뭔가를 치우는 소리가 들려왔다.

"안에 있니?" 마사코는 잠금장치가 걸려 있을 거라고 생각하면서도 손잡이에 손을 얹었다. 하지만 의외로 잠겨 있지는 않았다. 문은 스스로의 의지이기라도 한 듯이 안쪽으로 쑥 열렸다.

"들어오지 마!" 공포와 분노에 찬 목소리가 막 방으로 들어서려는 마사코의 귓전을 때렸다. 아니다, 이건 그 애가 아니다. 착한 그 애가 내게 이렇게 고함을 지른 일은 지금까지 한 번도 없었다.

아들은 침대에 걸터앉아 비디오카메라를 들고 그걸 숨기려는 듯이 두 손으로 가렸다. 카메라에서는 코드가 뻗어 나와 커다란 텔레비전 앞쪽에 연결되어 있고, 텔레비전 화면 구석에는 '외부2'라고 하는 표시가 적혀 있었다. 기계에 대해서는 잘 모르는 마사코라도 그가 8밀리미터 비디오를 본다는 사실쯤은 안다. 지금 아들은 당황해서 그 스위치를 껐다.

8밀리미터 비디오. 마사코의 뇌리를 살인 현장에 남겨져 있었다는 비디오테이프의 셀로판지가 스쳐 갔다. 관계없다. 아무 관계없다.

"······비디오, 봤니? 저기······."

"나가!" 창백한 얼굴에 부들부들 떨리는 입술에서 나온 아들의 말에 마사코는 머리에서 피가 사라지는 느낌이 들었다. 뭔가 말하려고 입을 열었지만 뭐라 해야 좋을지 알 수 없었다.

"나가라니까!"

벌떡 일어선 아들에게 거칠게 떠밀려 마사코는 복도로 밀려 나가 벽에 뒤통수를 세게 부딪쳤다.

그 아픔보다 자식이 자기에게 폭력을 휘둘렀다는 사실이 훨씬 더 큰 쇼크였다. 지금까지 한 번도 부모에게 난폭한 짓을 한 적이 없는 아이였는데. 학교에서도 착하고 점잖은 아이라고 선생님도 칭찬했는데. 그런데, 어째서······.

뒤통수를 만지며 일어섰을 때, 눈앞에서 문이 쾅, 하고 닫혔다. 마사코에게는 그 소리가 마치 어미와 자식을 잇는 마지막 끈이 끊어지는 소리처럼 들렸다.

9장

닉스는 그 누구와도 잠자리를
같이 하지 않았지만 증오에 찬 모로스*와
어두운 케레스**, 그리고 타나토스를 낳았다.
여신은 또 히프노스와 오네이로스 족***을
낳았으며 이어서 모모스****와 고통에 찬
오이지스*****가 밤의 여신
닉스에게서 태어났다.

3월 · 히구치

기쓰네 우동 국물을 후후 불며 마시면서도 사이토는 말을 멈추지 않았다.

"나쁜 제안은 아니죠? 그쪽에서 OK를 하기 전에는 기사도 쓰지 않을 겁니다. 다만 물론 그쪽에서 얻은 정보는 절대 다른 신문사 기자에겐 주지 말 것. 어떻습니까? 이렇게 하면 일

* Moros, 운명의 신. 모로스는 밤의 신 닉스가 낳은 자식이며 케레스, 타나토스와 형제간이다. 이들 셋은 '죽음'을 의미하는 서로 다른 모습들이다.
** Keres, 죽음의 여신. 복수로 취급되는 일이 많다.
*** Oneirus, 꿈의 정령들. 오네이로스의 계보는 문헌마다 차이가 있다. 닉스의 자식들이라고도 하고 가이아의 자식들로 본 문헌도 있다.
**** Momus, 비난, 폄훼의 신. 나쁜 마음을 품고 남을 조롱하며 헐뜯는 짓이 의인화된 신이다. '비난하다, 조롱하다'라는 그리스어에서 비롯된 이름이라고 한다.
***** Oizys, 걱정, 불안, 고뇌의 여신.

손이 하나 늘어나는 겁니다. 어떤 조사를 하실 생각인지는 몰라도 단둘이 할 수 있는 일은 한계가 있을 거 아닙니까."

히구치는 그를 바라보면서 말없이 머리를 굴렸다.

확실히 사이토 말대로라면 나쁘지 않은 제안이다. 다만 이 녀석이 약속을 지킬 거라는 보증은 어디에도 없다. OK가 날 때까지 기사를 쓰지 않겠다는 말은 절대로 믿을 수 없다. 하지만 만약에 거절하면, 대체 어떻게 될까.

"……자네 말이 맞을지도 모르지. 사실 우리는……."

"히구치 씨." 우동에는 손을 대지 않고 가만히 두 사람의 대화를 듣던 가오루가 불쑥 입을 열었다.

"뭐지?"

"제 걱정은 하지 마세요."

"무슨 이야긴가?" 히구치는 정말로 무슨 이야기인지 알 수 없었다.

"……이 사람이 우리 이야기를 기사로 쓰거나 하면 제가 괴로워할지도 모른다는 생각에 이 사람이 하자는 대로 하실 필요는……."

그런 생각은 하지도 못한 스스로에게 화가 났다. 역시 나는 남을 배려할 줄 아는 인간이 아니다. 그녀가 어떻게 느낄지는 생각도 해보지 않았다. 언제나 내 생각뿐. 내 문제를 생각하는 것만 해도 버겁다. 이 죽지도 못한 늙은이가.

히구치가 말했다.

"우리 기사 같은 건 쓰게 하지 않을 거야. 걱정하지 않아도 돼. 우리에게도 메리트가 있다는 생각이 들어서, 서로 얼마만큼은 양보할 수 있겠다고 생각했을 뿐이지. 사이토 군."

"예." 불쑥 군이라고 불렀기 때문인지 기자는 자세를 바로 잡았다.

"자네는 경찰보다 우리 두 사람한테서 얻을 게 많다고 생각하는 건 아닐 테지?"

"……솔직히 이야기해서 그렇게 생각하지는 않습니다. 두 분이 정말로 범인을 찾아낼 수 있을 거라는 기대는 특별히 하지 않습니다. 하지만 지금 이 사실을 아는 사람은 저뿐입니다. 다른 신문 녀석들의 뒤를 따라다녀봤자 똑같은 정보만 손에 들어올 뿐이죠. 그보다는 실패하더라도 다른 각도에서 접근해보는 게 낫죠.

지금 두 분의 사진을 찍어 전직 형사와 피해자의 여동생, 살인 현장에서 밀회!라는 식으로 제목을 붙이면 그것만으로도 잠깐 심심풀이 기사는 될 거라는 사실도 압니다. 하지만 그것만으로는 재미없죠. 그런 건 진저리가 납니다. 만약 앞으로 뭔가 더 나온다면 거기까지 따라가보고 싶습니다. 기사 한 방으로 끝내기는 아까운 소재 아닙니까. 그런 생각을 했을 뿐입니다."

사이토만큼 나이가 든 기자는 그런 식으로 느낄지도 모른다. 그가 자기 마음을 솔직하게 털어놓는다는 믿음이 들었다.

"자네 이야기는 알겠네. 우선 이쪽 조건을 이야기해두지. 첫째, 무슨 일이 있어도 내 이름을 내지 말 것. 가오루 씨와 자네가 움직인 걸로 하면 기사를 쓸 수 있을 테니 그건 문제가 없을 걸세."

"두 사람의 밀회 이상으로 기사 가치가 있는 내용이 나온다면 좋겠지만……. 아, 알겠습니다. 그 문제는 받아들이겠습니다." 사이토는 고개를 끄덕이고 다음 이야기를 재촉하듯이 히구치를 보았다.

"둘째, 자네가 얻은 정보는 모두 이쪽에 제공할 것."

"바라는 바입니다. 그쪽도 마찬가지 조건이라면."

"……셋째, 이쪽은 모든 정보를 그쪽에게 전달할 필요는 없다."

예상대로 사이토는 깜짝 놀란 표정을 지었다.

"그건 아니지 않습니까? OK가 나올 때까지 기사는 쓰지 않겠다고 했으니 상관없는 일 아닌가요?"

"기사로 쓰지 않을 거라면 알 필요도 없겠지. 가르쳐줘도 상관없다는 판단이 서면 그때 알려주겠네."

사이토는 불만스러운 표정이었지만 여기서 옥신각신해봐야 별수 없다고 판단한 모양이었다.

그러나 이 조건은 굳이 이야기하자면 히구치의 양심 이외에는 아무것도 아니었다. 모두 다 가르쳐주는 척하는 것은 간단하기 때문이다. 숨기는 경우도 있을 거라고 미리 솔직하게 선언했을 뿐이다. 부디 이만한 양심이 사이토에게도 있기를 바랐다.

"알겠습니다. 그럼 우선 서로 정보를 교환할까요? 그쪽은 아마 다케다 교수로부터 제가 모르는 이야기를 들으셨겠죠. 한편 저는 경찰 쪽에서 나온 최신 정보가 있습니다. 히구치 씨는 경찰청 OB이니 혹시 그런 정보도 이미 입수하신 건가요?"

그의 말은 마치 히구치가 아직 그런 정보는 손에 넣지 못했다는 사실을 안다는 투로 들렸다.

이 녀석이 설마 내내 나를 감시했던 것은 아니겠지?

히구치는 그런 의심마저 들었다.

"미안하지만 다케다 교수는 상대가 나라서 마음 놓고 이야기를 했네. 그걸 함부로 언론에 흘릴 수 없다는 것쯤은 알겠지?"

"갑자기 묵비권을 행사하시는 겁니까? 어차피 과거의 범죄자 사례를 들먹이며 강의를 했겠죠. 그렇게 연막 치실 것 없지 않습니까? 그리고 저는 이 이야기를 당장 기사로 쓸 생각은 없습니다. 그렇지, 가능하다면 한 권의 책으로 만들고 싶습니다. 설사 범인이 체포되지 않더라도 말이죠. 그래서 히구치 씨나 다케다 교수나 이의를 제기한다면 그 부분에 관해서는 언제든 수정에 응할 생각입니다."

책. 히구치가 다케다 교수에게 써먹었던 것과 같은 설명이다. 히구치는 그냥 둘러댄 말이었는데, 이 남자는 어떨까? 믿어도 괜찮을까?

"믿어주세요. 절대 쓰지 않겠다고 약속하고 들은 이야기는 한 번도 기사로 쓴 적이 없지 않습니까?"

그랬었나? 기자들과의 거래가 많아 별로 친하지 않은 기자에 대해서는 전혀 기억이 나지 않았다.

"……그보다 자네는 우리가 대체 무엇을 하려는 건지 아나?"

"무엇을, 이라니……. 앞으로 언니의 행적을 더듬을 거 아닌가요?"

"그건 물론 그럴 작정일세. 하지만 경찰은 더 조직적으로 철저하게 하겠지. 우리가 그보다 더 잘할 수는 없네. 새를 잡을 때 함정을 만들지 않나? 먹이를 뿌리고 줄이 달린 막대기를 세워 소쿠리를 얹은 다음 당기는 함정 말이야."

"……코미디 프로그램에 나오는 그 멍청한 방법 말입니까?"

사이토의 말이 의외로 핵심을 찌른다는 생각이 들었다.

"그렇지. 그 방법. 우리가 하려는 건 그거야. 좀 전에 자네도 가오루 씨를 보고 언니로 착각했겠지. 가오루 씨는 일부러 머리카락을 자르고 언니 옷을 입었으니까 말이야. 무엇 때문에 그러는 거라고 생각하나?"

기자는 눈을 동그랗게 뜨고 가오루를 바라보았다.

"이 아가씨가…… 미끼?"

"그렇지. 나하고 자네는 일단 막대기에 연결된 끈의 끄트머리를 쥐고 숨어서 기다리는 아이들이 되는 거라고나 할까? 가오루 씨가 낸 아이디어일세. 이게 잘될 가능성이 거의 없다는 것 정도는 우리도 알아. 하지만 하지 않을 수 없는 걸세. 자네 심정과 마찬가지일지도 몰라."

기분 탓인지 몰라도, 가오루를 보는 사이토의 눈에 동정의 빛이 더 짙어진 것처럼 보였다. 그녀의 마음속에 있는 동기까지 들여다본 걸까? 그렇게까지 날카로운 남자라고는 생각이 되지 않는데.

"어떤가? 어처구니없나? 거래를 취소할까?"

히구치는 도발하듯 말했지만 사이토는 대답이 없었다. 그는 가오루를 바라보며 뭔가를 생각하는 모양이었다. 가오루와 도시코가 얼마나 닮았는지, 그걸 다시 확인하는 걸까?

"……괜찮을지도, 모르겠군요. 아니 괜찮습니다. 가능성이 있습니다. 이 아가씨……. 가오루 씨는 확실히 언니와 닮기는 했습니다. 그러나 잘 보면 동일인물이 아니라는 건 바로 알 수 있습니다. 그게 오히려 더 좋을 것 같군요. 범인이 만약에 가오루 씨를 보면 일단 깜짝 놀라겠죠. 그리고 다가와 자세히 보려 할 겁니다. 다른 사람이라는 걸 금방 알게 되겠죠. 하지만 만약 제가 범인이라면 가오루 씨가 누군지 알고 싶어질 겁니다. 게다가 아마 범인의 취향에 맞는 여성이겠죠. 일단 말을 걸어올 게 틀림없습니다. 분명히 말을 걸 겁니다. 만약에 한 번이라도 가오루 씨를 본다면."

그렇다. 범인이 가오루를 보기만 한다면. 이건 필수조건이지만 이 도쿄에서는 결코 쉽게 충족될 수 있는 조건은 아니었다.

기자는 히구치를 다시 바라보았다.

"그렇지만 단순히 수작을 걸어오는 녀석들과 진짜 범인을 어떻게 구분하죠? 호텔까지 따라가서 살해당하기 직전에 덮치는 겁니까?"

"……아니, 물론 그럴 수야 없지. 가오루 씨에게 말을 거는 녀석들의 주소와 이름을 물어서 나중에 조사하면 돼. 그리고 범인이라면 가오루 씨에 대한 집착은 분명히 정상이 아닐 걸세. 단순히 치근덕거리는 것과는 뚜렷하게 다르지 않을까 생각하는데."

"그럴까요? 그렇게 된다면 좋겠지만……. 그러면 다음 문제가 되는 것은 언니를 비롯해 피해자들이 대체 어디서 범인과 만났느냐, 하는 거로군요. 히구치 씨는 어떻게 생각하십니까?"

히구치는 둘이서 낸 결론을 요약해 사이토에게 말했다. 그는 꼬박꼬박 고개를 끄덕이며 잠자코 이야기를 들었다.

"과연. 역시 전직 경부님이시군요. 세 번째 피해자, 다도코로 마키는 확실히 신주쿠에서 만난 것 같습니다. 그저께 친구의 송별회가 있었던 모양이라 신주쿠에서 술을 한잔한 것은 확실합니다. 수사본부는 지금 목격자를 찾느라 혈안이 되어 있을 겁니다. 혼자 걷다가 범인을 만났다면 목격자가 나오지 않을지도 모르지만 택시 승강장이라면 아마도."

"……동일범으로 확정된 건가?"

"수법이 완전히 똑같으니까요. 가슴과 하복부를 칼로 쨌고, 현장에는 또 비디오테이프 셀로판지가 남아 있었답니다. 지난번에 나온 셀로판지에서 또렷한 지문을 뜰 수 있을 테니 지문 확인은 분명히 가능하겠죠."

"하복부는 어떻게 갈랐다고 하던가?"

"어떻게, 라니……. 갈랐다고 밖에는……." 당혹스러운 듯이 사이토는 대답했다.

그러면 성기를 도려낸 일은 언론에 전혀 알려지지 않았다는 이야기다. 용의자가 자백하거나 했을 때 일반에 발표하지 않은 사실을 안다면 진범일 가능성이 훨씬 높아진다. 그러기 위해 몇 가지 사실을 덮어두는 일은 자주 있다. 아니면 너무나도 쇼킹해서일까? 히구치는 기자에게 가르쳐줄까 어쩔까 망설였다.

결국 이야기해도 상관없겠다는 판단을 내렸다.

"……이건 경찰이 숨기는 일인 것 같으니 기사에 써버리면 그 친구들이 곤란해질 텐데 가오루의 언니 경우에는 그냥 하복부를 가른 건 아닌 모양일세."

"무슨 말씀이신지?"

"……성기와 자궁을 꺼내 간 모양이야."

"꺼내 가? 꺼내 가다니……. 어떻게?" 사이토는 당연한 반응을 보였다.

"하복부를 가르고 끄집어낸 모양일세. 우리도 좀 전에 그 이야기를 듣고 충격을 받았지."

"흐음……. 대체 어떤 심리일까요?"

"다케다 교수는 그게…… 분명히 섹스하기 위한 거라고 하더군." 히구치는 말을 더듬으며 힐끔 가오루를 보았지만 그녀에게서 표정의 변화는 보이지 않았다.

사이토는 쇼크를 받았다기보다 오히려 기뻐하는 듯이 보였다. 살짝 휘파람을 불며, 주먹을 쥐고 손바닥을 쳤다.

"확고한 신념을 지닌 변태로군요. 예상했던 것보다 더 센세이셔널한 사건이 되겠네요……. 아, 괜찮아요, 괜찮습니다. 쓰지 않는다니까요. 아직은 말이에요. 그런데 가오루 씨……. 충격이 컸겠습니다." 그는 의외로 동정심이 가득 담긴 말투로 가오루에게 말을 건넸다.

"……예." 그녀는 눈을 내리깔고 대답했다.

세 사람의 우동은 다 식어 잔뜩 불어 있었다.

"나갈까? 자네는 현장 호텔에도 간 적이 있겠지? 그쪽 방향으로 걸어가볼 생각이었는데."

"셋이 우르르? 그럼 범인이 접근하지 않죠."

"오늘은 답사야. 녀석은 아직 거리에 나오지 않을 걸세. 그리고 만약에 놈이 우연히 가오루 씨를 본다면 다음에 혼자일 때를 노리고 덤벼들겠지."

"알겠습니다. 잠깐 이걸 정리할 테니 기다려주시죠."

그렇게 말하더니 사이토는 불어터진 우동을 후다닥 먹고 국물까지 모두 마셨다.

주머니 사정이 좋지 않다는 건 아무래도 정말인 모양이다.

히구치는 계산을 마치고 엉거주춤 지갑을 꺼내려 하는 사이토에게 말없이 손을 내저었다.

밖으로 나오자 사이토가 말했다.

"이 주변 술집은 물론 샅샅이 탐문수사를 한 모양이던데. 전혀 나온 것이 없었던 모양입니다. 디스코 클럽 같은 데는 일일이 손님 얼굴을 기억할 수도 없을 테고. 뭐 어쩔 수 없겠죠."

"가오루 씨는 언니가 그런 소란스러운 곳에는 가지 않았을 거라고 하는데. 그렇지?"

"예. 경찰에는 이야기하지 않았지만 분명히 여자 혼자서도 안심할 수 있을 만한 술집에 들어가지 않았을까요?"

"그렇군요. 이른바 싱글즈 바 같은 곳은 저도 몇 군데 아니 그런 곳을 들어가볼까요? 범인은 같은 술집을 피할지도 모르고, 술집을 몰라도 녀석과 맞닥뜨릴 가능성은 충분히 있습니다. ……어디 골라서 들어가보겠습니까?"

히구치는 거리를 뚫어지게 바라보면서 잠시 생각했다.

"일단 호텔로 가보세. 거기서부터 더듬어보지. 그날은 눈이 내린 모양이고, 도시코 씨는 상당히 취해 있었던 것 같아. 많이 걷지 않았을 테고, 택시를 탔을 리도 없지. 호텔 근처가 아닐까 하는 생각이 드는군."

"그럼 그렇게 해볼까요?" 사이토는 그렇게 말하더니 앞장서서 걷기 시작했다.

7시가 지나자 거리는 슬슬 어둠의 얼굴을 드러냈다.

2
3월 · 미노루

미노루는 자기가 무척 좋아하는 벽장 안에 있었다. 늘 들어가는 아이들 방의 벽장이 아니라 부모님 침실에 있는 벽장 위 칸에. 이부자리는 하나만 접혀 벽장 안에 있었고 다른 하나는 밖에 있었다. 그는 벽장 안에서 고양이처럼 몸을 웅크리고 오래간만에 엄마 냄새에 싸여 어느새 잠이 들었다. 일요일 점심을 먹고 난 뒤였다.

문득 눈을 떴을 때 그는 자기가 어디에 있는 건지 몰라 패닉 상태에 빠져 어둠을 향해 더듬더듬 손을 내밀었다.

괜찮아. 괜찮아. 여긴 벽장 안이야. 벌써 밤이 된 걸까? 엄마가 어디 갔었느냐고 화내시지 않을까?

그는 살며시 벽장문을 열었다. 그리고 흠칫 그 손길을 멈췄다.

어머니는 깔아둔 요 위에 이불도 덮지 않고 누워서 자는 중이었다. 아직 저녁 식사까지는 시간이 있는지, 미노루처럼 깜빡 잠이 든 모양이었다.

어머니는 두 손을 배 위로 깍지 끼고 똑바로 누워 있었다. 미노루는 얼마 전 텔레비전에서 본 이집트 관이 떠올랐다. 이집트에서는 시체를 언제까지나 썩지 않게 만들 수 있었다는 이야기를 그때 알았다. 그 사람 모양을 본뜬 관 안에는 살아 있는 것처럼 아름다운 여자의 시체가 들어 있을 거라고 믿었다.

미노루는 소리가 나지 않도록 조심스럽게 벽장에서 내려왔다.

서쪽으로 기운 햇살이 창으로 들어와 어머니를 머리에서 발까지 포근하게 감쌌다. 어머니는 성스러울 만큼 아름다웠다. 미노루는 그 아름다움을 표현할 말이 떠오르지 않아 아름다운 어머니를 그저 바라만 보고 있었다. 외출이라도 하고 들어왔는지 화장도 제대로 하고 있었고 손톱의 새빨간 매니큐어가 인상적이었다.

풍만한 가슴이 얇은 스웨터 안에서 호흡에 맞춰 조용히 오르내렸다. 시선을 옮기니 약간 말려 올라간 스커트 자락 아래로 희고 매끈한 다리가 보였다.

심장이 두근두근 심하게 고동치기 시작했다.

어젯밤 보았던 광경이 머리에 떠올라, 미노루는 작은 손을 어머니 쪽으로 뻗었다.

미노루는 문득 주위를 둘러보고, 자기 방이라는 사실, 뭔지 또렷하지는 않은 옛일을 꿈속에서 보았다는 사실을 깨달았다. 어머니와 관련된 일인 기분도 들지만 아마도 별 상관없는 일일 게 틀림없다. 온몸에 식은땀이 흐른 것은 요즘 날씨가 무척 따뜻해졌기 때문이리라. 마키와 보낸 밤을 기록한 비디오는 이미 끝나 되감기는 중이었다. 텔레비전 화면에는 아무것도 비치지 않았다.

아니다. 뭔가 다르다.

그 하룻밤은 분명 멋졌다. 그러나, 그러나……. 이미 그건 단순한 반복에 불과하다는 사실을 깨닫고 말았다. 멋진 사랑의 기록에 의지한, 허망한 마스터베이션이다.

어디서 잘못된 걸까? 나는 어디로 돌아가야 할까? 그 간호사? 아니면 가출한 소녀? 아니면……. 맨 처음 죽인 그 여학생?

몇 차례의 사랑 가운데 대체 어느 게 진짜 중요했던 건지, 미노루는 알 수 없는 상태가 되어 있었다.

그녀들은 왜 내 눈길을 끌었을까? 왜 모두 사라져버린 걸까? 아무리 채워도 메울 길 없는 마음의 틈새는 대체 무엇일까? 제발 누가 가르쳐다오! 그러지 않으면 미쳐버릴 것 같다.

마키의 성기가 썩고 유방이 쭈그러들었을 때, 미노루는 답답하고 괴로워 거리를 헤맸다. 요코하마에서 보낸 하룻밤으로부터 아직 보름도 지나지 않았다. 젊은 여자들이 모이는 곳뿐만 아니라 낯선 거리를 걸어 돌아다니고, 차를 몰았다. 카스테레오에서 흘러나오는 투명한 노랫소리만이 그에게 용기를 불어넣어주었다.

언젠가는 모두 여행을 떠나
서로 다른 길을 걸어갈 거야

꿈을 포기하지 마……

그녀의 멋진 노래만은 변함이 없었다. 모든 사랑을 믿을 수 없게 될 것 같다가도, 그녀의 목소리만 들으면 다시 해보자는 의욕이 솟았다.

다시 한 번만. 그게 단순한 반복으로 끝날 것 같으면 많은 리스크를 감수하면서까지 할 가치는 없다. 딱 한 번 더. 그러니 더 신중하게 시간을 들여 여자를 고르자. 한 달이 걸리건 두 달이 걸리건 상관없다. 최고의, 궁극의 여성을, 구원의 천사를 찾아야 한다.

천사, 그 말 때문에 백의의 천사란 단어가 떠올랐다. 이제 와서 돌이켜보면 지금까지 만난 네 명의 여자 가운데 시마키 도시코란 간호사야말로 한없이 최고에 가까운 여성이라고 느끼는 것도 사실이었다.

왜일까? 그다지 미인도 아니었는데. 물론 미노루는 그 이유도 알 수 없었다. 전혀 알 수 없었다.

마키 관련 뉴스가 나온 이상, 이 차에 여자를 태우려 해봤자 꺼릴 게 틀림없다. 게다가 갑자기 드라이브를 나간다면 가족도 수상하게 여길지 모른다. 한동안 차를 끌고 나가서는 안된다. 하룻밤에 한 지역밖에 뒤질 수 없다. 그렇다면 아예 롯폰기로 지역을 한정하면 어떨까? 그녀와 만났던 거리였으니 시간 여유를 갖고 뒤지면 멋진 여자를 만날 가능성이 제일 높지 않을까? 온 도쿄의 최고의 여자들이 모이는 지역이 아닐까?

미노루의 발길은 롯폰기로 향했다. 그렇지만 시마키 도시코에게 말을 걸었던 바나 그녀와 사랑을 나누었던 호텔 근처에 가기는 꺼려져 수도고속도로 아래를 왔다 갔다 하며 카페나 바에서 여자들을 바라보며 시간을 보냈다.

키가 큰, 모델 스타일의 백인 여자. 낯익은 여배우와 남자배우, 연예인 스타일의 남자들. 미노루는 평범한 남자라면 (여자들도 마찬가지로) 눈빛을 반짝일 인종들에는 전혀 흥미가 없었다.

피부는 흰 편이 낫지만 그 흰빛은 서양인의 그것과는 다르다. 어디까지나 일본인의 고운 피부가 아니면 싫다. 키는 크지도 작지도 않아야 한다. 그리고 물론 바짝 마르지도 뚱뚱하지도 않은, 아름답고 굴곡 있는 여성스러운 몸매.

지금까지 사랑을 나눈 여자들은 물론 그 조건을 충족시켰다. 그러나 그뿐이라면 그 여자들 말고도 헤아릴 수 없을 만큼 많은 여자들이 눈앞을 지나갔다. 그런데 왜 그런 여자들한테서는 아무것도 느끼지 못한 걸까? 그 네 명의 여자들에게는 다른 여자에겐 없는 뭔가가 있었다.

머릿속에서 조금씩 꿈틀거리는 게 있다는 사실을 느꼈지만 미노루는 그게 무엇인지 굳이 깊이 생각하려고 하지는 않았다. 알아서는 안 된다는 사실을 그때 느꼈던 건지도 모른다.

거의 매일 밤, 미노루는 롯폰기로 나갔다. '나이트 라이프 즐기기 지도'라는 것을 처음 사서 여자들이 혼자 올 만한 카페나 바, 클럽을 기웃거리며 돌아다녔다. 마치 다른 인종을 보듯 입장을 정중하게 거절하는 가게도 있었다. 옷차림이 어울리지 않는다면서. 그날은 화를 내고 돌아왔지만 다음 날부터는 입학식 같은 행사 때만 입는 양복을 걸치고 나갔다. 다른 사람으로 새로 태어난 기분이 들어 그건 그것대로 나쁘지 않았다.

이발도 한동안 하지 않았다는 생각에 근처에 있는 이발소가 아니라 롯폰기에서 발견한 미용실에 들어가보았다. 놀랄 만큼 비쌌지만 최고의 여자를 위해서라면 이것도 싼 편이라고 마음을 고쳐먹었다.

여자들에게 인기를 끌기 위해 털을 뽑거나 성형수술까지 하는 남자들이 있다는 이야기를 듣고 미노루는 토할 뻔했다. 하지만 지금이라면 그런 녀석들의 행동도 조금은 알 것만 같았다. 물론 최고의 여자를 위해서라면, 이란 조건이 붙지만.

마음이 끌리는 여자들은 몇 명 보였다. 왜 마음이 끌리는지는 여전히 알 수 없었다. 말을 거는 것은 삼가기로 했다. 이제 마지막이 될지도 모를 하룻밤을 지내기에는 뭔가 미흡했다.

봄장마가 시작되자 다시 2월 같은 추위가 찾아왔다. 그 눈 오던 날 밤이 기억났다. 지독하게 추운 밤이었지만 그걸 날려버릴 수 있을 만큼 에너지로 가득한 밤이었다.

그렇게 그날 밤의 추억을 음미하면서 차가운 빗속에 롯폰기 웨이브* 앞을 걷다가 건너편 도로에서 헛것을 본 기분이 들었다. 전에 사랑했던 여인의 환상이다. 언제? 오늘처럼 추운 날 밤. 어디서? 여기다. 그때와 같은 롯폰기.

미노루는 우산을 접고 헛것을 다시 보았다. 그러나 보이는 것이라고는 우산뿐. 건너야 한다. 건너편으로 가야 한다. 횡단보도까지 가는 데도 거리가 꽤 되었지만 넓은 도로를 건너는 데도 시간이 걸렸다. 길을 건너 좌우를 둘러보았다. 그 여

* WAVE. 1980년대에 감각 있는 젊은이들이 많이 모여들던 대형 레코드점.

자 같은 사람은 어디에도 보이지 않았다.

내가 잘못 본 거겠지. 이렇게 생각하려 했다.

그녀가 이런 곳에 있을 리가 없다. 그녀는…… 그녀는……
집 마당에 있으니까. 이런 곳에 있을 리가 없다. 그녀는 썩어
버렸다. 그래서 눈물을 흘리며 땅에 묻었다. 그런 그녀가 되
살아날 수 있는가?

미노루는 내리는 비도 아랑곳하지 않고 우두커니 서 있었
다. 그러다 문득 제정신이 들어 집으로 돌아가기로 했다. 그
녀가 제대로 땅속에 있는지 어떤지 확인해보기로 했다. 만
약…… 만약에 되살아났다면? 정말 천사가 되어 나에게 사
랑받기 위해 돌아온 것은 아닐까? 실은 그녀야말로, 그녀야
말로 유일하게 나의 사랑을 받아야 할 여자였던 것은 아닐
까?

미노루가 집에 도착한 것은 밤 10시쯤이었다. 가족들이 모
두 깨어 있었다. 지금 마당에 나가 땅을 팔 수는 없다. 애가
탔지만 다들 잠이 들기를 기다렸다. 밤 1시쯤 살며시 자기 방
을 빠져나와 계단을 내려가 우산을 들고 살며시 현관을 나왔
다.

여전히 비가 내렸다. 그는 우산을 쓰고 벽을 따라 좁은 틈
새를 지나 마당으로 돌아 나갔다.

작은 양동이에 든 녹슨 삽으로 아무것도 심지 않은 마당의
채소밭 모퉁이를 파헤쳤다. 몇 번이나 파헤쳤다가 다시 묻은

장소였기 때문에 틀릴 리가 없다. 그 여자들을 묻은 곳.

바로 검은 비닐봉투가 나타났다. 전부 세 개.

미노루의 등에 소름이 돋았다.

이상하다. 봉투는 마키 것까지 모두 다섯 개일 텐데. 유방이 들어 있는 것 세 개, 성기가 들어 있는 것이 두 개. 대체 누구의 어떤 것이 사라진 걸까. 설마.

봉투를 펼쳐 보았지만 썩은 살덩이는 이미 누구 것인지도 분간할 수 없었다.

미노루는 우산을 집어 던지고 미친 듯이 봉투를 다시 파묻기 시작했다.

역시 그녀는 살아 돌아왔다. 다시 나에게 사랑받기 위해. 오로지 나에게 사랑받기 위해서.

미노루는 자기 방으로 돌아가 오래간만에 그녀의 비디오를 볼 생각에 가방을 뒤졌다.

비디오테이프가 하나밖에 없었다. 잠깐 초조했지만 최근에 보던 마키의 테이프는 카메라 안에 들어 있다는 사실을 깨달았다. 방을 둘러보았는데 카메라가 눈에 띄지 않았다. 잠시 찾아보니 텔레비전 받침대 안에 들어 있었다. 그런 곳에 넣어둔 기억은 없었지만 미노루는 별 신경 쓰지 않고 테이프를 바꿔 끼워 시마키 도시코의 비디오를 보기 시작했다.

그녀가 살아 있다. 그녀가 살아 있다.

다시 롯폰기로 나가 그녀를 찾아내야 한다.

이튿날인 20일은 낮부터 그녀를 보았던 부근을 어슬렁거리기 시작해 전철이 끊어지기 직전까지 이 가게 저 가게를 전전했다. 하지만 결국 찾을 수 없었다.

이튿날도, 그 이튿날도 비가 왔지만 미노루는 그녀를 찾아 돌아다녔다.

누군가가 나를 지켜보고 있다.

그런 느낌이 들어 뒤를 돌아본 적이 몇 번이나 있었다. 그녀가 어디선가 나를 바라보는 게 아닐까 하는 생각마저 들었지만 아무리 둘러봐도 그림자도 보이지 않았다. 기분 탓이라고 스스로를 타일렀지만 누군가 지켜보는 느낌은 내내 가시지 않았다.

일단 미노루는 그녀에게 말을 걸었던 그 가게로 천천히 다가갔다. 'Mirror on the Wall'이란 가게였다. 그녀는 저 술집에서 기다릴 게 틀림없다는 확신과 저 가게에 다가가서는 안 된다는 막연한 경고 같은 것이 그의 마음속에서 다퉜다.

경찰들이 있을지도 모른다는 생각은 전혀 들지 않았다. 어쩌면 미노루는 그녀―되살아난 그녀를 만나는 일 그 자체를 두려워하고 있었는지도 모른다. 만나고는 싶지만 만나지 말아야 한다는 생각도 들었다. 그런 생각에 그는 Mirror on the Wall 근처를 서성거리면서도 들어가지 않고 있었다.

그리고 봄장마가 끝난 날 밤, 미노루는 마음을 굳히고 Mirror on the Wall 앞에 섰다.

28일에서 29일로 날짜가 막 바뀌려는 시각이었다.

3
3월 · 마사코

그 애는 대체 무슨 비디오를 보았던 걸까? 나를 밀쳐버리면서까지 그게 무언지 보여주고 싶지 않았던 걸까? 성인 비디오?

아아. 그렇기만 하다면 얼마나 좋을까. 천박하고 인간의 품성을 형편없이 만드는 그런 것들을 증오했지만 지금만은 진심으로 반겨야 할 것처럼 여겨졌다.

그러나 그 애가 보던 것은 8밀리미터 비디오다. 성인 비디오가 8밀리미터용으로 있다는 이야기는 들어본 적이 없고, 그만한 일로 그렇게까지 깜짝 놀라 허둥댈 필요는 없다. 그 애가 언제 몽정을 시작했는지, 마스터베이션을 몇 번을 했는지도 안다. 이제 와서 성인 비디오를 봤다고 놀라지는 않는다.

마사코는 아들이 자기의 행동을 눈치채지 못할 거라는 생각은 하지 않았다.

피 묻은 비닐봉투……. 목격된 것과 같은 차……. 그리고 몰래 보던 8밀리미터 비디오. 어머니에게 폭력을 쓰면서까지 숨기려 했던 비디오.

처음에는 어처구니없는 망상이라고까지 여겼던 모든 것이 한 방향을 가리킨다.

그 애가, 바로 그 애가 살인마. 우연히 만난 여자를 호텔로 데리고 가 관계를 갖고, 목 졸라 죽인 뒤에 유방을 도려내는 살인마. 믿고 싶지는 않지만 이제는 믿지 않을 수 없다.

병이다. 단순한 범죄와는 다르다. 정신이상은 병이니 그런 상태에서 저지른 범죄는 죄를 묻지 않는 것이 이 나라의 법이다. 하지만 만약에 경찰에 체포되어, 그 여자 어린이 살인범처럼 세상 사람들의 호기심과 분노 앞에 내던져진다면 그 애는 물론이고 우리도 살아갈 수 없다. 체포되자마자 사형보다 더 무서운 형벌이 가족 모두에게 내려진다. 판사보다 언론과 국민들이 먼저 우리의 숨통을 쥔다.

견뎌낼 수 없다. 그런 일은 도저히 견딜 수 없다. 딸은 평생 결혼도 못 하리라. 남편은 직장을 잃게 될 테고 이 집에서도 살 수 없다. 다른 곳으로 갈 수밖에 없다. 그리고 결국 거기서도 소문이 나서 또 다른 곳으로…….

살아가기 힘들어질 뿐만이 아니다. 산산조각이 나버린다. 지금까지 죽을힘을 다해 이루어온 모든 것이, 애정으로 맺어진 가족의 끈이 시기와 증오로 변해버린다.

살 수 없다. 나는 그렇게 되어서까지 살아갈 수는 없다.

병이 죄가 되지 않는 거라면 우리도 그런 벌을 받을 이유가 전혀 없다. 말하자면 그 애가 병이 나아 더는 사람을 죽이지 만 않는다면 문제없다. 법의 정신에서 이야기하자면 이게 훨씬 더 이치에 맞지 않을까?

그야 모든 게 병 때문이니까. 나쁜 것은 그 애가 아니니까.

그런 불안은 전부터 마사코의 머릿속에 막연히 있었지만 그 애가 범인이라는 확신이 깊어지자 한꺼번에 고개를 들기 시작했다. 가족이 받을 박해에 대한 공포, 평화로운 생활에 대한 집착, 그리고 그것을 빼앗으려는 모든 적—마사코의 마음속에서는 의인화된 검은 그림자로 존재하던—에 대한 증오.

무슨 수든 써야 한다. ……하지만 대체 어떻게 해야 하는 걸까? 만약에 그 애를 어떻게든 설득해서 병원에 데려갈 수 있다 해도, 병세를 설명할 수 없기 때문에 치료를 받을 길이 없다. 게다가 의사가 최면술이라도 걸어 살인을 자백하게 된다면? 역시 체포되어 마찬가지 결과가 오는 게 아닐까?

안 된다. 병원에도 데려갈 수 없다.

살인만 그만두게 할 수 있다면. 감금? 그러려면 가족의 협력이 필요한데, 이야기하면 식구들이 이해해줄까?

증거다. 증거를 보이면 다들 납득을 하겠지. 그리고 그 애를 집에서 나가지 못하게 하고, 식구들이 힘을 모아 돌봐주자. 가족의 단결도 가능하고, 모두가 애정을 기울이면 마음의 병이야 금방 낫는다.

비 온 뒤에 땅이 굳어진다고 하지 않던가. 전보다 더 훌륭한 가족이 될 수도 있다.

그 애가 외출하면 방을 철저하게 뒤져보자. 갖고 나가지 않는 한 비디오테이프는 어딘가에 숨겨져 있다. 다른 뭔가가 발견될지도 모른다.

마사코는 마음을 굳히고 이부자리에 누웠지만 전혀 잠이 오지 않았다.

남편이다. 남편 탓이다. 아버지의 부재. 동일화의 대상으로서의 아버지가 부재했기 때문에 그 애가 이상해지고 말았다. 임포텐츠인지 어떤지는 모르지만 정상적인 이성과 교제를 할 수 없게 되어버린 것은 틀림없다.

여자를 목 졸라 죽이고, 몸의 일부를 잘라내다니. 너무 착하고, 너무 섬세한 아이라 살벌한 입시 전쟁 속에서 그 애의 마음이 병들어버린 걸지도 모른다. 그렇다면 책임은 사회에 있는 게 아닐까. 살해된 여자들과 마찬가지로 그 애도 피해자가 아닐까. 심판을 받아야 할 것은 사회이지 내 아들이 아니다.

괴로워하고, 고민하고, 두려워하고, 화를 내면서 마사코는 내내 잠을 이루지 못했다. 그때 집 안 어딘가에서 마루 삐걱거리는 소리가 들려왔다. 누군가 걷고 있다. 발소리를 죽이기는 했지만 달리 들리는 소리가 전혀 없는 한밤중이라 귀를 기울이니 또렷하게 들렸다. 결코 헛들은 것이 아니다.

드르륵, 하고 현관문 여는 소리. 밖으로 나간다? 이 시간에?

마사코는 가만히 몸을 웅크리고 차가 나가는 소리가 들리기를 기다렸지만 밖으로 나간 누군가는 차를 탈 생각은 없는 모양이었다. 걸어서 어디 나간 걸까?

마사코는 살며시 이부자리에서 빠져나와 방문을 살짝 열고 어두운 복도를 내다보았다. 마사코의 방은 1층 맨 안쪽에 있어 방 앞 복도 끝의 현관까지 내다보였다. 가로등 불빛이 있어 현관으로 누가 다시 들어온다면 보인다. 저쪽에서는 이쪽이 보이지 않는다.

남편이나 딸이 뭔가 사소한 볼일로 밖에 나갔기를 바랐다. 이미 각오를 굳히기는 했지만 실제로 아들이 뭔가 하는 모습을 본 적은 없으니까. 아직 한 가닥 희망은 버리지 않았다. 그러나 오늘 밤 그 애가 내 눈앞에서 무언가를 한다면.

현관 유리창 너머로 사람 그림자가 비쳤다. 천천히 현관문을 연다. 마사코는 숨을 죽였다. 역광 때문에 윤곽밖에 보이지 않았다. 딸이 아닌 것은 확실하다. 남편인가? 그렇다면 다행일 텐데.

그렇지 않았다. 그림자가 안으로 살며시 들어와 다시 문을 천천히 닫으려 할 때 옆얼굴이 또렷하게 보였다. 뭔가 봉투 같은 것을 손에 든 모양이었지만 확실히는 알 수 없었다. 마사코는 얼른 뒷걸음질 쳐 이부자리로 기어들어 숨을 죽였다.

대체 저 애는 왜 밖에 나갔던 걸까? 금방 돌아왔는데 어딜 갔던 걸까?

3월 11일 새벽 3시. 부근에 찾아갈 만한 집도 없을 테고, 이런 시간에 문을 연 가게도 없을 텐데. 무얼 하러 나갔던 걸까?

도무지 알 수 없었다. 공상에 공상을 거듭하다 보니 머릿속은 그저 악몽 같은 생각으로만 가득 찼다. 그러면서도 얕지만 결코 벗어날 수 없는 졸음의 늪으로 빠져들어갔다.

이튿날 오후. 집에 있는 사람은 마사코와 아이, 둘뿐이었다. 아이도 어디 나가준다면 마음껏 집을 조사해볼 수 있지만 딸은 나갈 기미를 보이지 않았다. 거실에서 고타쓰를 쬐면서 과자를 아삭아삭 먹는 중이었다.

마사코는 고함을 지르고 싶은 마음을 억누르며 청소하거나 빨래하며 분주하게 몸을 움직였다. 한바탕 집안일을 끝내고 쇼핑하러 가기로 했다.

"아이짱, 갈래?"

딸은 텔레비전을 보며 소리 내어 웃기만 할 뿐, 대답이 없었다. 가고 싶지 않은 모양이다. 마사코는 할 수 없이 혼자 나가려 했다. 구두를 신으려고 현관에 내려섰을 때, 여기저기 검은 흙이 떨어져 있는 것이 보였다. 어제는 이렇게 지저분하지 않았다. 누군가 흙 묻은 신발을 신고 들어왔다.

스스로도 놀랄 만큼 화를 내면서 마사코는 현관을 나섰다. 그러자 거기에도 안에 떨어져 있는 것과 같은 검은 흙이 있었다. 당연하다면 당연한 이야기겠지만 그 흙은 바깥쪽이 아니라 담 안쪽, 마당으로 가는 좁은 틈 쪽으로 이어졌다.

마사코는 이상하다는 느낌이 들었다. 이어서 밤에 있었던 일이 생각났다.

잠깐 밖에 나간 이유가 마당에 갔었던 것이라는 사실을 쉽게 짐작할 수 있었다. 그 애가 혹시……?

두근거리는 가슴을 안고 마사코는 마당으로 돌아 들어갔다. 검은 흙의 정체는 바로 알 수 있었다. 몇 년 전에 만든 작은 채소밭에서 나온 흙이었다. 보잘것없는 오이나 작은 가지를 가꾸었다. 요즘은 아무것도 심지 않아 군데군데 잡초가 자라나 있을 뿐이다. 그쪽 흙이 누군가의 발자국처럼 희미하게 현관까지 이어져 있는 것이었다.

마사코는 잠시 흙을 노려보았다.

거기 뭔가 묻혀 있다. 그녀는 바로 눈치챘다. 뭐가 묻혀 있을까? 마사코는 기를 쓰고 그 생각을 떨쳐내려고 했다.

그녀는 5분 남짓 꼼짝도 하지 않고 우두커니 서 있었다. 아무것도 못 본 걸로 하고 돌아설까 하는 생각도 했다. 그러나 용기를 내어 채소밭 옆에 쓰러져 있는 삽을 집어 들고 주위와 달라 보이는 자리를 파헤치기 시작했다.

바로 푹, 하는 소리가 나고 흙이 아닌 물건에 삽이 닿았다. 파낸다기보다 흙 속에 있는 것이 보일 때까지 삽으로 흙을 옆으로 떠 옮겼다.

불길한 검은색 비닐봉투. 모든 것의 시작이기도 했던 그 비닐봉투와 같은 것이었다.

난 이미 안다. 이 안에 무엇이 들어 있는지. 벌써 몇 번이나 꿈속에서 보았다. 어젯밤에도, 그 전에도, 여러 차례, 몇 번이나……

그녀는 떨리는 손을 뻗어, 비닐봉투를 흙 속에서 끄집어냈다.

심한 악취가 풍겨 그 순간 마사코는 숨을 멈췄다.

이제 됐다. 이제 열어보지 않아도 된다. 내용물은 아니까. 그녀는 스스로에게 그렇게 말하며 열어보지 않으려 했다. 하지만 그럴 수는 없다는 것도 충분히 안다. 이것은 증거다.

그녀가 바라던 증거. 가족들이 그녀의 생각을 망상이라고 넘겨버리지 않도록 하기 위해서는 이게 필요하다.

또 한편으로는 모든 것이 그녀의 오해일 가능성도 남아 있다. 여기 들어 있는 것은 그게 아니라, 뭔가 전혀 다른, 전혀 엉뚱한 것일 가능성도. 그걸 확인해야만 한다.

마사코는 봉투를 열었다.

10장

한편 파멸의 닉스는 타나토스의 형제인
히프노스를 품에 안고
어두운 구름으로 몸을 감싼다.

3월 · 히구치

일주일 동안 세 사람은 여러 술집을 돌아다녔다. 어디나 취재라고 하면 극단적으로 입이 무거워졌다. 사건의 영향으로 손님들 발길이 끊어지는 걸 염려하기 때문이었다. 피해자의 여동생이 함께 있다고 하면 이야기를 듣기 더 수월할지도 모르지만 그렇게 하면 틀림없이 바로 소문이 난다. 결국 아무런 실마리도 잡지 못하는 나날이 이어졌다.

13일부터는 방법을 바꾸었다. 금요일이라 범인이 슬슬 거리로 나올 가능성이 있다고 보았다.

술집에 들어갈 때는 먼저 히구치 혼자 들어간다. 가능성이 있을 만한 가게라면 입구가 보이는 안쪽에 자리를 잡는다. 2, 3분 뒤에 가오루가 들어와 카운터처럼 누군가가 말을 걸기 쉬울 만한 자리에 앉는다. 그녀를 보고 수상한 반응을 보이는 손님이 있나 없나를 살피는 것은 물론 히구치의 역할이었다. 그리고 그 뒤를 이어 사이토 기자. 그는 히구치에게 보이지 않는 부분이 있다면 그걸 보충할 수 있는 자리에 앉는다. 나갈 때도 마찬가지다. 히구치가 가망이 없다고 판단하면 우선 혼자 밖으로 나간다. 술집 밖에 수상한 남자가 있나 없나 살피는데 역시 2, 3분. 가오루가 일어서고, 마지막으로 사이토. 그때쯤이면 히구치는 다른 가게 앞에 서 있는 식이었다.

9시 넘어서부터 시작해 한 술집에 한 시간. 그 이상 시간을 들여봐야 소용없다고 판단했기 때문이다. 이렇게 매일, 세 군데의 술집을 돌았다. 이게 그들이 할 수 있는 한계였지만 그래도 열흘쯤 계속하면 어지간한 술집들은 돌 수 있다.

가오루처럼 젊고 나름대로 아름다운 여자가 혼자 술을 마시면 한 집에 한 명은 말을 걸어올 거라는 사실을 히구치는 전혀 예상하지 못했었다.

그녀에게 접근한 첫 번째 남자는 반들반들 빛나는 검은 옷을 입고 선글라스를 낀 사내였다. 가오루 옆에 자리를 잡고 마시기 시작하더니 은근슬쩍 가오루의 어깨에 손을 걸쳤다. 히구치는 화가 치솟아 달려갈 뻔했다.

하지만 가오루가 혼자 마시고 싶다는 이야기를 했는지, 남자는 아쉬운 듯이 그녀에게서 떨어졌다. 기분이 상했는지 조금 있다가 술집을 나갔다. 히구치가 뒤를 따라가 남자를 잡았다. 팔을 비틀어 가게 바로 옆에 있는 담배 자동판매기에 밀어붙이고 경찰에서 나왔다고 했다.

불쌍하리만큼 겁을 집어먹은 남자한테 주소와 이름, 직업을 묻고 수사에 지장이 있으니 비밀로 하라고 못을 박은 뒤에 풀어주었다. 그런 상황이 매일 서너 번, 때로는 여섯 번이나 발생했다. 그것도 위험해 보이지 않는, 적어도 정신이상자는 아닌 것 같은 녀석들이라서 이야기를 나눌 때는 결백하다고 확신했지만 그런 상황이 늘어남에 따라 확신은 흔들리기 시작했다. 도저히 그 리스트를 경찰에 넘길 수는 없었고, 이쪽에는 그들이 진범인지 어떤지 조사할 수 있는 방법도 여력도 없었다. 뭔가 다른 일이 일어날 가능성을 믿고 술집 순례를 계속했다.

일이 바쁠 사이토 기자도 힘을 보태겠다는 말대로 매일 참가했다. 전혀 성과가 없을 가능성도 충분히 있을 텐데, 그렇게까지 하는 데는 뭔가 다른 계산이라도 있는 게 아닐까 하는 생각이 들었다. 하지만 생각해보면 사이토 입장에서도 내 행동은 이해할 수 없는 게 아닐까. 나도 잘 모르겠으니.

가오루도 매일 나오면서 가족에게 이야기를 할 수 없다는 사실은 괴로운 일이다. 하지만 히구치에겐 그런 내색도 하지 않고, 그저 시키는 대로 따랐다.

가오루는 날이 갈수록 야위어가는 듯했다. 하지만 히구치는 아무 이야기도 하지 않았다. 그냥 자책만 할 게 아니라, 그

심정을 뭔가 스스로에게 바람직한 방향으로 이끌 수 있었으면 좋겠다고 생각할 뿐이었다. 물론 그것은 히구치에게도 해당되는 이야기였다.

넌 이미 퇴직한 늙은이 주제에 대체 무슨 생각으로 경찰놀이를 하는 거지? 우리에게 방해가 되지 않게 양로원에서 죽음이나 기다리시지.

동료들의 그런 목소리가 들려올 것만 같았다. 아니, 그것은 아내의, 또는 도시코의 목소리일지도 모른다.

다행히 경찰이나 언론은 이미 이 부근은 훑고 지나간 뒤인지, 모습이 보이지 않았다. 이쪽을 아는 사람이 나타나지 않기를 바랄 뿐이었다.

아마 다음 범행이 발생한다면 4월 들어서일 거라는 생각과 술집을 돌아다니는 일이 거의 일상화되어 긴장감이 사라진 20일에 일어난 일이었다. 예상도 하지 못했던 방향에서 진전이 있었다.

여느 때와 마찬가지로 그날 밤도 한 술집에 세 사람이 막 자리를 잡았을 때였다. 가오루가 히구치와 사이토 쪽을 바라보며 눈짓으로 불렀다. 처음에는 무시했지만 아무래도 급한 일인 것 같아, 히구치는 사이토와 눈짓을 나누고 어쩔 수 없이 가오루가 앉아 있는 카운터로 다가갔다.

"왜 그래?" 약간 짜증을 내며 히구치가 물었다.

가오루가 바로 앞에 있는 바텐더를 눈으로 가리켰다.

"……이 사람이……."

히구치는 깜짝 놀랐다. 바텐더! 바텐더가 손님에게 수작을 걸어 가게 문을 닫은 뒤에 호텔로 데리고 가는 일도 불가능하지는 않다. 이 녀석이…….

카운터 너머로 손을 뻗어 멱살을 잡으려 하는데 가오루가 히구치를 제지했다.

"오해하지 마세요. 이 사람 이야기를 들어보세요."

바텐더는 아직 20대로 보이는 키가 크고 핸섬한 녀석이었는데, 갑자기 두 남자가 노려보자 크게 당황한 모양이었다. 일도 없이 행주를 들고 두 손으로 꼭 쥐었다.

"왜 그러세요, 대체."

아무래도 범인은 아닌 모양이라는 생각이 들어, 히구치와 사이토는 등받이 없는 의자에 앉았다. 가오루가 설명을 시작했다.

"이 사람……. 제 얼굴을 보더니 이렇게 말하더군요. '지난번에도 거기 앉으셨죠?'라고."

그 말의 의미를 이해하기까지는 약간 시간이 걸렸다.

사이토는 멍하니 입을 벌리고 "그럼, 그럼, 그게 그럼……" 하고 중얼거리며 바텐더를 손가락으로 가리켰다.

바텐더는 불안한 기색을 드러냈다. 자기가 뭔가 치명적인 실수를 한 게 아닌가 생각하는 모양이었다.

"저, 저는 그냥 말이죠, 저번에 뵈었던 분이구나 하는 생각에 그렇게 말했을 뿐이지……."

"전에라는 게 언제지?" 히구치는 그만 흥분해서 취조하는 투로 물었다.

"잠깐만요, 히구치 씨. 이 친구 겁먹었어요. 괜찮아, 자넬 나무라는 건 아니야. 잠깐 물어보고 싶은 게 있을 뿐이지. 언제 그 여자를, 이 아가씨와 닮은 여자를 본 거지?" 사이토가 달래듯이 히구치의 어깨에 손을 얹으며 말했다.

"언제였더라……. 휴가를 받기 전이니까……. 2일인가?" 바텐더는 여전히 더듬거리는 말투로 대답했다.

"2일? 3일이겠지. 3일 아닌가?" 히구치를 달래면서도 사이토도 흥분한 모양이었다.

바텐더는 입술을 핥으며 필사적으로 기억을 더듬는 표정을 지었다.

"……그럴지도 모릅니다. 그렇군요. 3일일지도. 예, 그렇습니다. 마지막 날이었으니 그렇군요. 3일이었습니다. 이분을 닮았다니……. 이분이 아니었나요?"

히구치와 사이토는 얼굴을 마주 보았다. 기뻐해야 좋을지 어떨지 피차 아직 판단이 서지 않았다.

"……마지막 날?" 히구치가 다시 물었다.

바텐더가 그러는 편이 더 낫겠다고 생각했는지, 아주 빠른 말투로 대답하기 시작했다.

"예. 4일부터 휴가를 받아서 열흘 동안 여행을 갔었습니다.

그래서, 분명히 마지막 출근했던 날이었던 것 같으니 3일이 아닌가 하고."

"여행?" 히구치와 사이토가 동시에 말했다.

"예. 미국 서해안 쪽으로요. 혼자 간 건 아니고요. 친구와 셋이서 갔으니 증명할 수 있습니다."

그렇게 말하는 걸 보면 나를 경찰 관계자라고 생각하는 걸까. 퇴직한 지 몇 해나 지났는데 내 눈이 아직 그렇게 보이는 걸까. 히구치는 그렇게 생각하며 낯간지러운 기분이 들었다.

"……이 부근에서 살인사건이 있었다는 건 알지?" 사이토가 물었다.

"그렇죠. 여행에서 돌아와 이야기 들었습니다. 여기도 경찰이 찾아왔다더군요. 저도 나중에 사진을 봤죠. 본 적이 있으면 경찰에 연락하라고 적혀 있는 전단지였어요. 하지만 사진으로 볼 때는 특별히 인상적인 얼굴이 아니라서. 맞아, 그 사진 속의 여자도 이분과 많이 닮았네요."

"알아." 히구치는 가오루 쪽은 쳐다보지 않고 바텐더의 말을 가로막았다.

잘 아는 사람이라도 다른 상황에서 만나면 얼굴을 몰라보는 일이 있다. 이 바텐더에게는 전단지의 사진보다 지금 카운터에 앉아 있는 가오루 쪽이 전에 본 도시코와 더 닮아 보인다.

히구치는 무슨 질문을 던져야 할지 몰라 입을 다물었다.

"한 걸음 접근했네요." 사이토가 중얼거렸다.

맞다. 맞는 말이다. 경찰이 지나친 가게를 우리는 발견했다. 하지만 범인에 관한 실마리는?

히구치는 불쑥 고개를 들고 힘준 목소리로 질문을 던졌다.

"그래, 여기 앉았던 여자에게 말을 건 남자가 없었나?"

세 사람이 숨을 죽이고 기다리는데, 바텐더가 선선히 대답했다.

"예, 있었죠. 저어, 이분이 그분 아니신가요?"

자매라는 이야기는 하지 않는 게 나을 거라는 생각이 들었다.

"아닐세. 닮았지만 다른 사람이야. 그래서, 어떻게 됐지? 말을 붙이니까 그 여자가 어떻게 했나?"

"함께 나갔습니다. 여자분 쪽은 이미 거의 혼자 걸을 수 없을 지경으로 취한 상태였기 때문에."

히구치와 사이토는 서로 힐끔 마주 보고 살짝 고개를 끄덕였다.

틀림없다. 그 녀석이 도시코를 죽였다. 세 명의 여자를 죽인 정신이상자다. 그 녀석을 가까이서 본 목격자를 발견했다.

"그놈은……. 그 남자는 어떤 녀석이었지?"

바텐더는 잠깐 생각에 잠긴 표정을 지으며 기억을 더듬었다.

"어떤 사람이었더라……. 으음……. 살이 찐 사람은 아니

302

었어요. 맞아, 느낌이 부드러운, 착해 보이는 사람 아니었나? 아, 여기 이렇게 서서 일하다 보면 말이죠. 남자들이 수작을 거는 갖가지 모습을 보게 됩니다. 불쾌하게 느껴지는 경우도 많고, 여자 손님을 제대로 도와드릴 수 없을 때도 있습니다. 하지만 그때는 뭐랄까, 그다지 불쾌한 느낌이 들지는 않았고, 수작을 건다는 느낌도 없었습니다."

별로 알맹이 없는 증언에 히구치는 초조한 나머지 호통을 치고 싶어지는 걸 참으며 계속 물었다.

"나이라거나 옷차림은?"

"……서른쯤 되지 않았을까요? 편한 옷차림이었습니다. 큰 가방을 들고. 나이 든 학생 같은 느낌이 들었습니다."

학생. 히구치의 머리에 역시, 하는 생각이 스쳐 갔다. 학생이 아니라도 학생 티를 벗지 못한 프리터겠지.

"키는?"

"……나갈 때 여자 손님보다 머리 하나 컸으니까 보통 키거나 약간 큰 정도 아닐까요?"

히구치는 흥분이 급속하게 식어가는 것을 느꼈다. 경찰보다 한 걸음 먼저 도시코의 흔적을 파악한 것은 큰 성과일지도 모른다. 하지만 결국 범인을 찾아내기 위한 실마리로서는 아직 애매한 목격 증언밖에 없는 셈이다. 하지만 도시코의 사진을 보고도 알아보지 못했다. 어쩌면 이 친구가 본 것은 도시코가 아닐지도 모르고, 가령 도시코가 맞더라도 기억하는 범인의 모습이 정확하다는 보증도 없다.

"아, 그래. 맞아. 그러고 보니 학생이라고 했어요. 자기 입으로."

히구치는 깜짝 놀라 물었다.

"자기 입으로……? 그 녀석이 하는 이야기를 들었나?"

바텐더는 난처한 표정을 지으며 고개를 끄덕였다.

"예. 하지만 손님 이야기를 일부러 엿들은 건 아닙니다. 말씀하시는 목소리가 들리는 경우가 대부분입니다. 하지만 마실 것을 만들 때는 들리지 않는 경우도 있죠. 마침 자기소개를 했던 겁니다. 그게…… 분명히 대학원생이라고 했습니다. 대학에서…… 뭐였더라……? ……뭔지 알 수는 없지만 연구하겠죠. 대학원생이라고 하니 당연히 나이 든 학생 같아 보였습니다."

바텐더가 슬쩍 웃는 소리를 듣고, 히구치는 의구심이 들었다. 녀석이 대학원생이라는 말을 듣고 난 뒤 보름이나 지났으니 그 녀석을 더 대학원생으로 여기게 기억이 왜곡되었을 가능성도 있다. 사람은 기억을 놀라우리만큼 왜곡한다는 사실을 히구치는 잘 안다. 양복을 입었다는 사실은 기억하면서도, 그럼 어떤 양복이었느냐고 물으면 갈색이건 검정색이건 어떤 양복이나 모두 회색이라고 대답해버리거나 한다.

어쨌든 범인이 도시코에게 사실대로 이야기했다면 이건 수확이다.

"대학원생이라면 서른 살은 아니지 않겠습니까? 기껏해야 스물여섯, 스물일곱이겠죠." 그렇게 말하며 끼어드는 가오루에게 사이토가 대답했다.

"……순조롭게 진학했다면 그렇겠죠. 재수하거나 유급하거나 하면 서른이에요. 그만한 나이가 된 대학원생은 흔합니다."

물론 그야 그렇지만 히구치는 바텐더의 의견을 그대로 믿을 생각이 없었다. 서른이라면 앞뒤로 다섯 살쯤의 오차는 당연히 감안해야 한다.

"어느 대학인지는 이야기하지 않았나?"

"……했을지도 모르지만 기억이 나지 않습니다. 으음……. 모르겠네요."

어차피 모두 거짓말일지도 모른다고 생각하지만 실망감이 얼굴에 드러났는지 바텐더는 미안하다는 듯한 표정을 지었다. 하지만 바로 표정을 환하게 바꾸며 더 놀라운 이야기를 했다.

"아, 그러고 보니 이제야 생각이 나는데, 이름을 이야기했습니다."

"뭐라고."

바텐더는 자랑스럽게 말을 이었다.

"……이상한 이름이어서 기억합니다. 가모우 씨라고 했습니다. 가모우 노보루라고 했던가, 마사루라고 했던가. 성은 기억이 나는데 이름은 자신이 없네요."

가모우. 드문 성이라고는 할 수 없지만 그다지 흔하지도 않다. 지금까지 가오루에게 말을 건 녀석들 가운데는 그런 성을 지닌 사람은 없었다. 그러나 이런 정보가 모두 사실이라고 한다면 범인을 좁히는 것도 가능할지 모른다. 경찰의 힘을 빌린다면. 세 사람이 할 수 있는 일은 여기까지라는 생각이 들었다. 입수한 정보를 모두 경찰에 전해주고 끝을 내야 한다. 그러나 그렇게 하는 게 진짜 좋은 걸까. 가오루는? 사이토는? 그리고 나는?

입을 다문 세 사람을 바텐더는 이상하다는 듯이 바라보았다.

"……그런데, 그 사람이 무슨 짓을 저질렀습니까? 아까 살인이라고 하셨는데. 설마 여자분이 살해당했다는……? 여기 앉았던 분이……?"

"아마 그럴 거야. 다시 사진을 잘 보는 게 좋겠군. 고맙네. 시간을 빼앗아 미안해." 히구치가 고맙다고 인사하고 계산을 끝낸 뒤, 두 사람을 재촉해 밖으로 나왔다.

사이토가 히구치를 바짝 뒤따라오며 불안하다는 듯이 물었다.

"히구치 씨. 앞으로 어떻게 하실 생각입니까? 저 친구가 경찰에 가면 우리 이야기도 들통이 납니다."

"알아. 하지만 정보를 숨길 수는 없지. 범인 체포에 관련된 정보일 가능성도 있으니 최대한 빨리 전달하는 게 의무지."

"지금 농담하십니까? 이제 와서 갑자기 선수를 빼앗기라는 말입니까? 그렇게 간단하게 주저앉을 수는 없어요. 제 입장도 생각해줘야 하는 거 아닙니까. 이만큼 애를 썼는데 기껏해야 반 토막짜리 특종 한 건으로 만족하라는 겁니까?"

"아니. 난 아직 끝낼 생각 없어. ……가오루 씨?" 히구치는 뒤돌아서서 말없이 두 사람을 바라보는 가오루를 불렀다.

"예."

"가오루 씨도 많은 도움이 됐어. 정말 애 많이 썼지. 그런데, 앞으로 경찰에 맡기는 편이 나을 거라고 생각해요?"

"예……. 아뇨……. 잘 모르겠습니다. 전혀 실감이 나지 않아서. 이렇게 쉽게 정보가 굴러들어오다니. 상상도 하지 못했어요. 뭔가…… 여우에 홀린 것 같다고나 할까. ……그래서, 저는…… 처음 계획대로 하고 싶다는 생각이에요. 만약 히구치 씨가 그만두신다면……."

"혼자서 할 건가?"

"예. ……범인이 잡힐 때까지는 가만히 앉아 있을 수 없습니다. 아무것도 하지 않고 기다리기만 할 수는……."

히구치는 고개를 끄덕였다.

"나도 마찬가지예요. 좋아, 결정합시다. 지금까지 해온 대로 계속 하죠."

"지금까지 해온 대로라니. 방금 히구치 씨는……." 사이토가 끼어들었다.

"이제 난 경찰과 교섭할 거야. 아까 그 정보를 넘겨주는 대신, 몽타주가 만들어지면 제일 먼저 달라고 할 생각이네. 용의자가 좁혀지면 알려달라고 할 테고. 범인을 자극하지 않기 위해서라거나, 무슨 이유를 대서라도 다른 언론에는 정보를 흘리지 말라고 하겠어. 경찰도 자기들이 놓친 것을 우리 세 사람이 발견했다는 게 알려지면 체면 구길 테니까 말이야. 이렇게 하면 자네가 선수를 빼앗기지 않을 수 있을 텐데. 어떤가?"

사이토는 잠시 입을 멍하니 벌리고 바라보더니 이윽고 고개를 저으며 히죽히죽 웃었다.

"역시, 이거 제가 몰라뵀습니다. 역시 전직 경부님이시군요. 아니, 뭐 저야 그렇게만 된다면 불만 없습니다. 저도 이제 더는 피해자가 나오는 것을 원치 않으니까요."

피해자는 많은 편이 센세이셔널하고 좋지 않겠나, 라고 말할 뻔했지만 그만두었다. 결코 정의감이 넘치는 사내는 아니라는 게 확실하지만 미워할 수 없는 정도가 아니라 이젠 호감마저 느끼기 시작했다는 사실을 깨달았다.

"오늘 밤은 장소를 옮겨서, 그래……. 다 같이 한잔하지 않겠나? 셋이서?" 그렇게 말하며 히구치는 묘하게 멋쩍은 기분을 느꼈다.

2
3월 28일 · 미노루

술집은 기억에 남아 있는 그대로였다. 알면서도 못 보고 지나칠 만한 입구에 좁은 계단. 그 여자를 따라 가게에 들어갔던 그날로 시간을 거슬러온 느낌이 들었다. 문을 열면 카운터에 그녀가 앉아 있을 것만 같았다.

이미 죽었을 그녀가.

미노루는 몇 분간 길에 가만히 서 있었다. 몇몇 사람들이 미노루를 수상하다는 듯이 바라보며 지나갔다. 하지만 그는 그런 일에는 신경을 쓸 여유가 없었다.

만나고 싶다. 하지만 두렵다. 그녀를 만나면 이번에는 그야말로 진짜로 자기가 변해버릴 것 같은 느낌이 들었다. 그녀는 열어서는 안 될 판도라의 상자 같은 것인지도 모른다. 알아서는 안 될 일을 알게 될 것 같은, 그런 불안감을 느꼈다.

결국 자기가 본 것은 단순히 헛것이었던 게 아닐까 하는 생각이 들기도 했다.

아니, 그렇지 않다. 마당에 묻었던 봉투가 사라지지 않았는가?

유방도 쭈그러들고, 성기에서 썩은 냄새를 풍기는 좀비 같은 그녀의 모습이 잠깐 떠올랐지만 얼른 떨쳐버렸다. 아니다. 만약에 살아 돌아왔다면 원래대로, 원래대로다. 이집트의 미라처럼.

미노루는 자신의 상상이 의아하게 여겨졌다. 이집트 미라? 왜 그런 생각이 떠올랐을까. 마음이 심하게 흐트러지는 것을 느꼈다. 방의 구석 쪽에서 웅크린 어린애 같은 모양을 한 어두운 그림자의 영역이 그의 마음속에 있었다. 건드려서는 안 될 영역 같은 느낌이 들어, 그는 외면하고 말았다.

죽은 사람이 살아 돌아오다니, 나는 진짜로 그렇게 믿는 걸까? 머리가 이상해져버린 걸까? 아니다. 죽은 사람은 살아 돌아오지 않는다. 그런 건 안다. 그러나 그녀는 살아 있다. 즉, 결국 나는 그녀를 죽이지는 않았다는 이야기다. 유방과 성기를 도려내 가지고 돌아온 것도 모두 내 환상이다. 바로 그렇기 때문에 그녀는 살아 있고, 그녀가 들어 있던 봉투는 마당에 없다. 비디오를 찍은 것도, 그것을 몇 번이나 보았지만 모두가 환상이다.

그건 모두 앞으로 일어날 일이었다. 그렇게 생각하자 미노루는 황홀해졌다.

그것은 단지 예지몽 같은 환상이었다. 나는 결국 그 멋진 여성을 만나, 최고의 사랑을 맛보게 되리라. 틀림없이.

그렇게 생각하자 망설임은 사라졌다. 계단을 내려가려 했을 때 올라오는 초로의 남자에게 길을 비켜주었는데 상대방은 고개 한번 숙이지 않고, 본 척도 하지 않았다.

그는 계단을 내려와 Mirror on the Wall의 문을 들어섰다.

그녀가 혼자 안쪽 카운터에 앉아 있는 것을 보고도 그는 조금도 놀라지 않았다.

옆 의자에 앉아 말을 걸었다.

"혼자십니까?"

3
3월 · 마사코

명백한 증거를 발견했지만 마사코는 다음에 무얼 해야 할지 몰랐다. 이것을…… 이 끔찍한 것을 가족에게 보여준다? 말도 안 되는 이야기다. 그럴 수는 없다. 그들에게 이런 것을 보여줄 수는 없다. 대체 나는 어떻게 해야 하는 걸까? 어떻게 하면 그 애를 구해줄 수 있을까.

이런 짓은 그만두라고 하면 순순히 말을 들을까. 화를 내지는 않을까? 어제처럼 화를 내며 폭력을 휘두르지나 않을까?

결국 그녀가 선택한 것은 지금까지보다 그 애를 더 감시하고, 가능한 경우에는 몰래 뒤를 밟아 어디 가는지 지켜보는 일이었다. 요령도 없고, 방법도 전혀 모르는 그녀에게 그것은 무척 어려운 일이었다. 역에서 전철을 타는 것을 지켜보기만 하는 나날이 이어졌다. 같은 전철을 타면 바로 들통난다. 아무래도 그런 위험을 감수할 수는 없었다. 흥신소 같은 곳에 부탁하는 방법은 애당초 생각도 하지 않았지만 이대로 가면 아무런 의미도 없다. 그러나 당분간은 괜찮을 거라고 생각했다. 4월에 들어서부터가 위험하다. 그렇게 되면 무슨 수를 써서라도 밖에 내보내지 말아야 한다.

절망적인 심정이었다. 이 이상 어떻게 해야 할지 알 수 없다. 이대로는 안 된다는 건 안다. 그 애에게는 언제든 여자를 죽일 시간이 있다. 나는 그걸 멈추게 할 수 없는 걸까.

그녀는 선글라스와 모자를 사서 변장하면 완벽한 미행을 할 수 있지 않을까 하는 생각이 들었다. 다른 가족들에게는 뭔가 핑계를 대야겠지만 이게 최선의 방법이라는 생각이 들었다.

28일 저녁 식사 후, 외출하려는 아들을 붙들고 어디 가느냐고 물었다.

"잠깐 친구 만나러." 아들이 대답했다.

"친구라니, 누구?"

"……엄만 모르는 애야."

결코 그녀의 눈을 똑바로 보려 하지 않았다.

역을 향해 걸어가는 그를 배웅하고 나서, 딸에게 외출한다고만 해두고 마사코는 바로 옷을 갈아입고 자전거로 역까지 달려갔다. 개찰구로 들어서는 아들의 모습을 발견하고 안도했다.

그러나 지금부터가 진짜다. 어디로 갈 작정인지는 모르지만 오늘은 끝까지 따라가봐야 한다.

4
3월 · 히구치

바텐더의 증언에 따라 만들어진 몽타주는 노모토를 통해 입수할 수 있었지만 가모우라는 대학원생에 관해서는 현재 조사 중이라고 할 뿐 그 이상의 정보는 주지 않았다. 인권침해가 될지도 모른다는 것이 그 이유였다.

몽타주는 느슨한 얼굴을 한, 선이 가느다란 남자로 그려져 있었다. 미남이라고 해도 좋을 만한 얼굴이라 여자들이 경계하지 않을 타입으로 보였다. 히구치는 이게 제대로 그려진 것이기를 바랐다.

"······공연한 짓은 하시지 않았으면 좋겠군요." 노모토는 화가 난 표정으로 말했다. 너무도 당연한 반응이다.

"미안하네. 방해할 생각은 없어. 우리 마음이 풀릴 때까지 내버려둘 수 없겠나?"

"대체 선배는 자신을 뭐라고 생각하는 겁니까? 이제 경부님도 뭣도 아니잖습니까?"

나는 여자를 죽게 만든 놈이다, 라고 대답하려 했지만 말이 나오지 않았다. 그런 소리를 그에게 해봐야 아무 소용이 없다.

노모토는 그 이상 아무 말도 하지 않았다. 마음대로 하라는
의미로 해석했다.

히구치는 범인이 이제 그 Mirror on the Wall이라는 술집에
는 오지 않을 거라고 생각했다. 장소를 계속 바꾸는 머리를
지닌 범인이 얼굴이 빤히 드러난 가게에 다시 올 리가 없다.
하지만 가오루는 전혀 다른 이유에서 매일 밤 그 가게에 들르
고 싶어 했다. 언니가 마지막으로 목격되었고 술을 마셨다는
그 장소에서 잠깐이라도 시간을 보내고 싶다고 했다.

히구치는 함께 가기로 했지만 사이토는 거절했기 때문에
세 번째 술집을 나선 뒤면 늘 한잔하는 곳이 되었다.

카운터에서, 때로는 테이블에서 히구치는 가오루의 이야기
를 들었다. 어린 시절의 언니 도시코 이야기, 아버지와 어머
니 이야기, 도시코의 남편을 포함해 지금까지 사귄 남자들 이
야기. 그녀는 한없이 이야기를 했다. 그녀가 듣고 싶어 했기
때문에 히구치도 아내 이야기를 했다. 둘이 만나서 반대하는
데도 결혼했는데 자식이 생기지 않았다는 이야기, 그리고 죽
음. 즐거웠던 일이나 슬펐던 일이나 모두 담담하게 이야기했
다.

두 사람에겐 바로 이런 시간이 필요했는지도 모르겠다는
생각이 들기 시작했다. 시시한 탐정 놀이가 아니라 서로의 모

든 것을 털어놓는 시간이.

"언니 마음을…… 조금은 알 것 같은 기분이 들어요." 가오루는 어느 날 밤, 그런 말을 했다.

"응? 그런가?" 히구치는 무뚝뚝하게 대답했다. 별 의미가 없는 말이라고 생각했다.

"……히구치 씨를 좋아하게 된 이유가."

그는 아무 말도 할 수 없었다. 가오루가 말을 이었다.

"아버지를 닮았어요. 아버지는 늘 언니보다도 제게 잘 대해주셨죠. 어렸을 때는 제가 동생이어서 그러는 줄 알았습니다. 부모님은 '도시코는 야무진 애니까'라고 자주 말씀하셨죠. 저하고는 달리 염려할 일이 없다는 겁니다. 하지만 사실은 그게 아니었다고 생각해요. 아버지는 언니보다 저를 귀여워하셨어요. 겉으로 차별은 하지 않았지만 언니는 그걸 알 겁니다.

……언니의 결혼은 아마 지금 생각해보면 역시 실패였을 거라고 생각해요. 언니는 사실 아버지처럼 완전하게 의지할 수 있는 사람과 결혼해야 했는데, 일을 잘하는 여자라는 껍질이 씌워져버렸기 때문에 딩크족 같은 결혼을 하고 말았죠. 그렇지만 사실은…… 사실은……."

별로 인정하고 싶지 않은 이야기였다. 히구치는 말없이 술을 마셨다.

"아버지 나이쯤 되는 분이라는 이야기를 들었을 때는 역시 깜짝 놀랐습니다. 하지만 이렇게 이야기하다 보니 나이 따윈 상관없다는 걸 알겠어요. ……언니의 것이라면 무엇이든 탐이 났다고 했었죠? 아직 그 버릇, 고쳐지지 않은 것 같네요."

마지막은 웃음이 섞인 말투였지만 그 얼굴은 고통스럽게 일그러져 있었다. 히구치는 참을 수 없어서 "이제 그만 가지"라고 말했다.

가오루는 머리를 숙인 채로 고개를 저었다.

"저를, 안아주지 않으시겠어요? 언니는 안겨보지 못했으니 대신에."

농담하지 마라, 라고 하려다 말을 삼켰다. 농담은커녕 너무 진지했기 때문이었다. 히구치도 순간 마음이 흔들렸다. 서로에게 있어서 그것이 뭔가 구원이 될 것 같다는 생각도 들었다.

히구치는 말했다.

"안 돼. 그런 짓을 해봐야 아무 도움도 안 돼. 상처만 입을 뿐이지. 아무리 자책해도 언니가 살아 돌아오지는 않아. 이제 그만 정신을 차리고 자기 인생을 살도록 해. 난 이만 가겠어."

중요한 정보를 얻기는 했다. 그러나 지금 그 모든 것이 히구치에게는 헛수고인 것처럼 여겨졌다. 결국 아무도 구원받을 수 없었는지도 모른다. 이제 끝내야 할지도 모른다. 범인을 이 손으로 잡을 수 있을 거라는 생각은 전혀 없지 않았는가?

일어서려 하지 않는 가오루를 카운터에 남겨두고 계산을 마쳤다. 가게를 나갈 때 딱 한 번 뒤돌아보았지만 가오루는 꼼짝도 하지 않았다.

"가지 않을 건가?" 히구치가 말했다.

"……예. 조금만 더, 혼자 마시고 갈게요. 안녕히 가세요." 그녀는 입술을 찡그리며 미소 지었다.

"먼저 갈게."

혼자 있는 것도 괜찮을지 모른다, 피차. 히구치는 그렇게 생각하며 가게를 나왔다. 좁은 계단을 올라가다 보니, 양복 차림의 남자 한 명이 위에서 기다리는 중이었다. 엇갈려 지나기도 힘들 만큼 좁은 계단이었다. 히구치는 상대의 얼굴도 보지 않고 그 남자의 옆을 스쳐 지나갔다.

3월 28일 오후 11시가 지난 시각이었다.

5
28일 오후 11시 5분 · 미노루

"나는 가모우. 가모우 미노루."

그렇게 이름을 대자, 여자의 몸이 굳어졌다. 하지만 미노루는 그걸 눈치채지 못했다.

여자는 가오루라고 이름을 밝혔지만 미노루는 이름 따위에는 신경 쓰지 않았다. 그녀인 게 틀림없다. 이름이 뭐건 장미는 장미다.

미노루의 기억(미래의 기억?)에 있는 것과 조금도 다르지 않은 회색 옷을 입고, 제일 안쪽 등받이 없는 의자에 걸터앉아 있다.

오늘 밤 그녀는 우는 것 같지 않았지만 무척 창백했다. 두리번두리번 실내를 둘러보고, 이마의 땀을 닦았다. 컨디션이 좋지 않은 모양이라는 생각이 들었다.

"불편하다면 저쪽으로 갈게."

"아뇨! 불편하다뇨." 그녀는 당황해 말했다.

주문을 받으러 온 바텐더는 낯이 익지 않았지만 미노루가 미즈와리를 부탁하자 "얼리타임스, 괜찮겠습니까?"라고 되묻는 것은 똑같았다. 약간씩 그의 환상과는 다른 부분이 있는 모양이다.

가오루는 아직 잔에 맥주가 반쯤 남아 있었지만 돌아서는 바텐더를 뭔가 할 이야기가 있다는 듯한 시선으로 바라보았다.

"뭐 마실 건가? 시켜줄게."

"예? ……아, 그게 아니고요." 조심스럽게 미소를 지었다.

역시 나와 함께 있고 싶은 모양이다. 더는 쓸데없이 시간을 낭비할 필요는 없을 것 같았다. 그녀야말로 내가 찾아 헤매던 여자다. 그녀는 사랑받고 싶어 한다. 너무도. 미칠 지경으로.

죽고 싶을 만큼.

"나가지 않겠어? 멋진 곳을 아는데."

그녀는 생각하는 시늉을 했다. 일부러 애가 타게 만드는 거
라는 생각이 들었다.

"……그래요, 잠깐 기다려주세요. 화장을 고치고 올 테
니."

몇 분 뒤 화장실에서 나왔다. 하지만 별로 화장을 고친 것
같지는 않았다. 나름대로 사정이 있을 거라는 생각에 따로 묻
지는 않았다.

둘이서 가게를 나왔다. 계산은 입도 대지 않은 미즈와리 한
잔 값뿐. 그녀가 마신 것은 이미 지불을 한 모양이었다. 어차
피 나갈 생각이었으리라. 자칫하면 또 엇갈릴 뻔했다.

계단을 올라가 그녀는 주위를 둘러보았다.

"왜 그러지?"

"……아, 아뇨. 별로. ……어디 데려가주실 건가요?" 그녀
는 겁먹은 표정으로 웃었다. 겁먹을 일 아무것도 없는데. 숫
처녀인가, 하는 생각이 들었다.

그는 미소를 지으며 대답했다.

"멋진 곳이지."

6
28일 오후 11시 5분 · 히구치

히구치는 씁쓸한 기분으로 천천히 지하철역을 향해 걸었다.

왜 그녀를 안아주지 않지? 아직 네 물건은 쓸 수 있잖아. 그녀를 안아주면 하찮은 죄의식 따윈 날아가버릴 텐데.

불길한 두근거림을 느꼈다. 만약 가오루까지 살인마의 먹이가 된다면 대체 나는 어떻게 그 여자들에게 사죄해야 하는 걸까? 도시코를 죽게 만든 일로 이토록 죄의식을 느끼는데.

한심한 생각이라며 떨쳐냈다. 그 가게에 범인이 나타날 리가 없다. 그렇게까지 바보는 아니겠지. 하지만 만약에 나타난다면? 혹은 범인과는 전혀 관계없는 남자가 말을 걸었는데, 그놈이 정신이상자라면?

히구치는 멈춰 서서 가만히 생각한 뒤에 일단 가오루를 집에 돌려보내기로 마음을 굳혔다. 혼자 이 거리에 버려두고 싶지는 않다. 억지로라도 집에 돌려보내자.

발걸음을 돌려 다시 Mirror on the Wall로 향했다. 이미 가게와는 멀어져 거의 지하철 역 가까이까지 온 상태였다.

선글라스를 낀 이상한 여자가 주위 사람들에게 길을 묻는데 다들 모르는지 손사래를 쳤다.

"……미안합니다. 이 근처에 살인이 일어났던 호텔 모르세요?" 히구치에게까지 물어왔다.

"살인? 그 연쇄 살인 말입니까?" 그는 굳은 표정을 지으며 되물었다.

"아, 예. 그런데요."

중년 여인인데 아무래도 태도가 이상했다. 연예인도 아닐 텐데 이 깊은 밤에 선글라스를 쓴 것도 이상하고, 챙이 넓은 모자를 깊숙하게 눌러쓴 모습도 이상하다. 분명히 얼굴을 숨기려는 모양이었다.

히구치의 머릿속에서 요란한 경고음이 울리기 시작했다. 이 여자는 수상쩍다. 사건과 뭔가 관계가 있는 걸까?

"어째서 그런 곳에 가려는 거죠?" 그는 애써 부드러운 목소리로 물었다.

"아뇨, 그냥 왠지……. 아십니까? 알면 가르쳐주세요."

히구치가 쳐다보자 안절부절못하고 몸을 움직였다. 머리가 좀 이상한 사람일지도 모르겠다는 생각을 했다. 결국 망설인 끝에 호텔 이름과 가는 길을 알려주고 앞장서서 걸었다. 방향이 같아 그녀는 뒤에서 따라왔다.

여자가 Mirror on the Wall로 들어가는 자기를 지켜보고 있다는 걸 알았지만 히구치는 무시하고 계단을 내려가 문을 열었다.

가오루는 없었다. 계산대에 있는 남자에게 물었다.

"나하고 함께 왔던 여자분, 나갔나?"

"아, 저쪽 카운터에 계시던……? 예, 나가신 뒤에 바로 들어온 남자분과 나가셨는데요……."

나간 뒤에 바로 들어온 남자……? 사이토가 돌아온 걸까.

그때 젊은 여자의 목소리가 뒤에서 들려와, 히구치는 힐끔 그쪽을 쳐다보았다.

"어머, 기분 나빠. 저게 뭐야?" 한 손님이 바텐더를 잡고 물었다.

"왜 그러세요?" 바텐더가 물었다.

"세면대 거울에 '경찰에 신고해주세요'라고 적혀 있어."

경찰에……?

가오루다. 히구치는 직감적으로 모든 것을 파악했다. 나하고 엇갈려 들어온 범인이 가오루에게 말을 걸었다. 나하고 엇갈려서? 그 남자다. 계단 위에 있던 남자. 제길!

히구치는 달려가 방금 여자가 나온 여성용 화장실로 뛰어 들어갔다. 루주로 크게 '경찰에 신고해주세요. 연쇄 살인범의 이름은 가모우 미노루. 지금 함께 호텔로 갑니다. 시마키 가오루'라고 적혀 있었다.

"이럴 수가." 히구치는 중얼거렸다.

무슨 이런 어처구니없는 짓을. 왜 이리 위험한 짓을.

가모우 미노루. 만약에 그녀를 죽이기라도 한다면 내가 네 놈을 죽여버릴 테다.

히구치는 그 이름을 머릿속에 새겼다.

7
28일 오후 10시 45분 · 마사코

마사코는 미친 듯이 돌아다녔다. 롯폰기까지는 내내 눈치채지 못하게 뒤를 밟았는데, 지하철 계단을 올라온 뒤 아들의 모습이 보이지 않았다. 어느 쪽으로 갔는지 알 수 없었다.

어쩌지. 어쩌지. 또 사람을, 여자를 죽이러 온 걸까. 어떡하면 좋을까. 상대방은 정해진 걸까. 아니면 지금부터 찾으려는 걸까. 그렇다면 오늘은 괜찮을지도 모른다. 그러고 보니 이 근처에서 살해당한 여자가 있었을 텐데. 그건 확실히……. 그렇다. 2월에 일어난 사건이다. 아오야마 쪽 호텔에서 발견되었다. 그쪽으로 가볼까.

그렇지만 아오야마의 어떤 호텔인지 모른다. 한참을 망설인 끝에 몇몇 사람에게 물어보았다. 겨우 어딘지 아는 사람을 만나 이야기를 듣고 그리로 향했다.

들키면 어쩌나 싶어 불안해하는데, 조금 전에 길을 가르쳐주었던 남자가 달려와 마사코를 추월했다. 대체 무슨 일일까.

멀리서 순찰차의 사이렌 소리가 들려왔다. 흔한 일이다. 도쿄에서는 분명 하루 종일 어딘가에서 사이렌이 울리니까.

그렇게 생각하려 했지만 두근거리는 가슴은 사이렌 소리가 다가옴에 따라 더 크게 뛰었다.

뒤에서 추월해 가는 순찰차도 있었다. 마사코는 걷는 속도를 높여 아예 뛰기 시작했다.

아주 요란한 네온사인이 있을 거라고 생각했던 마사코는 의외로 차분한 겉모습에 다른 호텔인줄 알았지만 계속해서 순찰차가 멈추기 시작하는 모습을 보고 여기가 틀림없다는 생각이 들었다.

여기서 그 애가 또……? 마사코는 10미터쯤 떨어진 곳에 멈춰 선 채 무얼 어찌해야 할지 알 수 없었다.

핏빛처럼 붉은 빛이 저쪽에서 미친 듯이 돌아갔다.

이미 늦은 거다.

마사코는 신음을 냈다. 갑자기 힘이 빠지는 것을 느꼈을 때는 이미 길바닥에 무릎을 꿇고 있었다.

8
28일 오후 11시 15분 · 히구치

순찰차의 사이렌이 울렸다. 아무리 그래도 너무 빠르지 않은가 생각하며 히구치는 죽어라 달렸다.

그 선글라스를 쓴 중년 여자를 지나쳤다는 것도 깨닫지 못했다.

바로 숨이 차기 시작했다. 오랫동안 이렇게 힘껏 달린 적이 없었다. 무릎 관절에 심한 통증이 와 넘어질 뻔했다. 심장이 마치 와이셔츠를 뚫고 튀어나올 것만 같았다.

상관있나? 어차피 죽어도 손해날 게 없다. 죽을 때까지 달려라. 그렇지 않으면 또 젊은 여자가 죽게 된다. 죽을 거라면 네가 죽어라, 네가.

딱 한 번 앞까지 가본 적이 있는 호텔의 네온사인이 보였다. 뭐라 읽는지 모를 알파벳을 늘어놓은 이름이다. 이상하게도 제복처럼 짙푸른 색 옷을 입은 여자가 호텔 앞에서 걱정스러운 표정으로 몸을 흔들었다.

"……."

소리를 지르려고 했지만 말이 나오지 않았다.

여자는 달려오는 히구치에 손짓하며 안을 가리켰다. "빨리 와주세요! 빨리!"

벌써 무슨 일이 일어났다. 이 여자가 경찰을 불렀다. 그래서 이렇게 순찰차가 달려왔다.

여자 앞으로 달려가 멈추며 "무슨…… 무슨 일이 있었나?" 목소리를 짜내 말했다.

"여, 여자가…… 나, 남자와…… 카, 칼로…… ."

뭐라 하는 건지 알 수 없다. 히구치는 안내하라고 몸짓하고 비틀비틀 차가 들어가는 입구로 다가갔다. 함께 엘리베이터에 타자 여자는 4층 버튼을 눌렀다. 히구치는 벽에 기대어 주저앉고 말 것 같은 몸을 간신히 지탱해야만 했다.

타버릴 듯한 폐보다도, 터질 것 같은 심장보다도 절망감이 그를 짓눌렀다.

나는 이 손이 닿은 것을 모두 죽음에 이르게 만들어왔다. 저승사자다. 나야말로 타나토스라는 죽음의 신이다.

엘리베이터 문이 열리자 히구치는 허우적거리며 밖으로 나왔다. 오른쪽 문이 열려 있었다.

"거, 거, 거깁니다. 거기!" 여자는 엘리베이터에서 나오려하지도 않고 그저 손가락으로 가리킬 뿐이었다.

히구치는 안으로 들어갔다.

흐트러진 침대 위에는 가오루가 옷을 입은 채로 꼼짝도 하지 않고 누워 있다. 기묘하게도 그녀의 귀에는 침대 옆에 놓인 포터블 CD 플레이어에 연결된 이어폰이 꽂혀 있었다.

"가오루!" 히구치는 그녀의 이름을 외치며 침대로 달려가려다 다른 것을 보았다.

남자다. 젊은 남자가 배에 칼이 찔려 침대 다리 옆에 기대어 숨이 끊어져 있었다. 데님 재킷을 입고 면바지를 입은 남자였다. 이자가 범인인가……? 그렇다면 가게 앞에서 본 남자가 아닌 게 확실했다. 바텐더의 증언으로 만든 몽타주하고도 너무 다르다. 그리고 그 남자 옆에는 삼각대에 장착된 비디오카메라가 쓰러져 있었다.

가오루에게 반격을 당해 찔린 걸까? 그럴 상황으로는 보이지 않았지만 그런 해석 이외에는 달리 설명할 방법이 없었다.

히구치는 가오루에게 달려가 어깨를 잡고 흔들었다. 목에 붉은 자국이 둥글게 나 있다. 뭔가에 목을 졸린 흔적이라는 걸 바로 알 수 있었다.

제발 살아 있어줘. 부탁이야, 제발.

가슴에 귀를 대보았지만 자기 심장 뛰는 소리 때문에 아무것도 들리지 않았다. 목에 손을 대보니 희미하게 맥박이 느껴졌다.

"일어나, 일어나, 가오루. 제발 일어나."

눈꺼풀이 흔들렸다. 살짝 눈을 뜨더니 이윽고 초점이 맞았다.

"……히구치 씨…….."

"그래, 나야."

가오루는 히구치의 목에 두 팔을 감고 끌어안았다. 히구치는 자연히 그녀의 몸 위에 올라타는 모양이 되었지만 신경 쓰지 않았다.

"다행이야." 그가 말했다.

가오루가 울음을 터뜨렸다. 목구멍에서 치밀어 오르는 기침을 걷잡을 수 없이 반복하며 몸을 떨었다.

"다행이야." 그가 다시 한 번 말했다. 자기가 울고 있다는 사실은 깨닫지도 못했다.

9
28일 오후 11시 15분 · 미노루

미노루는 혼란스러웠다. 왜 그 여자는 결정적인 순간에 반항하기 시작한 거지? 내게 사랑받기 위해 거기 왔을 텐데. 왜지?

그리고 왜 그런 훼방꾼이 들어온 걸까? 대체 왜?

헤아릴 수 없는 의문부호가 미노루를 뒤덮었다. 왜. 왜. 왜.

비상구로 나온 그는 제일 가까운 지요다 선의 노기자카 역에 이르렀을 때 운 좋게 바로 도착한 전철을 타고 집으로 향했다.

왜 나는 그 여자들을 고른 거지? 왜?

그래, 그 여자들은 모두 아름다웠다. 보는 눈이 없는 남자들에게는 평범한 아름다움으로 보일지 모르지만 그녀들은 광채가 났다. 흰 피부, 풍만한 가슴과 허리, 단정한 얼굴. 한없이, 한없이 진정한 아름다움에 가까웠다.

가오루라고 한 그 여자를 천국에 보내주려 했을 때 얼핏 느껴진 것이 있었다. 사랑해야 할 것은 이 여자가 아니다. 그럼 누구지? 그럼 누굴까?

필사적으로 그 생각을 하는데 그 녀석이 방에 뛰어들어 방해를 했다.

"그 사람한테서 손을 떼세요."

"……어떻게……. 네가 여기에……?" 미노루는 가오루의 목에 걸친 허리띠 끄트머리를 쥔 채로 중얼거리듯 말했다.

"당신은 병이야, 병. 그 사람을 놔줘."

병……? 내가 병? 아무것도 모르는군. 나는 그저 다른 녀석들은 그 존재조차 알 수 없었던 진실한 사랑의 계단을 올랐을 뿐인데.

그러나 그런 이야기를 설명한들 이해해줄 것 같지는 않았다. 이해할 수 있는 것은 자기처럼 선택받은 인간뿐이니까. 그럴 생각은 없었지만 상황이 그렇게 되었다면 죽이지 않을 수 없었다.

미노루는 설득에 귀 기울이는 척하면서 침대에서 내려와 재빨리 가방에 손을 넣어 타월로 싼 칼을 꺼냈다. 안색이 변한 녀석을 향해 미노루는 온몸을 던졌다. 고기 써는 칼의 날이 정확하게 그의 위 부근을 파고들어, 피는 거의 튀지 않았다. 녀석은 잠시 자기 배에 꽂힌 칼자루를 바라보았지만 이윽고 비틀비틀 뒷걸음질 쳐 미노루가 세워둔 삼각대에 부딪치더니 침대 발치에 쓰러졌다.

그때 여태껏 신경 쓰지 않던 몇 가지가 매듭이 지어졌다. 일의 진상이 흐릿하게나마 보였다.

마당에서 사라졌던 두 개의 비닐봉투. 테이프를 넣어두었던 비디오카메라가 기억에도 없는데 텔레비전 받침대 아래 들어 있었던 것. 언제나, 그리고 오늘도 내내 누군가가 지켜보는 느낌이 들었던 것.

들켰다. 내가 한 일 모두. 모두 다.

이제 모든 게 끝장일까. 나는 결국 이 탐색을 끝낼 수 없는 걸까? 찾아냈다 싶으면 손가락 사이로 빠져나가는 사랑이란 이름의 이 불확실한 짐승을 나는 결국 손에 넣을 수 없는 걸까?

정말로 사랑해야 할 사람은 누구였을까?

에토 사치코, 에리카, 도시코, 마키…… 그리고 가오루. 그녀들은 대체 왜 내게 선택된 걸까?

닮았다. 그 여자들은 모두 닮았다. 나를. 예전에 귀엽다는 말을 듣던 나를. 그리고 물론 어머니도.

닮은 누군가를 사랑할 수 있을 테니

섬광처럼 스쳐 가는 기억이 있었다.

어린 시절, 어머니를 사랑했다. 진심으로 사랑했다. 어느 날 밤에 오줌이 마려워 일어났다가 아버지가 어머니를 괴롭히는 모습을 보았다. 어머니의 사타구니에 얼굴을 묻고, 어머니를 울리고 있었다. 하지만 어머니는 저항하지 않았다. 괴롭힘을 당하면서도 그대로 있었다.

이튿날 낮잠을 자던 어머니를 보고 가슴이 설렜다. 흰 허벅지를 만지는 것도 오래간만이었다. 스커트를 살짝 감아올려,

허리까지 있는 여성용 속바지의 허벅지 부분을 들춰보려고 했다. 아버지가 무얼 했는지 알 수 있을 거라는 생각이었다.

바로 그때 아버지가 방으로 들어왔다. 불같이 화를 내며 발랑 까진 놈이라거나 변태 자식이라는 뜻도 모를 소리를 하며 미노루를 때렸다. 깜짝 놀라 잠에서 깬 엄마까지 때렸다.

미노루는 공포와 치욕과 후회 때문에 울부짖었다.

미노루는 이제 모든 게 생각나 그 시절로 돌아가 있었다.

엄마. 엄마. 나를 사랑했을 엄마. 어째서 그런 남자가 시키는 대로 했죠? 아름다운 엄마를 더럽히고 울린 남자에게?

하지만 이제 망설일 것은 아무것도 없다. 엄마는 내 것이다.

지금 갈 테니까.

10
28일 오후 11시 25분 · 히구치

대체 여기서 무슨 일이 일어난 건지는 아직 알 수 없다. 자세한 이야기를 물어볼 수도 없다. 하지만 이제 아무래도 상관없다. 가오루는 결코 죽지 않았다. 비록 위험했지만 구해낼 수가 있었다.

미에나 도시코는 구할 수 없었지만 가오루만은 죽지 않았다. 히구치는 그걸로 충분했다.

가오루는 침대에 걸터앉은 히구치의 왼팔에 매달려 어깨에 머리를 얹은 채로 눈을 감았다. 가늘게 떨리던 몸이 조금씩 진정되어갔다. 어쩌면 그 떨림은 히구치 자신의 것인지도 몰랐다. 전력질주한 탓에 거칠어졌던 맥박과 호흡도 시간이 걸리기는 했지만 원래 상태로 되돌아왔다. 아직 혈관이 파열되어 죽지는 않을 것 같았다.

이제 됐다. 이제 이걸로 됐다.

히구치는 몇 번이나 속으로 중얼거렸다.

다행히 바로 수사본부에서 달려와준 노모토 덕분에 히구치는 경찰들에게 몇 번이나 같은 설명을 반복하지 않아도 되었다. 하지만 구급차에 실려 가는 가오루를 계속 따라갈 수는 없었다. 들것에 실려 방에서 나갈 때, 가오루는 히구치를 향해 고개를 끄덕여 보였다. 히구치는 이렇게 말했다.

"나중에 꼭 갈게."

가오루는 창백한 얼굴에 희미한 미소를 짓기까지 했다. 그녀가 실려 나가자, 히구치는 급작스레 피로를 느껴, 비틀비틀 침대에 걸터앉았다. 노모토는 시체를 촬영하는 플래시가 터지기 시작하는 것을 힐끔 보더니, 히구치를 향해 말했다.

"얼마나 경솔한 짓을 했는지 아시죠?"

"……그래."

호흡은 진정되었는데, 이번에는 두 손이 떨리기 시작했다.

그녀를 죽게 할 뻔했다. 나는 또 한 여자를 죽게 만들 뻔했다.

그러나 노모토는 그 이상 히구치를 몰아붙일 생각은 없는 모양이었다.

"그래, 대체 무슨 일이 있었던 겁니까? 선배가 이 녀석을……?"

"아니야. 그렇지 않아. 왔을 땐 이미 그 녀석은 죽어 있었어."

"……그럼 시마키 씨가?"

히구치는 필사적으로 상황을 되돌아보고, 그랬을 가능성을 다시 검토했다.

"아니, 그렇지는 않을 걸세. 여기 들어왔을 때 가오루는 의식이 없었어……. 혹시 체념하고 자살한 것이 아닐까……?"

"설마. 다툰 것처럼 보이는데요. 뭐 그건 나중에 천천히 시마키 씨에게 물어보죠. 진술서 만드는 데 협조해주십시오."

오늘은 피곤하니 돌아가게 해달라는 소리는 할 수 없었다. 실제로 그는 침대에서 일어설 자신도 없었다.

"……그러지."

히구치는 간신히 일어섰다.

함께 호텔 밖으로 나오자 늘어선 순찰차들 사이에 몇몇 구경꾼들이 서 있었다. 슬금슬금 도망치려 하는 커플 몇 쌍이 경찰의 제지를 받았다. 불륜이라도 저지르다 들통이 날까 겁이 난 걸까.

문득 보니 자기에게 호텔로 가는 길을 묻던 선글라스를 낀 여자가 길에 주저앉아 넋이 나간 표정을 지었다. 깜빡 잊었는데, 사건과 무관하다고는 생각할 수 없는 여자다. 노모토에게 기다리라고 눈짓하고 그녀에게 다가갔다.

　"……여보세요. 왜 그러십니까?"

　여자는 느릿느릿 이쪽을 바라보았다.

　"안에서…… 안에서 무슨 일이 있었나요?"

　"남자가 한 명 죽었습니다. 살인범…… 같습니다."

　그 말을 들은 순간 여자는 소리 내어 울기 시작했다.

　노모토가 다가와 히구치에게 눈짓으로 무슨 일이냐고 물었다.

　"범인과 관계있는 것 같은데." 그런 애매한 대답밖에 할 수 없었다.

　노모토는 쭈그리고 앉은 여자에게 다가가 어깨에 손을 얹었다.

　"당신 이름은? 살인범을 아나?"

　여자는 고개를 저으며 울기만 하고 대답하지 않았다.

　"이거 안 되겠군. 그냥 둘 수도 없고……. 일단 차에 태웁시다. 도와주세요."

　노모토는 그렇게 말하더니 여자의 옆구리에 손을 끼워 억지로 일으켜 세웠다. 히구치도 손을 뻗어 반대편 팔을 잡고 둘이서 순찰차로 데리고 가 태웠다. 바닥에 떨어질 뻔한 핸드

백을 얼른 한 손으로 낚아채 안으로 끌어들였다.

"잠깐 실례하겠습니다." 노모토는 차 안에 앉자, 작은 백을 열었다. 그녀는 그것도 모르는 모양인지 그저 울고만 있었다. 그는 백 안을 뒤져 지갑을 꺼냈다. 그 안에 들어 있던 몇 장의 카드를 뺐다. 운전석에 있던 젊은 제복 경찰이 뭔가 싶어 뒤를 돌아보았다.

히구치가 고개를 들이밀고 들여다보니 카드에는 가모우 마사코라고 적혀 있었다.

등에 소름이 끼쳤다. 가모우!

"범인과 성이 같군."

히구치가 중얼거리자 그녀는 찔끔 반응을 보이더니 다시 흐느끼기 시작했다.

둘이서 백 안을 철저하게 조사한 결과 백화점에서 받은 걸로 보이는 고객 메모라는 것이 한 장 나왔다. 가모우 마사코라는 이름과 나카노 구의 주소가 적혀 있었다.

그때, 호텔 입구에서 들것이 나오는 모습을 보고 노모토는 헛기침을 했다.

"……부인. 죄송하지만 시체 신원을 확인해주시겠습니까?"

여자는 깜짝 놀라 고개를 들더니, 실성한 표정으로 고개를 돌려 들려 나오는 들것을 바라보았다. 목이 경련을 일으키는지 울음소리가 그쳤다. 인도 쪽에 있던 히구치가 문을 열고

335

내리자, 여자는 비틀거리며 차에서 내려 허우적거리듯 들것으로 향했다.

"이봐! 그 사람 보여드려!" 노모토가 소리치자 들것을 옮기던 남자들이 멈춰 서서 시체를 덮은 담요를 걷었다. 여자는 쓰러지듯 들것에 매달려 다시 큰 소리를 내며 울기 시작했다.

히구치는 뒤에서 다가가 그 어깨에 손을 얹고 물었다.

"……당신 아들이죠?"

대답이 없었지만 여자는 몇 번이고 고개를 끄덕이는 것 같았다.

다가오는 노모토에게 히구치가 말했다.

"모친인 모양이군. 이 상황이면 오늘은 조사를 할 수 없겠어. 시부야 경찰서로 갈 거라면, 집에 데려다주는 게 어떻겠나. 이 부인의 다른 식구들 이야기도 들어야 할지 모를 테고."

노모토는 히구치의 참견에 기분이 상한 표정을 지었다.

"미안하지만 저는 이곳을 떠날 수 없습니다. 히구치 선배가 데려다드리고 본부에 들르실 때쯤에는 제가 도착할 수 있을 텐데요."

"난 괜찮네."

노모토는 가볍게 고개를 숙이더니 조금 전의 그 경찰에게 여자를 나카노에 데려다준 뒤, 히구치를 수사본부로 데리고 가서 진술서를 작성해야 한다는 내용을 설명했다.

여자를 태우고 히구치가 그 옆에 앉자, 순찰차는 천천히 움직이기 시작했다.

11
29일 오전 1시 · 미노루

집에 도착한 것은 1시가 지나서였다. 아이는 이미 잘 텐데. 깨어 있다 해도 상관없다. 엄마는 무엇을 할까. 잘까. 아니면 그가 돌아올 걸 알고 기다릴까.

비디오카메라나 CD 플레이어가 든 가방은 호텔에 깜빡 두고 와버렸지만 그런 건 이제 필요 없다. 진짜 사랑만 있다면 그런 건 필요 없다. 그리고 그 노래는 이미 외우기 때문에 플레이어 따위 없어도 된다.

엄마, 지금 갈게요.

12
29일 오전 0시 50분 · 히구치

가모우 마사코는 순찰차에 탄 뒤로 한 마디도 하지 않고 울음소리 한번 내지 않았다. 멍하니 허공을 바라보며 입을 반쯤 벌리고 꼼짝도 하지 않았다. 아들이 죽은 쇼크가 너무나도 컸던 걸까. 그런데 이 여자는 왜 그 호텔에 가려고 했던 걸까. 자식이 살인을 저지를지도 모른다는 사실을 알았던 걸까?

히구치는 여자에게 질문하는 걸 포기하고, 지금쯤 병원에 도착했을 가오루를 머릿속에 떠올렸다.

전에 경고하기는 했지만 정말로 살해당할 위기에 빠지리라고는 히구치도 생각하지 못했다. 그녀가 죽었다면, 만약 그녀가 죽었다면. 그런 생각을 하자 소름이 끼쳐 온몸이 떨릴 지경이었다. 만약에 그렇게 되었다면 나는 백만 번을 죽어도 할 말이 없다.

나카노 구에 들어서자 운전하던 젊은 경찰은 낯선 지역인지 몇 번이나 주소를 확인하고, 지도를 들여다보면서 천천히 차를 몰았다.

아는 곳까지 왔는지 가모우 마사코의 태도가 약간 변했다. 운전석 등에 손을 얹고 놀랍도록 차분한 목소리로 말했다.

"기사 양반, 저 앞에 내려주면 안 되나요?"

기사 양반이라고 불린 경찰이 의아하다는 표정으로 히구치 쪽을 돌아보기에 그는 고개를 끄덕여주었다.

"……가모우 씨, 충격이 크실 테지만 괜찮다면 사정을 설명해주시겠습니까?"

"사정? 무슨 사정 말입니까? 저는 얼른 돌아가서 저녁 식사 준비를 해야 해요. 다들 기다릴 겁니다."

"저녁 식사라니, 당신……."

그렇게 말하다 히구치는 어둠 속에서 빛나는 그녀의 눈동자가 너무도 멍해 보인다는 사실을 깨달았다. 단순한 쇼크 상태인지, 정신이 나가버린 건지는 의사가 아닌 히구치로서는 판단할 수 없지만 정상적인 상태가 아닌 것은 확실해 보였다. 그녀는 자기가 아까 본 것을 모두 부정하려 했다. 조사하기 위해서는 의사의 도움이, 신경과 의사의 도움이 필요할지도 모르겠다고, 히구치는 자기 업무라도 되는 양 생각했다.

순찰차가 주택가의 사거리에서 멈추자 마사코는 자기 백에서 지갑을 꺼내(안에 들어 있던 것은 히구치가 다시 넣어두었다) 운전기사에게 말했다.

"얼마죠?"

"……제가 낼 겁니다. 됐습니다."

"어머, 그래요? 미안합니다."

히구치는 문을 열고 내려, 마사코가 내리는 동안 부축해주었다.

그녀는 종종걸음으로 걸어 한 채 뒤에 있는 집 문 안으로 사라졌다. 히구치는 경찰에게 기다리라고 하고 서둘러 뒤를 따랐다.

마사코가 들어간 집은 지극히 평범한 2층집 같다는 것 이외에는 어두워서 잘 보이지 않았다. 현관이나 문의 전등은 꺼져 있었지만 2층의 창문 하나만은 불이 들어와 있었다. 누군가 아직 깨어 있는 가족이 있는 모양이었다. 나무 문패에는 붓으로 가모우라고만 적혀 있었다. 정신이 이상하기는 하지만 자기 집을 잘못 찾지는 않은 모양이다. 술 취한 사람이 자기 집을 제대로 찾아가는 것과 마찬가지일까, 하는 생각이 들었다.

마사코는 인터폰은 누르지 않고 자물쇠를 여는 중이었다.

"잠깐만요, 부인……."

히구치가 말을 걸었을 때는 이미 늦어, 그녀는 현관 안으로 들어가 안에서 문을 닫아버렸다. 얼른 콘크리트 계단을 뛰어 올라가 현관문에 이르렀을 때는 무정하게도 찰칵하고 잠금장치를 거는 소리가 들려왔다. 일단 문을 흔들어보지만 역시 잠겨서 열리지 않았다.

"부인! 부인! 잠깐 드릴 말씀이 있습니다. 문 좀 열어주시겠어요!"

문 안쪽에서 그녀가 구두를 벗고, 안으로 올라가는 기척이 들렸다. 그의 말은 귀에 들어오지 않는 모양이었다. 깨어 있는 가족이 내려와 문을 열어주면 좋을 텐데.

잠시 문을 흔들다가 문설주에 있는 인터폰을 누르려고 몸을 돌렸을 때였다. 위쪽에서 비명이 들려왔다. 아주 길게 꼬리를 끄는 여자의 비명이었다. 천천히 후진해 와 있던 순찰차가 문밖에 멈춰 서더니 경찰이 무슨 일인가 싶어 이쪽을 바라보았다.

"부수고 들어간다! 도와줘!"

히구치의 말에 경찰은 일단 순찰차에서 내렸지만 투덜거렸다.

"……관할이 다릅니다. 연락을 해야……."

"바보 같은 놈! 큰일 났단 말이야. 무슨 일이 났는지 몰라."

"그렇지만…… 범인은 이미 죽었잖아요?"

그렇게 말하면서도 비명은 들었는지, 허리에 있는 경찰봉으로 현관문의 유리를 깨더니 얼른 손을 집어넣어 잠금장치를 풀었다. 히구치가 문을 열고 안으로 뛰어들자 경찰은 권총을 꺼내 자세를 취하며 현관으로 들어왔다.

"날 쏘지는 마."

어처구니가 없어 그렇게 말하며 히구치는 구두를 벗고 안으로 올라갔다.

"무슨 일입니까! 부인, 어디 계세요?"

집 안은 캄캄해, 그들의 거친 숨소리밖에 들리지 않았다. 둘러보니 현관에서 바로 이어지는 계단 꼭대기 부분에 희미하게 빛이 새어 나오고 있는 게 보였다. 불이 켜져 있던 것은 2층이었고, 비명도 위쪽에서 들려왔으니 무슨 일이 벌어진 곳은 틀림없이 2층이다. 히구치는 경찰에게 눈짓을 보내고 계단을 살금살금 올라가기 시작했다. 이따금 계단이 삐꺽거리는 소리가 들렸다. 뭔가 위험이 기다리는 걸까. 권총이 필요할 만한.

설마. 살인마는 죽었다. 혹시 살아 있다 해도 성도착자들 대부분은 경찰에 맞설 만한 용기가 없다.

히구치가 2층에 도착하자 흐느끼는 소리가 들려왔다. 복도 오른편 안쪽에 열린 미닫이문이 있고, 거기에 아까 그 부인이 다다미 바닥에 철퍼덕 주저앉아 있는 뒷모습이 보였다. 그는 뒤따라 올라오는 경찰에게 고개를 끄덕이고, 천천히 다가갔다.

방 안을 보았다. 두 평 반가량 되는 일본식 방이었다. 오른쪽 도코노마*에는 산수화 족자, 꽃꽂이 그릇에는 조팝나무가 꽂혀 있었다. 안쪽에 있는 장지문은 열려 있고, 그 안쪽의 알루미늄 새시 창문까지는 마루방으로 되어 있었다. 가구는 텔레비전과 오동나무 장롱, 그리고 한 평쯤 되는 넓이의 전기장판 위에 이불이 깔려 있었다. 이불과 담요는 함부로 들춰낸 듯이 옆으로 치워져 있었다.

그 이부자리 위에 남자가 있었다. 그리고 또 한 명의 여자도.

여자는 완전히 옷을 벗었고 목에는 까만색 가죽 허리띠가 감겨 있었다. 단정한 얼굴이지만 얼굴에는 주름이 몇 가닥 있었다. 머리카락도 흰머리가 섞였다. 남자가 뺨을 문지르는 유방은 양쪽으로 축 늘어져 보기에 애처로웠다.

그리고 남자도 또한 옷을 모두 벗고 있었다. 여자의 몸 위에 올라타, 최고로 행복한 표정을 지으며 그 여자—핏기가 없

---

* 일본식 방에서 바닥을 약간 높여 그림이나 도자기, 꽃병 등을 장식해두는 공간.

342

이 검푸르게 변해버린 시체—와 성교 중이었다. 너무 황홀해서인지 이미 제정신이 아닌지, 사람들이 들어왔다는 사실도 깨닫지 못한 듯이 허리를 움직였다.

젊은 경찰은 그걸 보자마자 두세 걸음 뒷걸음질 쳐 복도로 주춤주춤 물러나기 시작했다.

문 쪽에 주저앉아 계속 울던 마사코도 그제야 히구치와 경찰이 와 있다는 걸 깨닫고, 절망적인 눈빛으로 그들을 돌아보았다.

이윽고 그녀가 두 손으로 얼굴을 가리고 다다미에 엎드려 울부짖기 시작했을 때, 벌거벗은 남자는 비로소 관객이 있다는 사실을 깨달은 듯이 이쪽을 보았다.

"아아, 아아, 무슨 짓이야! 여보! 어머님께 무슨 짓을!"

마사코는 그렇게 말한 뒤, 등을 들썩이며 계속 울기만 할 뿐이었다.

* * *

3월 30일 자 조간 1면 톱기사

살인 혐의로 대학교수 체포—호텔 연쇄 살인사건 수사본부는 어제 새벽, 사립 도요분카 대학 문학부 사학과 조교수 가모우 미노루(43세)를 친어머니 가모우 요코(蒲生容子) 살해 혐의로 긴급체포했다. 동기는 밝혀지지 않았지만 수사본부는 어제 오전

0시경 아오야마 호텔에서 일어난 그의 장남 가모우 신이치(信一, 20세) 살해사건 및 호텔 연쇄 살인사건과의 관련 여부를 조사 중이다. 또한 지난해 10월에 도요분카 대학 여학생이 살해된 사건에 대해서도…….

참고문헌

시모카와 고시(下川耿史), 《살인평론》(세이큐샤)

콜린 윌슨, 《살인백과》

콜린 윌슨, 《살인 케이스 북》

콜린 윌슨, 《현대 살인백과》

A 스토, 《성의 일탈》

《IMAGO》*, 1992년 3월호

* 지금은 폐간된 일본의 정신분석학 전문지.

가사이 기요시*

다음 글은 이 책의 트릭과 범인을 언급합니다.

본문을 다 읽은 뒤에 이 해설을 읽어주시기 바랍니다.

이 소설 《살육에 이르는 병》은 현재 아비코 다케마루의 최고작이다. 동시에 현대 본격 추리문학의 서술 트릭 작품 가운데 최고봉이기도 하다. 독자는 이 소설을 다 읽은 뒤 틀림없이 어리둥절해진다. 《살육에 이르는 병》이 독자에게 주는 이런 느낌이 지닌 의미를 조금 생각해보기로 한다.

현대 본격이란 1970년대 후반부터 현재에 이르는 본격 탐정소설을 의미한다. 일본 미스터리 문학사의 흐름에서 이야기한다면 《환영성(幻影城)》** 이후다. 잡지 《환영성》은 오랜 기

---

* 笠井潔, 1948~. SF, 추리소설가. 추리소설 평론가.
** 1975년부터 1979년에 걸쳐 발행된 일본 추리문학 전문지. 에도가와 란포의 평론집 《환영성》에서 제호를 따왔다.

간 사회파 미스터리에 눌려 미스터리 무대의 변두리로 밀려나 있던 본격 탐정소설을 새로운 테마와 모티브로 현대에 되살리는 역할을 수행했다. 《환영성》 출신 작가 중에서 대표적인 작가가 렌조 미키히코*인데, 텍스트 트릭을 자주 쓰는 작풍이라는 점에서도 아야츠지 유키토**의 관 시리즈에서부터 오리하라 이치***까지, 현대 본격에 큰 영향을 미쳤다. 1980년대 초반의 침체기를 거친 뒤, 현대 본격은 아야츠지 유키토의 《십각관의 살인》(1987)으로 획기적으로 비약한다. 아야츠지 이후의 현대 본격 작가는 저널리스틱하게 신본격이라고도 불렸다. 아비코 다케마루 또한 신본격 작가 가운데 한 명으로 데뷔했다.

《환영성》 작가 가운데서도 연장자인 렌조 미키히코나 아와사카 쓰마오****의 작품에는 희박했던 요소가, 연배가 아래인 다케모토 겐지*****의 《상자 안의 실락》이나 구리모토 가오루******의

---

* 連城三紀彦, 1948~. 추리소설가. 1978년 《환영성》 신인상 수상. 1984년 《연문》으로 나오키 상을 수상했다.
** 綾辻行人, 1960~. 관 시리즈로 유명한 추리소설가.
*** 折原一, 1951~. 추리소설가. 도착 시리즈로 유명한 일본 최고의 서술 트릭 작가.
**** 泡坂妻夫, 1933~2009. 1975년 제1회 《환영성》 신인상 수상. 《그늘의 도라지》로 1990년에 제103회 나오키 상 수상. 대표작으로는 《아 아이이치로의 낭패》가 있다.
***** 竹本健治, 1954~. 추리소설가.
****** 栗本薫, 1953~. 일본의 SF, 호러, 판타지, 추리소설가.

《우리들의 시대》에서는 중심에 위치한다. 비좁은 공간에 갇혀 브로일러*처럼 강제적으로 사육되는 삶에 대한 결핍감, 공허감, 질식감. 말하자면 대량생** 시대의 병리적인 현상이다. 그것이 다케모토의 작품이나 구리모토의 작품에서는 범죄의 동기가 되는 등, 작품 공간의 중심에 위치해 있다. 《환영성》 시대에는 분리되어 있던, 다케모토=구리모토적인 주제성과 렌조적인 방법 의식을 신세대의 발상으로 결합했다는 점에서 《십각관의 살인》의 참신함이 있다.

대량생 시대의 병리는 1980년대 10여 년 동안 대부분의 일본 사회 전체를 집어삼켰다. 예를 들어 아야츠지는 《십각관의 살인》에서 학생들의 집단 음주에 의한 중독사 사고를 다뤘다. 또한 노리즈키 린타로***는 《밀폐교실》을 통해 학교 공간에서 일어나는 사망 사건을 주제로 다루고 있다. 모두 1980년대에 빈발해, 현대 사회의 병리적 징후로 주목받은 형태의 사건이다. 물론 상황은 1990년대인 오늘까지 기본적인 변화가 없다. 이지메 자살사건의 증가에서 볼 수 있듯이, 오히려 악화되고 있다.

몽매한 평자로부터 자주 몰사회적이란 비난을 받은 아야츠

* broiler, 여기서는 대량 사육되는 닭의 의미.
** 大量生, 20세기 소설의 특징을 논할 때 언급되는 가사이 기요시 나름의 철학 개념.
*** 法月綸太郎, 1964~. 일본의 추리소설가.

지 이후의 현대 본격 작품에, 실제로는 80년대라는 시대의 병리적 징후가 필연적으로 각인되어 있었다. 아야츠지, 노리즈키에 이어 등장한 아비코 다케마루가 금속 배트 사건*으로 막을 열고 미야자키 사건**으로 막을 내린 1980년대의 평범한 가정을 잠식하는 병리를 도려내려 한 것도 당연한 일이다. 《살육에 이르는 병》이란 작품 이면에는 이와 같은 시대 배경이 있다.

현대 가정의 황폐화와 공동화는 미국에서는 스티븐 킹의 모던 호러나 조너선 캘러먼*** 등의 사이코 서스펜스를 크게 유행시켰다. 그러나 《살육에 이르는 병》은 호러도 서스펜스도 아니다. 현대의 본격 탐정소설로 쓴 작품이다. 게다가 본격 탐정소설에서는 주제성을 주인공의 관념이나 행동을 빌어 그린다고 하는, 근대소설에서는 일반적인 창작 방법이 아예 금지되어 있기도 하다. 소설 작품으로서 시대성이나 사회성과 긴장된 관계를 유지하면서 동시에 본격 작품으로서도 탁월하다는 이중성은 쉽게 달성되는 것이 아니다.

이 소설의 경우에는 그러한 매우 어려운 과제에 도전하는 결정적인 무기로서 서술 트릭을 활용하고 있다. 서술 트릭에

---

* 1980년 11월에 가나가와 현에서 20세의 재수생이 금속 야구방망이로 부모를 때려죽인 사건.

** 1988년에서 1989년에 걸쳐 일어난 사건으로 이 작품 내에서 여자 어린이 연쇄 살인사건으로 표현되고 있다.

*** Jonathan Kellerman, 1949~. 미국의 임상병리학자 겸 추리소설가.

서는 작중 인물이나 시간 혹은 공간을 의도적으로 혼란시키는 방법이 자주 사용된다. 고이즈미 기미코*의 대표작은 인물 트릭, 오리하라 이치의 대표작은 시간 트릭이라고 정리할 수 있다. 궁극의 텍스트 트릭은 애거서 크리스티의 《애크로이드 살인사건》을 선구로 하는 서술 트릭이다. 이 트릭은 독자 앞에 놓인 텍스트의 성격에 의도적인 혼란을 집어넣어 만들어진다. 예를 들면 다케모토 겐지의 주요 작품에는 텍스트 트릭의 요소가 농후하다. 서술 트릭이 철저해졌을 때, 본격 탐정소설은 20세기의 전위문학 세계에 접근하게 된다.

《살육에 이르는 병》의 기본은 인물 트릭이다. 그것도 아버지를 아들로, 아들을 아버지로 오해하게 만드는 점에 초점을 맞추어 서술 트릭이 장치된다. 현대 본격의 서술 트릭 작품으로서는 심플한 구성이라고 할 수 있다. 인물이나 시간, 공간에 각각 이중 삼중의 서술 트릭을 장치한다면 마지막까지 독자를 기만하기는 비교적 쉬울지도 모른다. 하지만 그렇게 해서는 구성이 너무 복잡해지고, 수수께끼 풀이의 카타르시스가 희석될 위험성이 있다. 《살육에 이르는 병》은 인물 트릭이라는 한 가지에 쏟아부은 작가의 기백이 독자를 압도하는 걸작이다.

미국에서나 일본에서나 가정 폭력은 현대 가정의 황폐화를

---

* 小泉喜美子, 1934~1985. 번역가. 추리소설가로 대표작으로는 《변호 측 증인》이 있다.

상징하는 심각한 문제다. 그러나 두 나라는 기본적인 경향으로서 가정 폭력의 성격이 다르다. 미국에서는 아버지가 모자에게, 혹은 어머니가 자녀에게 행사하는 폭력이 문제가 되고 있다. 하지만 일본에서는 자식이 어머니에게 행사하는 폭력이 매우 잦다. 핵가족화의 진행에 따른 지나치게 밀착된 모자 관계가 일본적 가족 병리 현상의 배경에 잠복해 있는 것 같다. 그것은 금속 배트 사건 같은 가정 폭력 사건과 동시에 미야자키 사건으로 대표되는 성범죄에도, 일본 고유의 그림자를 드리우고 있는 것이 틀림없다.

　농밀한 모자 관계의 밀착을 중심으로 하는 가정에 있어서 아버지의 존재감은 필연적으로 희박하다. 거꾸로 아버지의 부재가 지나친 모자 밀착을 가져온다고도 할 수 있다. 하지만 이상과 같은 것은 여러 계몽적인 심리학 서적에서도 지적될 만큼 매우 일반적인 인식에 불과하다. 이러한 심리적 도식을 그대로 소설화해본들 읽을 만한 작품이 되지는 않는다.

　《살육에 이르는 병》의 결말에서는 목 졸라 죽인 나이 든 여자를 시간(屍姦)하는 남자를 목격하고, 아내인 마사코가 다음과 같이 울부짖는다. "아아, 아아, 무슨 짓이야! 여보! 어머님께 무슨 짓을!" 이 절규를 통해 비로소 가모우 미노루의 정체가 독자들 앞에 폭로된다. 작가가 장치한 인물 트릭이 완성되고, 마지막까지 기만당한 독자는 그저 어안이 벙벙해지지 않을 수 없다.

하지만 독자의 멍한 느낌에는 또 하나의 이면이 있다. 지은이의 서술 트릭에 넘어가 미노루=아들이라고 믿어온 독자는 미노루=아버지라는 예상 밖의 진상을 접하고 경악한다. 동시에 결말에서 자식과 아버지의 역할 교환은 아들=아버지라는 기분 나쁜 등식을 부정할 수 없을 만큼 선명하게 독자의 인상에 남긴다.

아들=아버지의 등식. 그것은 현대 일본에 있어서 가정 황폐화의 배경으로서, 여러 심리학자가 지적하는 바이기도 하다. 바로 연쇄 엽기 범죄자인 미노루가 그렇듯이 현대 일본의 아버지란 아버지로서의 성숙을 거부한 영원한 아들이다. 그것이 가정에 있어서 아버지의 부재를, 지나친 모자 관계의 밀착을 필연적으로 초래한다.

《살육에 이르는 병》은 서술 트릭에 성공한 덕분에 자체로는 평범했을 심리학적 인식에 선명한 소설적 발견을 가져다준다. 독자는 결말에서 작가가 장치한 서술 트릭에 놀라고 감탄하면서 동시에 아들=아버지의 도식으로 상징되는 현대 일본의 가족병리에 직면한다. 읽은 뒤의 멍한 느낌은 이 두 가지가 중첩된 것 아닐까?

아비코 다케마루는 서술 트릭 시론에서 서술 트릭에는 단순히 독자를 속일 뿐만 아니라, 때때로 세계가 붕괴하는 듯한 착각을 가져다주는 효과가 있다. 독자는 내내 등장인물이나 무대의 속성에 대해 오인하고 있기 때문에 그것도 당연한 일이다. 그러한 속임수와 작품의 테마가 일치했을 때, 깊은 감동을 줄 수 있는 걸작이 태어난다고 이야기한다. 이 말은 아비코 자신이 쓴 《살육에 이르는 병》에도 충분히 해당된다 할 수 있다.

 밀봉된 이 작품을 굳이 골라 읽은 독자들은 대개 이 소설이
일본 추리문학사에서 어떤 위상을 지니는지는 아실 겁니다.
더구나 뒷부분에 가사이 기요시의 정확하고 상세한 작품 해
설이 실려 있어 옮긴이 후기는 군더더기 이상이 될 수 없습니
다.

 아야츠지 유키토가 스타트를 끊은 뒤, 줄지어 노리즈키 린
타로, 아비코 다케마루 등의 교토 대학 출신 작가들 책이 나
오며 시작된 신본격의 새벽 이후, 그들의 추리소설이 애들 장
난만은 아니라는 사실을 증명한 작품입니다. 아비코 다케마
루는 1989년 《8의 살인》이란 작품으로 데뷔하고, 1992년에
이 작품을 내놓았습니다.
 요즘의 일본 신본격 작가들이 보여주는 원고 분량 늘리기
작업들을 떠올리면 이 초기작들의 풋풋함은 독자들에게 큰

기쁨입니다. 많지 않은 분량으로 강력한 본격의 맛을 보여줍니다. 신본격 추리소설이라 해서 트릭에만 골몰한 소설은 아닙니다. 시대 배경에 대한 꼼꼼한 설명과 분석은 앞에 실린 해설에서 충분히 파악됩니다. 작가는 그런 시대를 배경으로 훌륭한 소설을 한 편 만들어냈습니다.

이 작품에 사용된 종류의 트릭은 늘 일정한 논란을 부릅니다. 하지만 몇몇 작가는 그야말로 공정한 트릭을 구사합니다. 되짚어보면 아비코 다케마루는 이 소설 안에 수많은 힌트를 도처에 설치해두었습니다. 그러기에 추리소설에 관한 한 산전수전 다 겪은 편집자분으로부터도 쇠망치로 뒤통수를 맞은 느낌이라는, 본격추리 최고의 감상을 이끌어낼 수 있었습니다. 저도 일본 신본격 추리소설을 제법 읽은 편인데, 이 작품은 비교적 늦게 접했습니다. 늦게 접한 것이 다행이라는 생각이 듭니다.

우리말로 옮기는 작업은 힘들었지만 우리 독자들이 이 소설을 만나는 기쁨을 생각했습니다. 강도 높은 현장 묘사가 거부감을 줄 수도 있다는 걱정이 조금 들기는 합니다. 하지만 독자들은 이 소설이 전달하고자 하는 바가 끔찍한 장면 묘사가 아니라는 점을 쉽게 알아주시리라 믿습니다. 그러기 위해서는 이 소설을 다 읽고 난 후에 반드시 뒤에 실린 해설을 읽어주셔야 합니다.

이 작품이 오랜 기간 그늘진 장르를 꾸준히 읽어온 낯익은 독자분들에게 좋은 선물이 될 수 있기를 편집자분과 함께 기대해봅니다. 그동안 이 장르를 떠나지 않고 지켜온 끈기와 애정에 감사드리며.

2007년 2월
옮긴이

* * *

  2014년에 한국추리작가협회가 주최한 여름추리소설학교에서 '서술트릭론-서설'이란 강의를 한 일이 있습니다. 그때 강의 준비를 위한 텍스트로 이 작품을 다시 꼼꼼하게 읽었습니다. 그때 여러 부분 손질하고 싶은 마음이 들었습니다.

  책을 더 인쇄해야 한다는 이야기를 듣고 내친김에 개정판을 만들면 어떻겠느냐고 제안하고 원고를 전체적으로 정리했습니다. 내용이 달라진 부분은 없이 우리말 표현과 용어를 조정하고 다듬었습니다. 또 외래어나 한자어를 우리말로 풀기도 했고, 때론 조금 더 적절하거나 자연스러운 표현으로 바꾸었습니다.

  동성애에 대한 왜곡된 시각이 드러나는 세미나 내용 묘사 부분이 있습니다. 원작의 발표 시기와 작품의 성격을 감안하여 손질하지 않고 원작 그대로 두었습니다. 이 점 독자 여러분께 양해 말씀 구합니다.

  이 작품이 앞으로도 추리소설, 미스터리의 묘미를 알려주는 작품으로 계속 독자의 사랑을 받게 되기를 바랍니다.

2016년 1월 옮긴이

작품 내용에 대한 문의는 다음 이메일이나 홈페이지로 부탁드립니다.
anuken@gmail.com | www.mamio.com

옮긴이 **권일영**

서울에서 태어났다. 동국대학교 경제학과를 졸업한 뒤 중앙일보사에서 기자로 일했으며, 소설 번역은 1987년 아쿠타가와 상 수상작인 《남비속》을 우리말로 옮기며 시작했다. 아비코 다케마루의 《살육에 이르는 병》, 《탐정소설》을 비롯해 《편지》, 《호숫가 살인 사건》 등의 히가시노 게이고 작품들, 《낙원》을 비롯한 미야베 미유키의 작품 등을 번역했다. 그밖에 가이도 다케루의 다구치-시라토리 시리즈, 하라 료의 사와자키 탐정 시리즈 등 여러 미스터리를 우리말로 옮겼다. '일본미스터리즐기기 카페'를 만들어 운영하고 있으며, 한국추리작가협회 회원이기도 하다.

살육에 이르는 병

초판　1쇄 발행일 2007년 2월 28일
개정판　1쇄 발행일 2016년 7월　1일
개정판 12쇄 발행일 2024년 9월　1일

지은이 아비코 다케마루
옮긴이 권일영

발행인 조윤성

편집 박윤희 **디자인** 박지은 **마케팅** 서승아
발행처 ㈜SIGONGSA **주소** 서울시 성동구 광나루로 172 린하우스 4층(우편번호 04791)
대표전화 02-3486-6877 **팩스(주문)** 02-585-1755
홈페이지 www.sigongsa.com / www.sigongjunior.com

이 책의 출판권은 ㈜SIGONGSA에 있습니다. 저작권법에 의해
한국 내에서 보호받는 저작물이므로 무단 전재와 무단 복제를 금합니다.

ISBN 978-89-527-7604-4 03830

*SIGONGSA는 시공간을 넘는 무한한 콘텐츠 세상을 만듭니다.
*SIGONGSA는 더 나은 내일을 함께 만들 여러분의 소중한 의견을 기다립니다.
*잘못 만들어진 책은 구입하신 곳에서 바꾸어 드립니다.

WEPUB 원스톱 출판 투고 플랫폼 '위펍' _wepub.kr
위펍은 다양한 콘텐츠 발굴과 확장의 기회를 높여주는
SIGONGSA의 출판IP 투고·매칭 플랫폼입니다.